Arena-Taschenbuch
Band 50762

Ebenfalls vom Autor im Arena Verlag erschienen:

Das Buch der Zeit, Band 2: Die sieben Münzen
Das Buch der Zeit, Band 3: Der magische Reif

Die einzelnen Bände der Trilogie sind als
gleichnamige Hörbücher bei Arena audio erschienen.

Guillaume Prévost,
1964 geboren, lehrt Geschichte an der Université du Havre bei Paris. Er ist Mitarbeiter beim Fernsehsender »Histoire« und hat neben mehreren Fachbüchern drei historische Krimis für Erwachsene geschrieben. Die Trilogie »Das Buch der Zeit« ist seine erste Geschichte für Kinder und wurde auf Anhieb ein großer Erfolg.

Guillaume Prévost

Das Buch der Zeit

Die steinerne Pforte

Aus dem Französischen
von Anke Knefel

Arena

Für Charles und Pauline

1. Auflage als Limitierte Sonderausgabe im Arena-Taschenbuch 2015
Die Originalausgabe erschien 2006 unter dem Titel
»Le livre du temps/1. La pierre sculptée«
bei Gallimard Jeunesse

Aus dem Französischen von Anke Knefel
Umschlaggestaltung: Christian Broutin
Umschlagtypografie: KCS GmbH · Verlagsservice & Medienproduktion, Stelle/Hamburg
Sondergestaltung: komm Design/achkomm.com/Würzburg
Gesamtherstellung: Westermann Druck Zwickau GmbH
ISSN 0518-4002
ISBN 978-3-401-50762-0

www.arena-verlag.de
Mitreden unter forum.arena-verlag.de

Inhalt

I.	Sam	7
II.	Der Sonnenstein	19
III.	Iona	31
IV.	Der Schatz von Colum-Chill	45
V.	In vorderster Front	62
VI.	Allein in der Dunkelheit	79
VII.	Der Palast der Millionen Jahre	93
VIII.	Der gläserne Skarabäus	106
IX.	Familienrat	124
X.	Pressespiegel	139
XI.	Eine neue Reise	158
XII.	Die Gilde der Bildermacher	177
XIII.	Die Hamster von Brügge	196
XIV.	Van Eycks Geheimnis	208
XV.	Drei Pfund und zwölf Sol	225
XVI.	Der Alchemist	242
XVII.	Lateinübersetzung	255
XVIII.	Überraschung	270
XIX.	Hansoku-Make	285

I.
Sam

Samuel ließ sich brummend wieder ins Bett fallen: keine Lust aufzustehen. Er warf einen schrägen Blick auf seine halb geöffnete Sporttasche, die am Fußende auf ihn wartete. Ein Ärmel seines Judoanzuges hing heraus und schien ihm zuzuraunen: »Los, Beeilung, Sam, du hast heute Wettkampf!« Eben, heute war Wettkampf, das war ja das Problem. Noch dazu nicht irgendein x-beliebiger Wettkampf: »alle Altersstufen von vierzehn- bis sechzehn, sämtliche Gewichtsklassen«. Die wahnwitzige Idee irgendeines Schwachkopfes, der von Sport absolut keine Ahnung hatte. So etwas lief doch immer darauf hinaus, dass man einem Kerl gegenüberstand, der mindestens fünfzehn Zentimeter größer und ungefähr zwanzig Kilo schwerer war. Abgesehen davon hatte Samuel absolut keine Lust, sich in sämtliche Richtungen verrenken zu lassen – von dem dicken Monk zum Beispiel –, um sich am Ende mit dem Kopf unter zwei fetten Pobacken wiederzufinden. Nein, nicht heute. Erstens war heute sein Geburtstag und . . .

»Sammy, was machst du da oben?«, schrie eine ungeduldige Stimme aus der unteren Etage. »Du wirst noch deinen Bus verpassen!«

»Schon gut, Grandma, ich komm ja schon runter.«

Stattdessen vergrub er seinen Kopf jedoch noch tiefer im Kopfkissen. Aus dem Zimmer nebenan drang das überreizte Geheule einer hysterischen Sängerin, die ekstatisch von der Schönheit eines Jungen schwärmte, den sie gerade am Strand getroffen hatte:

Er ist so schön
Er ist so süß
Ein Blick aus seinen Augen und ich zerfließ
Der Junge vom Straaaand!

Wie ergreifend.

Schuld an dem Lärm war seine Cousine Lili, die an einem Samstagmorgen nichts Besseres zu tun hatte, als sich mit ihren Freundinnen zu einer dieser geheimen Mädchenversammlungen zusammenzurotten, bei denen sie sich tonnenweise mit Schmalz berieselten. Zu ihrer Entlastung: Lili war gerade erst zwölf – also eindeutig noch auf einer geistlosen Entwicklungsstufe – und tröstete sich so über die wiederholte Abwesenheit ihrer Mutter in letzter Zeit hinweg. Diese hatte ihre Tochter lange allein großgezogen, aber seit einigen Monaten begleitete sie ihren neuen Verlobten häufig bei seinen Reisen. Lili war ein richtiges kleines Luder, ging ständig auf ihn los – konnte er etwas dafür, dass sie beide bei ihren Großeltern wohnen mussten? – und ließ keine Gelegenheit aus, ihm eins auszuwischen, besonders wenn es um so ein heikles Thema wie Schulnoten ging. Gemessen an dem Schwachsinn, den sie ständig hörte, war ihm vollkommen schleierhaft, wie sie in der Schule von einem Erfolg zum nächsten segeln konnte, jeden Abend mit noch tolleren Noten nach Hause kam und am Ende eines Schuljahres alles abräumte, was es an Auszeichnungen und Preisen gab.

Und dann nimmt er meine Haaand,
Oh, der Junge vom Straaand!

»Sammy, es ist gleich zehn!«

Samuel seufzte und versetzte seiner Sporttasche einen kräftigen Tritt. Irgendwie hatten es alle auf ihn abgesehen.

Er sprang aus dem Bett, versenkte seine Füße in den Sportschuhen, ohne sie zu binden, und öffnete knurrend die Tür. Unglücklicherweise hatten Lili und ihre kleine Bande auch den Flur in Beschlag genommen, und er musste sich durch eine Art Spalier aus hämisch grinsenden Gesichtern und bonbonfarbenen T-Shirts zwängen, die kaum den Bauchnabel bedeckten.

»Hast du auch an Pflaster gedacht?«, säuselte seine Cousine in falscher Fürsorglichkeit. »Und an die Salbe gegen Blutergüsse? Dass du dir nur nicht wehtust, Schätzchen! Weißt du noch, das letzte Mal?«

Beim letzten Mal war Samuel nach dreiundvierzig Sekunden unter der fetten Wampe des dicken Monk zermalmt worden. Keine gute Erinnerung. Sein Knöchel hatte sich in einem beunruhigenden Winkel zum restlichen Bein verdreht: ein Monat Skateboard-Verbot.

»Versuch wenigstens die erste Runde zu überstehen«, fügte sie kichernd hinzu. »Man kann nie wissen . . .«

»Danke für den Tipp!«, erwiderte er. »Und wenn ich den Jungen vom Strand treffe, gebe ich ihm dein Foto, versprochen. Man kann nie wissen . . .«

Er stürzte die Treppe hinunter, ohne sich zu den laut glucksenden Mädchen in seinem Rücken umzudrehen. Unten erwartete ihn schon seine Großmutter mit einer Papiertüte, die sie vor seiner Nase schwenkte.

»Endlich, Sammy, das wurde aber auch Zeit! Du wirst noch den Wettkampf verpassen. Sonst bist du doch kaum zu halten, wenn es um Judo geht! Du wirst mir doch nicht krank?«

Ungeduldig schüttelte sie ihre blaugrau gefärbten Locken und musterte ihn besorgt.

»Alles klar, Grandma, ich habe nur noch ein paar Aufwärmübungen gemacht. Papa hat nicht zufällig angerufen?«

Für den Bruchteil einer Sekunde senkte seine Großmutter betreten den Blick.

»Nein, mein Schatz, hat er nicht. Vielleicht ja heute Mittag . . .«

»Sagst du ihm dann, dass er mich von der Sporthalle abholen soll?«

»Ja, natürlich.«

Dabei klang ihre Stimme ungefähr so zuversichtlich, als wenn er gefragt hätte, ob wohl heute Tom Cruise zum Essen kommen würde.

»Hier, Sammy, ich habe dir ein paar Brote gemacht. Und jetzt raus mit dir, sonst kommst du wirklich zu spät. Und pass auf dich auf, nicht wie im letzten Jahr.«

Samuel biss sich auf die Lippen und schluckte eine Antwort hinunter. Er küsste seine Großmutter zum Abschied und schnappte sich sein Skateboard.

Im Bus quetschte er sich in die hinterste Bank und starrte auf die kleinen Häuschen, die in endlosen Reihen vor dem Fenster vorüberzogen, während sie sich langsam dem Stadtzentrum näherten. Zehn Tage, und sein Vater hatte immer noch kein Lebenszeichen von sich gegeben ... Keine Mail, kein Anruf, keine Postkarte. Es war nicht das erste Mal, aber trotzdem. Zehn Tage! In der Familie erzählte man sich gern, dass Allan schon immer etwas sonderbar gewesen sei. Dass er im Alter von fünf Jahren einem Hund über zwei oder drei Kilometer hinterherrennen konnte, bevor er merkte, dass er sich verlaufen hatte. Dass er mit zehn angefangen hatte, abgeschnittene Fingernägel zu sammeln, und dabei sogar so weit ging, unzähligen Berühmtheiten zu schreiben, damit sie ihm welche schickten. Und das Schlimmste war, dass einige ihm sogar geantwortet hatten: ein Tennisspieler, eine Rocksängerin, ein Nachrichtensprecher aus dem Fernsehen ... Er hatte seine wertvollen Sammlerstücke in einem roten Ordner archiviert, den Grandma noch immer auf dem Dachboden aufbewahrte. Lauter durchsichtige Tütchen, jeweils mit Namen und Datum versehen und dem Begleitbrief. Mehrere Tage hintereinander hatte Allan vor dem Fernseher geklebt, um herauszufinden, zu welchem Finger des Nachrichtensprechers der kleine Hornsplitter gehörte, den er in seinen geliebten Ordner geklebt hatte – Sam ging eher davon aus, dass es sich um den Nagel irgendeines namenlosen Assistenten handelte, der sich um die Korrespondenz kümmerte.

Sein Vater war jetzt aber schon lange nicht mehr zehn ... Er war alt genug, um keine abgeschnittenen Fingernägel mehr zu sammeln oder Hunden auf der Straße hinterherzulaufen, alt genug, um eine Nachricht zu hinterlassen, wenn er für ein paar Tage wegmusste. Doch Allan lebte nach dem Tod von Sams Mutter wie in einer anderen Welt. Früher hatten sie viel Spaß miteinander gehabt. Immer war er für ein spontanes Radrennen oder für eine Partie *Burnout* auf der Konsole zu haben gewesen, aber jetzt war er plötzlich verschlossen wie eine Auster. Großma schob es auf den Kummer, die Trauer, so etwas brauchte eben Zeit. Doch drei Jahre nach dem Autounfall wurde offensichtlich: Sein Zustand verschlimmerte sich immer mehr. Grandma war sich dessen bewusst, weshalb sie ihren Sohn Anfang des Jahres davon überzeugt hatte, dass es besser war, wenn sie Sam für eine Weile zu sich nahm. Sein Vater hatte zuerst schwach protestiert, aber schon bald nachgegeben. Es war im Grunde vielleicht auch besser so: Er war viel zu sehr mit sich selbst beschäftigt, als dass er sich um seinen Sohn hätte kümmern können. Er schaffte es gerade noch, seinen Buchladen an zwei oder drei Tagen in der Woche zu öffnen, und auch dann nur auf Drängen von Grandma hin, oder wenn einer seiner treuen Kunden am Telefon nicht lockerließ. Weltschmerz nannte es Grandma, mangelnde Willenskraft, setzte Tante Evelyn – Lilis Mutter – dagegen, tiefe Depression, entschied der Arzt.

Nun war Allan seit zehn Tagen verschwunden. Sicher, er hatte diese beunruhigende Angewohnheit, immer mal wieder abzutauchen. Einfach so. Aber bisher hatten diese kleinen Fluchten nie länger als zwei oder drei Tage gedauert. Meist kam er von seinen Ausflügen mit Armen voller Geschenke zurück, erklärte, er habe dringend in die USA reisen müssen, um für einen guten Kunden diese oder jene seltene Ausgabe zu beschaffen. Grandma hörte sich seine Geschichte jedes Mal geduldig an und knallte ihm zwei laute Schmatzer auf die Wangen, und Sam war zu glücklich, ihn wiederzuhaben, als dass er ihm irgendwelche Vorwürfe gemacht hätte.

Dieses Mal allerdings konnte Allan sich offenbar nicht zur Rückkehr entschließen. Und das, obwohl Sams Geburtstag war. Konnte ein Vater, auch wenn er noch so ein Sonderling war, den Geburtstag seines Sohnes vergessen?

Vor dem Eisstadion stieg Sam aus. Gegenüber war eine Eisdiele, und die Sonne schien schon so warm, dass er drauf und dran war, sich eine Waffel zu gönnen. Aber zehn Minuten vor einem Wettkampf, bei dem er Gefahr lief, wie ein Pfannkuchen auf die Matte geschleudert zu werden, war das sicher keine gute Idee. Außerdem gab sein Magen sowieso schon seltsame Geräusche von sich – bei der Aussicht auf ein Kräftemessen mit den Muskelprotzen des Vereins.

Er ließ das Skateboard zu Boden gleiten und fegte in einem rasanten Slalom zwischen den Passanten, Kinderwagen, herumtobenden Kindern und Einkaufstaschen hindurch. Es gab für ihn keinen größeren Rausch: bewegliche Hindernisse, die jeden Augenblick einen unerwarteten Schritt zur Seite machen konnten, die kleine spitze Schreie ausstießen, wenn man sie im Vorbeifahren streifte. Er schrammte ein oder zwei Blumenbeete, sprang über eine Betonbank und setzte zur letzten Kurve vor der Sporthalle an. Das war auch beim hundertsten Mal immer noch besser als jede Pipe: rechts das Gitter des Parks, ein kleiner Abhang, um Schwung zu holen, gleich darauf die fast senkrecht ansteigende Straße und ...

Boing! Ein harter Schlag, ein merkwürdig blechernes Geräusch, und Sam landete auf dem Bauch. Er hatte ein Gefühl, als ob ihm ein ganzer Blechhaufen auf den Kopf gefallen wäre. Wahrscheinlich war er mit einem alten Mofa oder einem Mülleimer zusammengerasselt ...

»Verdammt, verdammt!«

Sam hob benommen den Kopf. Ein sprechender Mülleimer?

»Verdammt! Faulkner, dieses elende Würstchen!«

... der auch noch seinen Namen kannte?

»Lass das, Monk«, fuhr eine Frauenstimme dazwischen.

Monk! Er hatte doch tatsächlich Monk über den Haufen gefahren!

Einem lebensrettenden Instinkt folgend, der ihn selbst überraschte, rollte Sam in letzter Sekunde zur Seite, gerade als sich der fette Monk auf ihn stürzen wollte und dabei ein Mädchen und einen anderen Jungen, die ihn bei den Schultern gepackt hatten, einfach mitriss.

»Nein, Monk, nein!«

»Ich falte ihn zusammen! Ich falte ihn zusammen!«

Sam sprang mit einem Satz auf und entging um Haaresbreite einem beeindruckenden Mattenleger, der ihn mit Sicherheit in Auslegware verwandelt hätte. Das Blut pochte in seinen Schläfen, aber immerhin hatte er offenbar nichts gebrochen – noch nicht.

Monk machte Anstalten, sich von Neuem auf ihn zu stürzen. Glücklicherweise eilten ein paar Neugierige, die die Szene beobachtet hatten, zu Hilfe.

»Schon gut! Schon gut!« Ein großer Bärtiger in Anzug und Krawatte trat dazwischen.

»Das war Absicht!«, tobte Monk und schüttelte die Fäuste. »Er ist absichtlich in mich reingefahren! Sehen Sie, was er gemacht hat!«

Er zeigte auf seine umgekippte Tasche, aus der einige Metallteile herausgefallen waren und etwas, das nach Platinen aussah.

»Haben Sie das gesehen! Das hat mich ein Vermögen gekostet!«

Während Monk weitertobte und wütend mit den Augen rollte, trat Cathie, das Mädchen, das versucht hatte, ihn zurückzuhalten, zu Sam.

»Alles klar? Nicht zu schlimm verletzt?«

Cathie gehörte zum Saint-Mary-Judoklub. Sie war siebzehn oder achtzehn und kümmerte sich beim Training um die Jüngsten. Ein ziemlich hübsches Mädchen, das immer lächelte. Für Sam war der Gedanke nur schwer vorstellbar, dass sie mit einem wie Monk trainierte.

»Ich ... nein, alles in Ordnung, danke«, stammelte er. »Ich war ein bisschen spät dran für den Wettkampf und ...«

»Für den Wettkampf? Weißt du denn nicht, dass er verschoben wurde?«

Verschoben? Der Wettkampf war verschoben worden?

»Ich habe gedacht, sie hätten allen Bescheid gesagt. Die Mannschaft aus Fontana konnte nicht kommen, weil ihr Bus seit zwei Tagen kaputt ist. Der Wettkampf ist auf nächsten Samstag verlegt worden. Hattest du keine Nachricht auf deinem Anrufbeantworter?«

»Äh, nein ... Allerdings vielleicht ... mein Vater ...«

Die Leute vom Verein mussten im Buchladen angerufen haben, denn die Adresse hatte er bei seiner Anmeldung angegeben. Aber er hatte nicht die geringste Lust, Cathie oder wem auch immer zu erklären, dass er vorübergehend bei seinen Großeltern wohnte, dass sein Vater verschwunden war und weder ans Telefon gehen noch den Anrufbeantworter abhören konnte.

»... muss es vergessen haben ...«, murmelte er.

Cathie bückte sich nach seinem Skateboard, das sich wie ein Schwert in den Gitterzaun des Parks gebohrt hatte.

»Das sieht immerhin aus, als wäre es noch in Ordnung. Ihr hättet alle beide ganz schön was abkriegen können.«

»Loslassen, sage ich!«, brüllte Monk, der sich offenbar kein bisschen beruhigt hatte. »Erst wird mir dieser erbärmliche Schwachkopf mein Material ersetzen, und dann ...«

Die drei Passanten, die ihn umstellten, hatten Mühe, ihn festzuhalten. Seine kleinen grünen Augen schossen mörderische Pfeile aus dem scharlachrot angelaufenen Gesicht.

»Du verschwindest besser«, flüsterte Cathie Sam zu und schob ihm das Brett unter den Arm. »Es wird noch eine Weile dauern, bis der sich wieder abgeregt hat.«

»Und du, wird er dich nicht ...?«

»Keine Sorge, ich weiß, wie man ihn anpacken muss. Außerdem ist es ja nicht gesagt, dass die Platinen hinüber sind. Wir wollten die Rechner im Verein nachrüsten. Monk ist ein Ass in Informatik, weißt du ...«

Monk, ein Ass in Informatik? Demnach hatte er doch so was wie ein Gehirn?

Das Mädchen lächelte immer noch.

»Sobald er vor seiner Kiste sitzt, hat er dich sowieso vergessen. Nun mach aber, dass du wegkommst. Wir sehen uns nächsten Samstag.«

Sie machte ihm ein kleines Zeichen, und Sam fragte nicht weiter. Es wurde auch Zeit, denn Monk explodierte bereits wieder: »SAMUEL FAULKNER, DU MISSGEBURT! DAFÜR SCHLAGE ICH DIR SÄMTLICHE ZÄHNE AUS!«

II.
Der Sonnenstein

Allan Faulkners Buchladen lag in einem dieser alten Viertel von Saint Mary, die schon seit mehr als dreißig Jahren langsam, aber sicher verfielen. Niemand konnte verstehen, warum er sich ausgerechnet dieses winzige zweistöckige Häuschen im viktorianischen Stil mit den abgeblätterten blauen Säulen und den klapprigen Fensterläden ausgesucht hatte, das von zwei Häusern eingeklemmt wurde, die noch heruntergekommener aussahen. Zudem hatten alle anderen Geschäftsleute, die noch etwas auf sich hielten, die Barnboimstraße schon vor langer Zeit verlassen. Zurückgeblieben waren nur ein paar alte Sonderlinge, ebenso altersschwach wie die Fassaden ihrer Häuser. Wie Gespenster sah man sie frühmorgens davonhuschen und gegen neun mit vollen Einkaufstaschen eilig in ihren Häusern verschwinden, in denen sie sich für den Rest des Tages verbarrikadierten.

Angesichts der Umgebung konnte man nicht behaupten, dass die Eröffnung des Buchladens von den Nachbarn mit besonderer Begeisterung aufgenommen worden wäre – kaum ein »Guten Morgen« oder »Guten Abend«, höchstens einige säuerliche Bemerkungen, wenn der Wagen eines Kunden verwegenerweise halb auf dem Bürgersteig parkte oder wenn Sam nach der Schule mit seinem Skateboard über die Kantsteine schrammte. Dabei blieb es. Bis auf Max, den beinahe tauben alten Mann, der drei Häuser weiter die Straße hinauf wohnte und sich ab und an zu einem kurzen Gespräch herabließ. Allerdings waren es seltsame Gespräche, bei denen man jeden Satz mehrmals schreiend wiederholen musste, um sich einigermaßen verständlich zu machen – was natürlich die Kommunikation in gewisser Weise einschränkte.

Warum sein Vater sich diesen verlassenen Winkel der Stadt ausgesucht hatte? Um sich zu schützen, behauptete Grandma, und sich von der lauten, lärmenden Welt fernzuhalten. Allan hatte das schöne Haus in Bel Air verkauft – zu viele Erinnerungen an Elisa – und sich auf die Suche nach einem geeigneten Ort für seinen Buchladen gemacht. Es war wirklich eher eine Zuflucht. Aber ein bedrückender Ort, wenn man gerade seine Mutter verloren hatte und in einem Alter war, in dem man ohnehin trendige Einkaufszentren, Neonlicht und schnelle Sportarten bevorzugte.

Sam stieg die Eingangstreppe hinauf und beobachtete die Nachbarschaft: wie ausgestorben. Vielleicht war es doch keine besonders gute Idee gewesen, hierher zu kommen. Hätte er nicht lieber Grandma Bescheid sagen sollen? Ach was, der Wettkampf war abgesagt, er hatte einen ganzen

Tag vor sich, und außerdem war heute sein Geburtstag. Was machte es schon, wenn er auf einen Sprung zu Hause vorbeischaute? Denn das hier war immer noch sein Zuhause, oder nicht? Ein paar von seinen CDs holen, mal wieder seine alten Sachen sehen ...

»Und sichergehen, dass Papa nicht doch zufällig zurückgekommen war«, flüsterte ihm eine innere Stimme zu. »Oder, ob er nicht wenigstens irgendetwas hinterlassen hatte, das seine plötzliche Abreise erklären würde.« Grandpa war zwar diese Woche schon zwei Mal im Buchladen gewesen, aber man konnte nie wissen.

Er drehte den Schlüssel im Schloss herum. Die Tür knarrte in den Angeln, und das Schild mit der Aufschrift *Antiquariat Faulkner* wackelte über dem Türrahmen.

»Papa?«

Drinnen war alles still. Er ging durch den Flur und den großen Raum, in dem sich ein Bücherregal ans andere reihte, wie in einer Bibliothek. Es gab Stühle und Tische, an denen man in Büchern blättern konnte, außerdem zwei Sofas mit Halogenstrahlern, damit man in Ruhe lesen konnte. Ein Großteil des Geldes vom Verkauf des Hauses in Bel Air steckte hier drin, zwischen all dem vergilbten Papier und den abgeschabten Ledereinbänden. Obwohl es allen ein Rätsel war, wie sein Vater es geschafft hatte, derartige Mengen an alten Büchern zusammenzutragen, geschweige denn, damit ein paar Kunden anzuziehen. Wahrscheinlich bekam er von den Großeltern gelegentlich eine kleine finanzielle Spritze ...

Samuel ging weiter in die Küche. Alles war aufgeräumt, der Geschirrspüler sauber. Und das saugende Geräusch der Kühlschranktür verriet, dass er sicher seit mehreren Tagen nicht geöffnet worden war. Im Kühlschrank herrschte, abgesehen von ein paar abgelaufenen Joghurts, einem Päckchen eingeschweißter Würstchen in Plastik – vakuumverpackt, würde Grandma sofort verbessern – und zwei Dosen Bier, gähnende Leere. Das sah nicht gerade nach einem kürzlichen Festschmaus aus. Als er ins obere Stockwerk kam und sein Zimmer wiedersah, spürte er einen kleinen Stich im Herzen, auch wenn er es sich nicht gerne eingestand. Seine Poster von Tony Hawk und Viggo Mortensen hingen immer noch an der Wand. Da waren seine Sammlung von Spielzeugautos – schon etwas anderes als abgeschnittene Fingernägel! –, seine Bilder, seine Gitarre, auf der er einige Zeit versucht hatte zu spielen. Allerdings hatte er sich als nicht besonders talentiert erwiesen. Aber er war nicht hergekommen, um sein Schicksal zu beweinen. Er warf zwei alte CDs in seine Tasche, nur für den Fall, dass er eine Erklärung abgeben musste, und machte sich daran, den Schreibtisch seines Vaters zu untersuchen. Leider gab es weder einen erklärenden Brief auf der Schreibtischunterlage noch irgendwelche Unterlagen in den Schubladen, die auf eine Abreise hindeuteten, auch keine Rechnung von irgendeinem Reisebüro im Papierkorb. In den Kleiderschränken im Schlafzimmer fehlte, soweit er das beurteilen konnte, nichts, und auch die drei großen gelben Reisekoffer standen an ihrem Platz.

Die Sache wurde immer seltsamer ... Sollte sein Vater sich wirklich ohne Wechselwäsche ins Abenteuer gestürzt haben? Oder hatte er damit gerechnet, nur ein paar Stunden, maximal für einen Tag fortzubleiben? Denn die Zahnbürste war auch noch da, ganz trocken, ebenso wie die Tube Zahnpasta und der elektrische Rasierer ... Es sei denn ... Gegen seinen Willen sah er das schreckliche Bild eines Autowracks vor sich, tief unten in einer Schlucht. Mit einer Handbewegung wischte er die Vision beiseite: Nein, seinem Vater konnte nichts Schlimmes passieren. War er nicht der Prototyp eines Sonderlings? Leute wie er kommen immer mit einem blauen Auge davon, hatte Grandpa immer gesagt. Es musste eine andere Erklärung geben.

Sam ging wieder nach unten und blieb vor dem kleinen runden Tisch stehen. Neben dem Telefon blinkte der silberfarbene Anrufbeantworter: »20 neue Nachrichten – Speicher voll«. Sam drückte auf den Knopf. Rauschen, Knacken:

»Mister Faulkner? Ich war letzte Woche in Ihrer Buchhandlung und habe dort ein Exemplar von *Zwanzigtausend Meilen unter dem Meer* gesehen, das ich gerne ...«

Piep! Sam drückte weiter zur nächsten Nachricht:

»Bin ich richtig beim *Antiquariat*, Barnboimstraße? Ich wollte nach den Öffnungszeiten fragen, denn ich suche eine seltene Ausgabe von ...«

Piep! Nächste Nachricht:

»Allan? Thomas Mourre am Apparat. Haben Sie die

Plantin-Bibel ausfindig machen können, die ich bei Ihnen bestellt habe? Ich muss nämlich . . .«

Piep! Und so ging es weiter. Das meiste waren Nachrichten von Kunden oder anderen Interessenten; jemand hatte sich verwählt, das Nächste war ein Werbeanruf – »Hm, Mister Faulkner? Falls Sie vorhaben sollten, Ihre Fenster oder Fensterläden zu erneuern, bietet Ihnen unser Unternehmen . . .«, und so weiter. Die Bank wollte einen Termin vereinbaren – der Anrufer klang nicht besonders gut gelaunt –, außerdem hatte Grandma sechs Mal versucht, ihren Sohn zu erreichen. All diese Nachrichten waren vor mehr als einer Woche eingegangen. Die vom Judoverein war nicht aufgezeichnet worden, aus gutem Grund: Der Speicherplatz war erschöpft.

Ein Anruf allerdings unterschied sich von den anderen. Eine weit entfernt, metallisch klingende Stimme, die entweder durch die Distanz oder die schlechte Verbindung verzerrt klang:

»Allan? Ich bin's . . . Ich weiß, dass du da bist . . . Stell dich nicht so idiotisch an, antworte! Allan, hörst du mich? Antworte, zum Teufel!«

Eine lange Pause, dann: »Okay, ich wollte dich nur warnen . . .«

Danach hatte der mysteriöse Anrufer aufgelegt. Sam spulte das Band mehrere Male zurück. Der Anruf war einen Tag nachdem sein Vater verschwunden war, aufgezeichnet worden. Es klang wie eine Drohung, und – was ihn noch mehr beunruhigte – die Stimme kam ihm seltsam vertraut vor. Doch Samuel kam beim besten Willen nicht darauf, zu wem sie gehörte. Gab es da eine Verbindung zu diesem plötzlichen Verschwinden? Diese rätselhafte Warnung könnte ein Hinweis sein. Vielleicht auch nicht, wenn man bedachte, dass Allan keine der Nachrichten abgehört haben konnte. Also?

Sam hatte eine Idee: Er drückte auf die Wiederwahltaste des Telefons, die zu der letzten Verbindung führte, die von diesem Apparat aus angewählt worden war. Sein Vater hatte seit drei Jahren kein Auto mehr und fuhr oft mit dem Taxi. Er konnte eins bestellt haben, das ihn zum Bahnhof oder zum Flughafen bringen sollte ... Die Taxigesellschaften waren verpflichtet, alle Fahrten zu speichern – das hatte er in einer Krimiserie gelernt –, auf diese Weise könnte man herausfinden ...

»Hallo?«, krächzte eine verrostete Stimme am anderen Ende.

Wenn das die Telefonistin der Taxizentrale war, sollte sie mit dem Rauchen aufhören. Sofort.

»Ja, hallo«, begann Samuel vorsichtig, »ich hätte gern eine Auskunft ...«

»Wie bitte?«, brüllte die Stimme verwirrt.

»Ich hätte gern eine Auskunft. Mein Vater hat Sie vor ein paar Tagen angerufen und ...«

»Lauter, zum Kuckuck!«

Zum Kuckuck ... Das war Max! Der stocktaube kauzige Nachbar, der nur drei Schritte entfernt wohnte!

»Max? Sind Sie es, Max?«

»Was wollen Sie?«

»Max, hier ist Sam, der Sohn von Allan Faulkner, vom *Antiquariat*, mein Vater muss Sie vor ungefähr zehn Tagen angerufen haben . . .«

»Antik-*was*? Ich brauche nichts, merken Sie sich das, und bestimmt keine Antiquitäten! Verfluchte Halsabschneider!«

Aufgelegt.

Samuel stand einige Sekunden ratlos da, den Hörer noch in der Hand. Das Beste wäre, direkt bei Max vorbeizuschauen. Sein Vater musste ihn angerufen haben, um ihm die Schlüssel zu bringen und ihn zu bitten, die Blumen zu gießen oder etwas in der Art . . . Hatte er ihm vielleicht auch verraten, wohin er wollte? Einen Namen, eine Adresse . . .? Auch wenn der alte Brummbär oft nur schwer zu verstehen war, immerhin war es seine einzige Spur.

Sam wollte gerade seine Tasche nehmen und gehen, als sein Blick auf die Kellertür fiel. Grandpa hatte versichert, dass er auch im Keller nachgesehen hatte . . . Sam zögerte einen Moment. Los, es würde ihn weniger als eine Minute kosten. Er machte Licht und ging die Kellertreppe hinunter, die über zwei Absätze ins Lager führte. Allan hatte hier unten in Metallregalen stapelweise Bücher zwischengelagert, haufenweise leere Kartons und Material, um Bindungen auszubessern. An der hinteren Wand hing ein großer Wandteppich, wahrscheinlich zum Schutz vor Feuchtigkeit und Kälte. »Wahrscheinlich«, vermutete Sam, denn er war nur drei oder vier Mal im Keller gewesen, ganz am Anfang kurz nach dem Einzug. Es war eindeutig das Reich seines Vaters. Wie dem auch sei, heute war jedenfalls niemand im Keller.

Er war schon halb die Treppe hinauf, als er sich eines Besseren besann. Irgendetwas an diesem Kellerraum stimmte nicht, war anders als sonst. Nicht, wie er es in Erinnerung hatte. Man konnte fast meinen, dass er … ja, dass er kleiner geworden war. Auch wenn es idiotisch klang. Doch das einzige Fach, in dem Sam in der Schule glänzte, war Zeichnen, und auf seine räumliche Wahrnehmung konnte er sich verlassen. Er schritt den Abstand bis zur hinteren Wand ab: eins, zwei, drei, vier, fünf. Die Rechnung ging nicht auf, da fehlten gut zwei Meter, um auf sieben oder acht Schritte zu kommen. Was bedeutete …

Der Wandbehang, eine Reproduktion mit mittelalterlichen Motiven, zeigte ein Einhorn mit einer hübschen Prinzessin. Er drückte mit dem Finger dagegen und spürte dahinter einen Widerstand. Nein, die Wand war noch da, er musste geträumt haben. Doch als er etwas stärker klopfte, klang es merkwürdig hohl. Hatte sein Vater hier eine Zwischenwand eingezogen? Um sie dann hinter dem Wandbehang verschwinden zu lassen? Aber was wollte er verstecken? Ein zweites Lager? Für besonders wertvolle Ausgaben?

Samuel hob den schweren Stoff an und schlüpfte dahinter. Es war tatsächlich eine Wand, eine von diesen Gipskartonabtrennungen, die sich fast von allein aufbauen. Zwei Meter weiter rechts fühlte er unter seinen Händen plötzlich so etwas wie ein Scharnier: eine Tür. Mit klopfendem Herzen stieß er sie auf.

»Papa?«

Der Raum dahinter war nur von einem schwachen Nachtlicht beleuchtet und äußerst sparsam eingerichtet: ein Feldbett, ein Schemel, das war alles. In gewisser Weise war Sam erleichert, dass sein Vater nicht plötzlich bewusstlos vor ihm lag. Oder noch schlimmer … . Obwohl sich ihm mit einem Schlag tausend Fragen aufdrängten. Neben dem Feldbett lag ein großes Buch auf dem Boden. Er hielt es ins Licht: kein Autor, kein Titel, nur ein dicker roter Einband, abgeschabt und rissig. Er schlug eine Seite auf. Offenbar handelte es sich um ein geschichtliches Werk: *Verbrechen und Folter unter der Herrschaft von Vlad Tepes.* Auf der Doppelseite wurden verschiedene Folterinstrumente und -methoden beschrieben, die von einem gewissen Vlad Tepes im 19. Jahrhundert irgendwo in der Walachei – was für ein Name! – angewandt wurden. Das Buch war nicht sehr alt, gut hundert Jahre vielleicht, nach der Typografie und dem Druck zu urteilen. Sein Vater war zwar ein passionierter Historiker, aber dass er so weit ging und sich in diesem finsteren Loch einschloss, um von den Untaten eines blutrünstigen »Walachen« zu lesen!

Sam griff nach der Taschenlampe, die an einem Haken baumelte, und ließ den Lichtkegel durch den Raum wandern. Nichts, bis auf einen grauen Brocken in einer Ecke: ein großer Stein, fünfzig Zentimeter hoch, nach oben leicht oval zulaufend. Bei näherer Untersuchung erinnerte er an eine Art Totem oder Voodoo-Stein, wie man ihn manchmal in Horrorfilmen sah. Meist ging für den, der ihn fand, ein schrecklicher Fluch von ihm aus. Auf der vorderen Seite war etwas eingeritzt: In der oberen Hälfte erkannte man das Bild einer Sonne – ein Ring mit einem kleineren Innenkreis und sechs nach unten auslaufende Strahlen. Etwa eine Handbreit über dem Boden gab es eine Vertiefung, die so groß war, dass eine Hand hineingreifen konnte. Es hätte ein altsteinzeitlicher Erdnussautomat sein können, nur ohne die Erdnüsse. Er wurde nicht schlau daraus. Oder sollte sein Vater in die Fänge irgendeiner Sekte geraten sein?

Während Sam noch mit der Taschenlampe den Boden rund um den Stein absuchte, fiel sein Blick einige Zentimeter entfernt auf einen glänzenden Metallring. Er drehte und wendete ihn mehrere Male in seiner Handfläche: eine schmutzige Münze mit einem Loch in der Mitte, ein Motiv aus ineinander verschlungenen Linien und Zeichen, die an die arabische Schrift erinnerten. Aber aus welchem Land sie stammte, schwer zu sagen ... Auf jeden Fall schien die Münze weder besonders alt noch wertvoll zu sein. Vielleicht war das sogenannte Totem in Wirklichkeit nur ein altes Spiel aus irgendeiner entlegenen Gegend? Man musste die Münze so werfen, dass sie entweder in der größten Vertiefung landete – was weniger Punkte brachte – oder in den Sonnenstrahlen – das zählte dann mehr. Wie aufregend!

Doch sosehr er es versuchte, es wollte ihm nicht gelingen, die Münze in die eine oder andere Rinne gleiten zu lassen: Niemals blieb sie in der Einkerbung stecken, sondern purzelte immer wieder heraus. Die einzige Stelle, an der sie vielleicht halten würde ... Ohne große Hoffnung platzierte er die Münze in die Mitte der Sonne: Sie passte genau und hielt, wie von einem unsichtbaren Magneten angezogen.

»Gut«, sagte er sich, »immerhin einen Schritt weiter.«

Kaum hatte er den Satz vollendet, vernahm er so etwas wie ein leises Brummen. Er presste sein Ohr an den Stein und spürte etwas wie ein entferntes, regelmäßiges Vibrieren. Und der Stein erschien ihm nicht mehr so kalt wie am Anfang. Alles nur Einbildung, sagte er sich. Oder doch nicht ... der Stein schien etwas auszustrahlen. Wärme ... Wärme und eine Art magnetische Anziehung. Er hatte sogar das Gefühl, dass der Fußboden um ihn herum anfing zu vibrieren und dass er nur seine Finger auf das warme Oval des Steins legen musste, um ein eigenartiges Zittern zu spüren. Er streckte die Hand aus ...

Das Letzte, was er noch wahrnahm, war ein furchtbares Brennen, das ihm durch den Arm fuhr und seinen Körper zu versengen drohte.

III.
Iona

Sam fiel auf die Knie, er hatte ein Gefühl, als ob sich sein Magen umdrehte. Sein ganzer Körper wurde von Krämpfen geschüttelt. Er würgte und erbrach sich schmerzhaft, ohne dem Brechreiz Einhalt gebieten zu können. Dabei starrte er ungläubig auf den grasbewachsenen Boden unter seinen Händen. Gras . . . Gras?

Als er es endlich schaffte, den Kopf zu heben, wäre er vor Schreck beinahe ohnmächtig geworden: Er war nicht mehr im Keller des Buchladens. Er war . . . ja wo? Ein felsiger Strand mit schmalen Sandbänken, dahinter nur weites Meer. Er selbst befand sich auf halber Höhe eines verwilderten Hügels, mitten zwischen grasüberwucherten Felsen. Was war mit ihm geschehen? Mit seinen Kleidern? WO WAREN SEINE KLEIDER? Seine Jeans, sein T-Shirt? Er trug nichts als eine Art grobes Nachthemd, das, schweißnass, seine Arme und Beine bedeckte. Außerdem kratzte es. Und seine Verbrennungen? Er spürte immer noch die verheerende Wirkung des Feuers, von dem er verzehrt worden war, als er den Stein berührt hatte. Eine menschliche Fackel ... Doch seine Haut schien wie durch Zauberhand unversehrt, rosig wie bei einem Baby. Als ob alles nur ein Traum gewesen wäre.

Leicht schwankend richtete Samuel sich auf. Der Sonnenstein ... Es musste da einen Zusammenhang geben. Dort stand er, zwei bis drei Meter von ihm entfernt. Obwohl er leicht verändert aussah: etwas höher, ein bisschen schwärzer. Doch es waren dieselben Motive: die Sonne mit sechs Strahlen, im unteren Teil eine dunkle Vertiefung. Eine wilde Hoffnung erfasste ihn: Er bräuchte nur die Münze wieder in die Mitte des Sonnenbildes zu legen, und alles würde wieder zum Normalzustand zurückkehren. Es handelte sich um einen Albtraum, ja natürlich, und in diesem Albtraum musste er die Zaubermünze wieder an die richtige Stelle stecken ... Millimeter für Millimeter suchte er das Gras um sich herum ab, scharrte wie wild in der Erde: keine Spur von einer Münze. Er suchte etwas weiter weg, hob dicke Kieselsteine hoch, versuchte, mit den Händen Löcher unter die Felsen zu graben: nichts. Er probierte die unterschiedlichsten Steine aus, aber keiner hatte den passenden Durchmesser. Er schimpfte, verfluchte den Stein und brach schließlich in Tränen aus. Es war kein Traum ... Das hier war kein Traum!

Erst nach einer Weile hatte er sich einigermaßen beruhigt. Was immer mit ihm geschehen war, rief er sich zur Vernunft, heulen war sinnlos, so durfte er die Sache nicht angehen. Immerhin war er noch am Leben, oder etwa nicht? Er merkte, wie ihm langsam kalt wurde.

Er stand auf, klopfte sich den Staub ab und kletterte weiter den Hügel hinauf, um einen besseren Überblick zu haben. Offenkundig war er auf einer ausgedehnten Insel, die sich in Grau- und Grüntönen, windzerzaust und von tiefen Furchen durchzogen, vor ihm ausstreckte. Hinter ihm rollte in unendlich langen Wellen das Meer an den Strand, darüber ein wolkenverhangener Himmel, hier und da von goldenen Lichtsäulen durchbrochen. Und dort vor ihm ... Häuser, ja, das mussten Häuser sein ... Rauch ... Da waren sogar Menschen! Kleine schwarze Punkte, die sich bewegten, er sah sie genau!

»Hallo!«, schrie er. »Hallo!«

Doch die Entfernung war zu groß, und der Wind trug seine Stimme in die entgegengesetzte Richtung. Sam fing an zu laufen, ohne auf seine nackten Füße zu achten, die sich in die lockere Erde der Heide gruben. Es gab ein Dorf, die Insel war also bewohnt! Sicher würden die Leute ihm alles erklären können! Vielleicht war er im Keller ohnmächtig geworden? Man hatte ihn per Rettungshubschrauber transportieren müssen – das erklärte auch dieses Krankenhemd! –, es hatte einen Unfall gegeben und ... Glücklicherweise hatte er überlebt, und diese Menschen würden ihn aufnehmen. Er würde sich abtrocknen können und Grandma anrufen, damit sie sich keine Sorgen machte – sicher war sie schon beinahe gestorben vor Angst!

Nach zehn Minuten war er so außer Atem, dass er sich zwingen musste, langsamer zu laufen. Das Dorf war nur noch wenige hundert Meter entfernt. Allerdings konnte man es kaum als Dorf bezeichnen, eher als eine Ansammlung von Hütten, umgeben von Palisaden und mit einem steinernen Haus in der Mitte. Eine Feriensiedlung? Eine Kommune von Hippies auf dem Weg zurück zur Natur?

Er blieb stehen. Von hier aus konnte er die Dorfbewohner besser erkennen. Zumindest eine Gruppe von ihnen, die sich neben einer Art Schafgehege versammelt hatten. Sie schienen miteinander zu reden und mit dem Finger auf ihn zu zeigen. Es waren nur Männer, genauso seltsam gekleidet wie er. Sie steckten alle in langen braunen Gewändern mit einer merkwürdigen Kordel als Gürtel. Sam schlug sich an die Stirn. Natürlich: Mönche! Eine ganze Insel voller Mönche! Wenn er das seinem Vater erzählen würde!

Zögernd setzte er seinen Weg fort. Er konnte sich nicht erinnern, dass es in der Gegend eine religiöse Einrichtung gegeben hätte. Sein Schwächeanfall im Keller war offenbar sehr ernst genommen worden, wenn man ihn so weit von zu Hause fortgeschickt hatte. Zweifellos war er wohl mehrere Tage bewusstlos gewesen. Obwohl er sich, abgesehen von der Übelkeit, eigentlich gar nicht so schlecht fühlte …

Jetzt kamen die Männer geradewegs auf ihn zu. Durcheinanderlaufend und wild gestikulierend. Einzelne schwenkten drohend Stöcke oder Schwerter. Wieder krampfte sich Sams Magen zusammen. Irgendwann einmal hatte er eine Reportage über einen Verein von Mittelalterfans gesehen, die sich jedes Wochenende trafen, um zu leben wie zur Zeit der Kreuzzüge. Verrückte, seiner Meinung nach ... Aber er hatte wohl keine Wahl: Außer ihnen schien niemand sonst auf der Insel zu leben. Ihre Stimmen drangen allmählich bis zu ihm, einzelne Laute, unzusammenhängende Satzfetzen, von den wirbelnden Windböen davongetragen:

»Dia dite ...«

»Go rev ... me agot ...«

Es erinnerte beinahe an die Elfensprache im *Herr der Ringe*. Damit wollten sie sicher dem Ganzen das passende Lokalkolorit verleihen.

»Bhi ag Colum-Chill! Acht bhi ...«

Sam räusperte sich und hob schüchtern die Hand zur Begrüßung.

»Hallo!«

Sie waren jetzt auf weniger als zwanzig Meter herangekommen.

»... uaignigh nah-Alban?«

In diesem Moment geschah etwas, das noch merkwürdiger war als alles, was er bis dahin erlebt hatte: Ohne dass er auch nur die geringste Anstrengung unternehmen musste, *verstand Sam plötzlich, was diese Leute sagten!* Was ihm noch vor einer Sekunde als fremde Sprache mit unverständlichen gutturalen Lauten erschienen war, kam ihm im nächsten Augenblick vor, als hätte er von Geburt an nichts anderes gesprochen!

»Ich habe es euch doch gesagt!«, rief ein buckliger Mann mit Bart aus. »Er ist ganz plötzlich aufgetaucht, einfach so, in der kleinen Bucht von Colum-Chill!«

»Er ist einer ihrer Spitzel«, stieß ein anderer hervor und starrte ihn anklagend an. »Er kommt als Kundschafter, er kommt, um uns zu bestehlen!«

»Das genügt!«, unterbrach sie der, der vorangegangen war und dem Alter nach der Anführer sein musste. »Hören wir erst, was er uns zu sagen hat. Gott in seiner unendlichen Güte schickt uns vielleicht seinen letzten Boten ... Woher kommst du, Kleiner?«

»Er muss gekentert sein«, warf ein großer Magerer dazwischen, ehe Sam etwas erwidern konnte. »Zu dieser Jahreszeit sind die Fischer mit ihren Booten auf dem Meer unterwegs und ...«

»Wirst du wohl schweigen, Bohnenstange?«, schnitt ihm der Anführer das Wort ab. »Er ist sicher gewitzt genug, um für sich selbst zu sprechen, oder nicht?«

Samuel versuchte, mit aller Kraft das Zittern zu unterdrücken, das seine Knie zu erfassen drohte. Er fragte sich, welche ungewohnten Laute wohl gleich aus seinem Mund kommen würden. Und was den Grund für seine Anwesenheit auf der Insel betraf, war es sicher ratsam, nicht allzu präzise zu werden. Diese Leute benahmen sich ohnehin schon seltsam genug.

»Ich ... ich bin gekentert«, stieß er hervor – ein Schwall aus elfischen Lauten. »Mein ... mein Boot ist gekentert.«

»Da hört ihr's!«, sagte die Bohnenstange wohlwollend.

»Lügner!«, rief der Bucklige. »Er ist einfach so aufgetaucht!«

»Komm schon, Bruder, du musst doch zugeben, dass deine Augen nicht mehr die jüngsten sind!«, wandte der

Ältere ein. »Und da es sich um die Bucht von Colum-Chill handelt, ist das vielleicht ein Zeichen . . . Hat unser Herr nicht immer über uns gewacht, meine Brüder?«

»Ja, ehrwürdiger Bruder Abt«, stimmten die anderen im Chor zu.

»Trotz der wüsten Zeiten, in denen wir leben, kann uns doch aus der Bucht von Colum-Chill kein Unheil drohen, nicht wahr? Niemals würde der Herr zulassen, dass unsere Feinde einen heiligen Ort wie diesen besudeln . . . Wir können also, solange das Gegenteil nicht bewiesen ist, davon ausgehen, dass dieser Junge auf unserer Insel gestrandet ist. Und wer weiß, was seine Ankunft für uns bedeuten mag? Die Wege des Herrn mögen zuweilen verschlungen sein, aber sie führen doch stets zur Weisheit.«

Dann wandte er sich an Samuel: »Wie lautet dein Name, mein Junge?«

»Sam«, brachte dieser nach kurzem Zögern heraus.

»Saum«, wiederholte der Abt mit einem tief klingenden *»um«* . . . »Bist du getauft, Saum?«

Sam nickte und anwortete unwillkürlich: *»Tà.«*

»Demnach kennst du das Zeichen des Kreuzes?«

Angesichts der forschenden Blicke kam Sam zu der Einschätzung, dass eine direkte Demonstration sicher das Beste wäre: Er berührte mit drei Fingern erst seine Stirn, seine Brust und dann die Schultern. Seine Geste wurde mit einem vielstimmigen »Amen!« aufgenommen, und wie durch ein Zauberwort verschwanden die eben noch drohenden Stöcke und Schwerter.

Der Abt lächelte ihn an.

»Perfekt, Saum. Nach allem, was ich sehe, bist du ein guter Christ und keiner von diesen Wilden des Teufels! Nun, du warst also auf einem Fischerboot, richtig?«

Sam nickte. Was hätte er sonst sagen sollen?

»Also gut, Saum, bis auf Weiteres wirst du dich für die nächsten Tage unserer Gemeinschaft anschließen. Du wirst im Stall schlafen, wo unser Wirtschafter dir einen Ballen Stroh geben wird. Es wird dir untersagt, den Schlaftrakt und den Keller zu betreten, und was die Kirche und das Skriptorium betrifft, so darfst du dich dort nur in Begleitung eines der Unseren aufhalten. Hier, Bruder Ranald, zum Beispiel. Da er bereits mit so viel Überzeugung für dich eingetreten ist, soll er auch die Verantwortung für dich übernehmen. Mit allen Pflichten und Einschränkungen, die damit verbunden sind, versteht sich!«

Es lag ein warnender Unterton in diesen Worten, der Bruder Ranald – der von den anderen Bohnenstange genannt wurde - offenbar nicht entgangen war, denn er verneigte sich ehrerbietig.

»Zu deinem Unglück empfängt dich unsere schöne Insel Iona leider in ihrer dunkelsten Stunde«, fuhr der Abt fort. »Vielleicht wirst du dir bald sogar wünschen, du wärest mit deinem Boot untergegangen. Die weißen Fremdlinge sind unterwegs. Zwei Tagesreisen mit dem Schiff von hier haben sie bereits andere Klöster und Siedlungen geplündert. Zudem sind wir bei Weitem die Reichsten hier in der Gegend, und das wissen sie nur allzu gut. Ich hoffe also nicht, dass dich das gleiche Schicksal treffen wird wie uns, Saum.«

Er versetzte ihm einen Klaps in den Nacken, der wohl väterlich gemeint war, Sam aber beinahe umgeworfen hätte.

»Gott will uns prüfen, mein Junge! Vielleicht werden wir sogar kämpfen müssen ... Aber lasst uns nun gehen, für heute Abend zeichnet sich kein Unheil am Horizont ab, wir werden ruhig schlafen können.«

Damit wandte er sich um und wollte sich auf den Weg zurück ins Dorf machen, doch Samuel brannte darauf, mehr zu erfahren:

»Entschuldigen Sie, ehrwürdiger Vater, könnt Ihr mir vielleicht ...«

Der Abt drehte sich auf dem Absatz um und funkelte ihn unter drohend zusammengezogenen Augenbrauen an: »Die erste Regel, die du dir merken musst, Saum, der Fischer«, donnerte er, »ist Schweigen. Hier spricht niemand, es sei denn, ich habe ihn etwas gefragt oder es ist für die Erfüllung seiner Aufgabe unerlässlich. Und vor allem nicht innerhalb der Klostermauern ... Wirst du dir das merken können? Bruder Ranald, Ihr wacht in Zukunft darüber, dass unser Schützling die Regeln der Gemeinschaft beachtet.«

Bruder Ranald eilte an Samuels Seite und bedeutete ihm mit den Augen, demütig den Blick zu senken.

Sam musste sich bald eingestehen, dass dies hier keine kostümierten Fanatiker waren, die so ihr Wochenende verbrachten. Diese Leute spielten kein Theater, es handelte sich um echte Mönche. Wenn auch ziemlich vorsintflutliche Mönche, die von einem Lichtjahre entfernten Planeten zu kommen schienen, jedenfalls wenn man sich die Bedingungen ansah, unter denen sie hier lebten! Ihr Kloster bestand aus einer Ansammlung Bretterbuden mitten auf einem Schlammhügel. Allein die Kirche in der Mitte, mit ihrem seltsamen Glockenturm, erinnerte entfernt an die Zivilisation. Aber der Rest …

Samuel wurde als Erstes zum Stall gebracht, wo ihm der Wirtschafter ein Lager einrichtete, indem er direkt neben der einzigen Kuh im Stall ein Bündel Stroh auf den Boden warf. Er reichte Samuel auch noch ein mottenzerfressenes Gewand mit Kapuze und eine dicke Wolldecke. Dann wies er ihn an, bis zur Abendmahlzeit hier zu warten. Sam schloss aus seiner widerwilligen Art, dass er ebenso wie der Bucklige zu denjenigen gehörte, denen das plötzliche Auftauchen dieses Jungen-aus-dem-Nichts unheimlich war. Und in gewisser Hinsicht hatten sie ja auch nicht unrecht …

Das einzige Fenster im Stall war mit einem Fensterladen verschlossen, doch Sam nutzte die Astlöcher im Holz, um das Kommen und Gehen der Brüder während der frühen Abendstunden zu beobachten. Er zählte etwa fünfzehn bis zwanzig Mönche unterschiedlichen Alters, außer dem Abt und der Bohnenstange waren alle von eher kleiner Statur. Alle schienen ihre Rolle genau zu kennen und hatten offensichtlich nicht das geringste Bedürfnis zu sprechen. Einige schleppten große Kübel und schwere Säcke, andere waren dabei, die Palisaden rundherum mit zusätzlichen Hölzern zu verstärken. Während andere in der Kirche ein und aus gingen, arbeitete ein Teil von ihnen in einem großen Haus gleich neben dem Glockenturm. Alles lief in vollkommenem Schweigen ab, abgesehen vom wohligen »Wutsch! Wutsch!« der Sandalen im Schlamm.

Samuel wusste nicht mehr, was er denken sollte. Natürlich hatte er schon von einer Insel namens Iona gehört, irgendwo im Norden Kanadas, aber das lag nun wahrhaftig nicht gleich nebenan! Und was auch immer ihn auf diese Insel gebracht hatte, erklärte noch lange nicht das Rätsel dieses verrückten Klosters, geschweige denn, die dunklen Andeutungen des Abts: Wer waren diese weißen Fremdlinge? Wovor hatten diese Mönche so große Angst? *Und vor allem: Wie kam es, dass Sam ihre merkwürdige Sprache verstand?*

Die Stalltür wurde aufgerissen.

»Saum?«, flüsterte jemand. Er erkannte die Stimme der Bohnenstange. »Es ist Zeit zum Abendessen, beeil dich. Und denk daran: kein Wort!«

Sam rappelte sich hoch und folgte ihm nach draußen ins Halbdunkel bis zu einem länglichen Gebäude, das an die Küche angeschlossen war: das Refektorium, der Speisesaal. Als er eintrat, drehten sich alle zu ihm um. Es waren doch mehr, als er geschätzt hatte, an die dreißig Mönche insgesamt, auf zwei lange Tische verteilt. Der Abt saß am Ende, allein, während ein Mönch an einem Stehpult soeben ein riesiges Buch aufschlug. Keiner der Brüder sagte ein Wort, doch sie räusperten sich die ganze Zeit auf so eigenartige Weise, dass man es für einen Geheimcode hätte halten können. Der Bucklige, der rechts auf einem der ersten Plätze saß, warf ihm einen giftigen Blick zu. Bruder Ranald führte Sam zur linken Bank, und sobald sie Platz genommen hatten, begann der Mönch am Stehpult mit der Lektüre. Es musste sich um einen lateinischen Text handeln, aber im Gegensatz zum »Iona-Elfisch« verstand Sam kein einziges Wort. Der Simultanübersetzer, der neuerdings in seinem Kopf eingepflanzt war, konnte anscheinend nur zwei Sprachen gleichzeitig bewältigen ...

Der Küchenmönch erschien mit einem schweren Kochtopf. Er machte die Runde und füllte die Schalen eine nach der anderen mit einer intensiv duftenden Suppe aus schwärzlichen Kräutern, die wie Haarbüschel aussahen. Zu Hause aß Samuel niemals Suppe, aus Prinzip. Doch einerseits war er ziemlich ausgehungert und andererseits fühlte er sich von den Blicken aus dreißig Augenpaaren durchbohrt. Also tauchte er mutig seinen Löffel in die dampfende Flüssigkeit, schöpfte ein gutes Büschel Grünzeug hervor und schluckte alles hinunter. Es bekam ihm schlecht ... Zuerst verbrannte er sich den Gaumen – Verbrennungen zweiten Grades mindestens – dann breitete sich ein unglaublich bitterer Geschmack in seinem Mund aus, wie ein Konzentrat aus dem schlimmsten Kohl, den er je gegessen hatte. Natürlich konnte er unmöglich alles wieder auf den Teller spucken. Also riss er sich zusammen, so gut es ging, spürte schon die Tränen in den Augen und brachte alles hinunter, indem er sich die Nase zuhielt, was eine Verbrennung dritten Grades der Speiseröhre zur Folge hatte. Als er etwas Kaltes hinterherspülen wollte und zu dem Trinkbecher vor seinem Teller griff, hatte er auch nicht mehr Glück: ein ungenießbares alkoholisches Gebräu, das nach Kuhmist schmeckte und von dem er sofort Schluckauf bekam. Die Bohnenstange versetzte ihm unter dem Tisch einen diskreten Fußtritt, und Sam beschloss, die Suppe nicht wieder anzurühren. Danach probierte er nur noch ein Stückchen Speck – ein kleines Eckchen, das er mit viel Mühe aus einer furchtbar fetten Scheibe herausoperiert hatte – und einen steinharten Käse. Das »Dessert«, ein dicker warmer Brei, leicht gezuckert, sah zwar etwas vielversprechender aus, lag ihm aber wie ein Block Zement im Magen, sodass er sich gezwungen sah, den Inhalt seines Trinkbechers hinterherzuspülen. Und er hatte sich bei Grandma beschwert, wenn nicht genug Majonäse auf seinen Pommes frites war!

Als das Essen endlich überstanden war, geleitete Bruder Ranald ihn im flackernden Schein einer Kerze zurück zum Stall. Der Himmel war schwarz und sternenklar. Und nach wie vor wehte dieser launische böige Wind um jede Ecke.

»Tut mir leid, Saum«, murmelte die Bohnenstange, »ich kann dir das Licht nicht hierlassen, der Abt hat es verboten. Damit du kein Feuer legen kannst ...«

Er öffnete die Tür und trat beiseite.

»Aber ich habe dir das hier mitgenommen ...«

Unter seinem Gewand holte er ein Viertel von einem schweren Laib Brot hervor und drückte es ihm in die Hand.

»Über dem Futtertrog hängt auch ein Eimer, falls du dich aufs Kühemelken verstehst . . .«

Mehr sagte er nicht, sondern zog stattdessen eilig die Tür hinter sich ins Schloss. Sam hörte, wie der riesige Schlüssel umgedreht wurde. Dann war er wieder allein. Nicht ganz: Die Kuh brachte sich mit einem markerschütternden Brüllen in Erinnerung. Sam tastete sich in der Dunkelheit weiter zu ihr und stellte fest, dass sie sich auf seinem Strohlager niedergelassen hatte. Die Nacht fing ja gut an!

IV.
Der Schatz von Colum-Chill

Samuel sehnte sich nach seinem Zimmer, nach seiner Bettdecke und dem Radiowecker, der knisternd von sich gab: *»Es ist sieben Uhr, meine Kleinen, Zeit, sich langsam in Bewegung zu setzen! Und damit euch wenigstens schon mal die Ohren schlackern, hier bei HitFM, der neuste Knaller von Linkin Park . . .«* Stattdessen klatschte ihm ein Kuhschwanz um die Ohren, wozu ein markerschütterndes Muhen ertönte. Und die ganze Nacht dieses pausenlose Kauen, Wiederkäuen, Schnaufen – manchmal auch Schlimmeres . . . Gar nicht zu reden von diesen verrückten Klosterbrüdern, die die ganze Zeit in der Kirche herumspaziert waren, aus Leibeskräften gesungen hatten – ihr Schweigegelübde galt offensichtlich nur tagsüber – und zu den unmöglichsten Zeiten die Glocken läuten ließen. Kurz gesagt, er hatte die ganze Nacht kein Auge zugetan.

Und was den Vormittag anging . . . Eingesperrt mit seiner geräuschvollen und übel riechenden Gefährtin, blieb Sam nichts anderes zu tun, als durch sein Astloch im Fensterladen dem Treiben der Mönche zuzusehen. Heute standen Übungen im Schwertkampf auf dem Stundenplan, die Kostümierung erinnerte stark an *Krieg der Sterne*, das Ergebnis allerdings eher an einen Video-Gag. Einen Moment fragte er sich sogar, ob er in die Dreharbeiten zu einer dieser Reality-Shows geraten war: »Dreißig Männer auf einer einsamen Insel! Ihre Aufgabe: Leben wie die Mönche im Jahr 1000! Seien Sie dabei, wenn sie Kräuter essen, im Schlamm kämpfen und nach Mitternacht noch in der Kirche singen! Jeden Samstag wird von den Zuschauern abgestimmt, wer der neue Abt wird!« Und so weiter . . .

Aber wo war die versteckte Kamera?

Gegen Mittag – sein Magen schrie vor Hunger – tauchte endlich die Bohnenstange auf. Um seine Hand hatte der Mönch eine Art Schnur mit kleinen Haken daran gewickelt.

»Saum«, wisperte er, »wir gehen zum Fischen!«

»Zum . . .«

Aua! Die Mönche nahmen ihn beim Wort! Sie zählten darauf, dass er ihnen Fisch besorgen würde! Sie wollten nicht enttäuscht werden . . .

»Schnell!«

Sam gehorchte. Schweigend folgte er Bruder Ranald dicht auf den Fersen. Sie machten einen Bogen um die Gruppe bewaffneter Mönche und verließen das Lager auf der rückwärtigen Seite. Sobald sie außer Hörweite waren, reichte die Bohnenstange ihm ein Stück Brot mit Käse, das er aus seinem Ärmel hervorzog.

»Hier, iss. Du bist es sicher nicht gewöhnt, nur eine Mahlzeit am Tag zu bekommen.«

Hungrig stürzte Sam sich auf den goldbraunen Laib, etwas weniger gierig auf den knochenharten blassen Käse.

»Du darfst ihn nicht kauen«, riet ihm die Bohnenstange, »lass ihn auf der Zunge zergehen.«

Sie entfernten sich schnellen Schrittes vom Kloster, und als sie schließlich durch saftig grüne Wiesen und an niedrigen Steinmauern entlanggingen, wagte Sam endlich seine Frage zu stellen: »Wohin gehen wir?«

»Du bist kein Fischersohn, nicht wahr?«, kam es anstelle einer Antwort.

»Also, ich . . .«

»Es hat keinen Zweck zu lügen . . . Wenn ich dir diese Angelschnur in die Hand geben würde, wüsstest du mit Sicherheit nichts damit anzufangen. Für einen einfachen Fischer hast du viel zu weiße Zähne und viel zu zarte Hände.«

Sam suchte fieberhaft nach einer plausiblen Geschichte, doch ihm fiel nichts ein.

»Ich bin übrigens davon überzeugt, dass der Abt dir auch nicht geglaubt hat. Wahrscheinlich will er lieber nicht wissen . . .«

Samuel verstand kein Wort, nur dass er kurz davor war aufzufliegen.

»Der Bucklige hat doch nicht so schlechte Augen, nicht wahr, Saum? Du bist doch bei der Bucht von Colum-Chill aufgetaucht? Weißt du wenigstens, wer Colum-Chill war?«

Sam schüttelte den Kopf.

»Colum-Chill war ein Heiliger. Er hat unsere Abtei gegründet, vor mehr als zweihundert Jahren. Er kam aus Irland nach Iona, um von hier aus die Lehre Christi in Kaledonien zu verbreiten. Zu jener Zeit waren die Pikten und die Angeln weit davon entfernt, Christen zu sein.«

Von all den Namen, mit denen Sam da bombardiert wurde, erkannte er nur einen: Irland. Und Irland lag, soweit er sich erinnern konnte, im Westen Europas, Tausende von Kilometern entfernt. Wie war er nur hierher geraten?

»Außerdem hat er viele Wunder vollbracht. Hat Krieger und Ungeheuer besiegt, mit Engeln gesprochen und mit Gott. Heutzutage kommen die Mönche von weither, um seiner zu gedenken und seine Lehren zu studieren.«

Demnach gab es auf Iona eine Schule?

»Ich selbst«, fuhr der Mönch fort, »stamme aus Dublin. Ich sollte drei Jahre in der Abtei verbringen, um meine Kenntnisse der Heiligen Schriften zu vervollkommnen, aber . . .«

Sein Blick verlor sich in der Ferne weit über dem Meer.

»Bald werden sie kommen«, seufzte er, die Augen fest auf den Horizont gerichtet.

»Wer sind *sie?«*

»Die weißen Fremdlinge! Niemand weiß genau, wo sie wohnen. Irgendwo weit im Norden. Seit einigen Monaten machen sie die Küsten dieser Gegend mit ihren großen Schiffen unsicher. Sie plündern und rauben alles, was ihnen in die Hände fällt. Und irgendwie müssen sie von dem Schatz von Colum-Chill erfahren haben.«

»Ein Schatz?«

»Ja, ein Schatz, der größte und wertvollste im ganzen Land. Wenn du willst, zeige ich ihn dir. Siehst du dort drüben die kleine Bucht?«

Er zeigte auf die ungefähr fünfhundert Meter von ihnen entfernte Bucht, an der Sam wieder zu sich gekommen war.

»Dort ist Colum-Chill an Land gegangen. Siehst du auch weiter rechts diesen kleinen Hügel? Dort werden wir den Schatz verstecken. Folge mir, ich werde es dir erklären.«

Sie kletterten über Felsbrocken, die zum Meer hin einen Hügel bildeten. Hinter einem der größeren Steine gab es einen Spalt, durch den ein Mensch so eben hindurchpasste und der in eine Art Grotte führte. Durch eine winzige Öffnung in der Decke fiel spärliches Licht herein. Man fühlte sich wie im Bauch eines Urzeittieres, so rissig und voller Wölbungen und Einkerbungen waren die Felswände. Zwei dünne, quer verlaufende Balken schienen einen Teil des Gewölbes zu tragen. An einem der Stützbalken lehnte eine Axt.

»Die weißen Fremdlinge errichten keine Lager, in denen sie sich niederlassen«, erklärte Ranald. »Alle, die sie nicht gleich umbringen, werden als Sklaven verkauft. Man erzählt sich sogar, dass sie ihre Gefangenen und ihre Beute an die Anhänger Mohammeds verkaufen ... Aber den Schatz von Colum-Chill, den werden sie nicht bekommen.«

Sosehr Sam die Augen aufriss, er konnte nirgends eine Spur von einem Schatz entdecken.

»Und wo ist dieser Schatz?«

»Heute Nachmittag werden wir die schönsten Stücke hierher bringen. Das hätten wir schon längst tun sollen, wenn du mich fragst.«

»Aber wie könnt Ihr sicher sein, dass diese Fremdlinge das Versteck nicht finden werden?«

»Weil ich sie daran hindern werde«, versicherte Ranald mit entschlossener Stimme. »Sobald ihre Segel im Süden auftauchen, werde ich zur Grotte eilen. Ich werde die Balken, die du dort siehst, zerschlagen, und sofort wird der Eingang einstürzen. Selbst wenn sie auf der Insel das Oberste zuunterst kehren, glaube mir, den Schatz werden sie niemals in die Finger bekommen.«

»Aber Ihr«, bohrte Sam weiter, »wie wollt Ihr danach wieder hier herauskommen?«

Ranald deutete auf den natürlichen Kaminschacht über ihren Köpfen.

»So Gott will, werde ich den Weg der Luft nehmen. Deshalb hat der Abt auch mich dazu bestimmt: Ich bin von allen der Gelenkigste und der Schmalste.«

Die Bohnenstange, dachte Sam.

»Und wenn es Euch nicht gelingen sollte herauszukommen?«

»Dann werde ich sterben . . . Wie auch meine Brüder, wenn sie gegen diese vermaledeiten Heiden kämpfen müssen. Doch immerhin wird so der Schatz von Colum-Chill gerettet werden.«

Er musterte Sam mit einem Lächeln.

»Zieh nicht so ein Gesicht, Junge! Dein plötzliches Auftauchen hat uns Hoffnung gegeben. Zumindest einigen von uns. Dass du genau einen Tag, bevor wir unseren Feinden gegenübertreten werden müssen, auf unsere Insel gekommen bist, kann kein Zufall sein. Der heilige Colum-Chill muss deine Schritte hierher geführt haben . . .«

Bruder Ranalds Stimme klang auf einmal beinahe ehrfürchtig, und Sam erriet, dass einige Mönche ihm in ihrer Verzweiflung eine Bedeutung verliehen, die ihm nicht zukam. Immerhin waren sie ihm gegenüber dadurch vielleicht etwas nachsichtiger gestimmt.

Wieder zurück im Kloster, und nachdem sie ihren Fisch in der Küche abgeliefert hatten – die Bohnenstange verstand sich aufs Fischen wie kein anderer –, gab Ranald ihm zu verstehen, er solle ihm zu dem Haus direkt neben der Kirche folgen.

»Du wirst jetzt gleich Gelegenheit haben, den Schatz von Colum-Chill zu bewundern«, raunte er ihm zu, während er die Tür zum Skriptorium öffnete.

Sam stand mit offenem Mund da. Wenn nur sein Vater hier gewesen wäre! Er, der jedes Mal in Verzückung geriet, wenn ein Buch nur ein bisschen abgeschabt aussah . . . Diese Mönche mussten die Letzten sein, die noch auf diese Weise arbeiteten.

Einige hockten auf kleinen Schemeln, vor sich ein aufgeschlagenes Buch, dessen Text sie auf große Bögen Pergament übertrugen. Alles mit der Hand und noch dazu in dieser unbequemen, über die eigenen Knie gebeugten Haltung! Andere waren damit beschäftigt, das Pergament zu falten und zu einzelnen Bögen zusammenzubinden, die am Ende alle zusammen zu einem Buch wurden. Die nächsten verzierten an ihren Stehpulten mit sicherem Pinselstrich die beschriebenen Seiten mit farbigen Zeichnungen. Der Raum wurde von zahlreichen Öllampen, die an langen Ketten von der Decke hingen, in ein sanftes Licht getaucht. An den Seiten standen grob zusammengezimmerte Regale, in denen eine große Anzahl bereits fertiggestellter Exemplare lagerten oder auch solche, die noch darauf warteten, reproduziert zu werden. Einige von ihnen hatten schwere Einbände aus einem silberfarbenen Metall und waren mit Gravuren verziert.

Unter dem bohrenden Blick des Buckligen führte Ranald Sam zu einem Tisch im äußersten Winkel des Raums. Auf der pultartig hochgestellten Platte lag ein Buch, wie Sam noch nie auch nur annähernd eins zu Gesicht bekommen hatte. Der Einband aus massivem Gold war mit einem Relief geschmückt, das die Figur eines Heiligen zeigte, der von Engeln und Fabeltieren umringt wurde. Zudem war er mit einer Vielzahl von blau, rot oder grün schimmernden Edelsteinen besetzt, einige von der Größe eines Daumennagels ... Der Schatz von Colum-Chill!

»Es ist unsere schönste Abschrift des Evangeliums«, flüsterte die Bohnenstange kaum hörbar.

»Bruder Ranald«, grummelte der Bucklige. »Die Regel!«

Ranald schien die Bemerkung zu überhören, woraufhin

der andere brummend den Saal verließ. Unter Sams bewundernden Blicken löste die Bohnenstange die mächtigen Schließen und schlug das Buch auf. Die Seiten waren mit einer schönen alten Handschrift bedeckt und mit detailreichen, sehr fein ausgeführten Zeichnungen in den leuchtendsten Farben geschmückt. Menschliche Figuren oder geometrische Formen. Sam kannte sich zwar mit so etwas nicht aus, aber selbst wenn das hier nur eine Kopie sein sollte, musste ein solches Meisterwerk ein Vermögen wert sein!

Es waren noch keine drei Minuten vergangen, als sie hinter sich die Tür schlagen hörten. Der Abt kam hereingerauscht, den Buckligen im Gefolge.

»Bruder Ranald …«, begann der Abt. »Wie auch immer die Umstände sein sollten, dieser Junge darf nicht den Frieden unseres Skriptoriums stören. Um keinen Preis! Bringt ihn zurück in den Stall und sperrt ihn dort bis zur Abendmahlzeit ein.«

»Aber, ehrwürdiger Vater, Ihr sagtet doch selbst, dass …«, versuchte Ranald sich zu verteidigen.

»Übt Euch in Gehorsam, Ranald, oder Ihr werdet beide Buße tun … Außerdem ist es bereits später Nachmittag, es wird Zeit, unsere Schriften in Sicherheit zu bringen. Lasst die Glocke läuten und alle ins Skriptorium rufen. Und was dich angeht, mein Junge, du hast mich wohl verstanden: Ich möchte dich bis zum Abendessen nicht mehr sehen.«

Hinter dem Rücken des Abtes rieb sich der Bucklige mit

einem triumphierenden Leuchten in den Augen die Hände.

Sam fuhr, mit einem Schlag hellwach, aus dem Schlaf. Sein Gesicht war schweißnass. Sein Bauch fühlte sich steinhart an, und sein Magen gab furchtbare Geräusche von sich. Sicher lag dies wieder an der grässlichen Kohlsuppe des Kochs ... Er warf einen Blick hinüber zum Fensterladen: Die Morgendämmerung hatte kaum begonnen.

Plötzlich wurde ihm klar, dass die furchtbaren Geräusche nicht aus seinem Magen kamen.

Mit einem Satz war er auf den Beinen. Laute Rufe und Schreie drangen zu ihm herein, das dumpfe Geräusch von Waffen. In seiner panischen Angst brauchte er eine Weile, um sich durch den dunklen Stall bis zum Fensterladen zu tasten. Draußen tobte die Schlacht ... Die weißen Fremdlinge waren da, zumindest eine Handvoll von ihnen, große, kräftige Gestalten, die ihre Gesichter hinter den heruntergeklappten Visieren ihrer Helme verbargen. Die Mönche verteidigten sich so gut sie konnten, ein paar verbarrikadierten sich in der Kirche, andere lieferten sich verzweifelte Zweikämpfe mit den Angreifern.

Da schwang die Stalltür auf, was die Kuh vor Angst brüllen ließ.

»Saum! Saum!«

Es war die Bohnenstange, ein Schwert in der Hand. Er schloss hinter sich ab und trat schwer atmend zu Sam.

»Sie haben uns überrascht ... Im Morgengrauen ... Wir

waren nicht vorbereitet! Jemand hat ein Feuer angezündet, um ihnen den Weg zu weisen! Sie haben das Kloster gestürmt!«

Bumm! Die Stalltür erzitterte unter einem kräftigen Schlag.

»Du musst den Schatz retten, Saum, sonst wird er diesen Barbaren in die Hände fallen!«

»Ich? Aber Ihr solltet doch in der Grotte sein!«, stotterte Sam. »Ich könnte doch niemals . . .«

Ein zweiter Stoß traf die Tür.

»Hör zu, Saum, es bleibt nicht viel Zeit.«

Er hob sein Gewand bis zur Wade und zeigte auf seinen Knöchel. Er blutete.

»Mein Fuß ist verletzt, ich wäre nicht schnell genug. Du bist flink und kannst unbemerkt entwischen.«

Krach! Die Holzlatten begannen nachzugeben. Die Kuh muhte noch lauter.

»Außerdem wärst du dort sicherer«, fuhr Ranald fort und packte ihn beim Arm. »Drück dich schnell gegen die Wand, und sobald die Tür nachgibt . . .«

Weiter kam er nicht, denn in diesem Augenblick flog die Tür aus den Angeln, und ein silberglänzendes Ungetüm brach brüllend herein.

»Lauf, Saum!«, befahl Bruder Ranald, während er mit dem Schwert auf den Eindringling losging.

Mit zitternden Knien rannte Sam hinaus in die Dämmerung, während um ihn herum die Waffen klirrten. Er versteckte sich hinter einem Fass, dann schlich er geduckt an den Palisaden entlang. Sobald er die rückwärtige Seite des Klosters erreicht hatte, öffnete er das Tor, das hinaus auf die Felder führte, und rannte los, so schnell er konnte.

»Lauf, Saum! Rette den Schatz von Colum-Chill!«, meinte er zu vernehmen.

Als er das erste Steinmäuerchen erreichte, warf er sich flach auf den Boden. Es war noch nicht sehr hell, niemand würde ihn sehen können ... Doch als er zurückschaute, erblickte er am Eingang des Klosters einen Mönch, der nicht kämpfte, sondern im Gegenteil intensive Verhandlungen mit den Angreifern zu führen schien. Der Bucklige! Der Bucklige hatte seine Brüder verraten! Er hatte das Feuer gelegt, das die Plünderer hergeführt hatte! Und nun zeigte er mit dem Finger genau in Sams Richtung ...

Sam rannte geduckt weiter. Mit ein bisschen Glück hatten die weißen Fremdlinge ihn nicht bemerkt. Wer waren diese Eroberer überhaupt? Welches Jahrhundert zählte man auf Iona?

Als er den Felsvorsprung umrundet hatte, der ihm die Sicht auf die Bucht verstellte, sah er die Antwort vor sich: Zwei riesige Schiffe, deren Bug die Form eines Drachen hatte, lagen westlich der Insel vor Anker. Ihre an beiden Enden spitz zulaufende Form und die rechteckigen roten Segel ließen keinen Zweifel offen: Drachenschiffe! Wie in den Geschichtsbüchern. Die weißen Fremdlinge waren Wikinger!

Die Erkenntnis traf ihn wie ein Schlag. Er strauchelte und fiel der Länge nach ins feuchte Gras. Was er die ganze Zeit erfolgreich verdrängt hatte, traf ihn plötzlich wie eine

Erleuchtung. Das Kloster, das Skriptorium, die Mönche, die Wikinger ... Er war in einer anderen Zeit gelandet! ER WAR IN EINER ANDEREN ZEIT GELANDET!

Er warf einen schnellen Blick zurück. Einer der Krieger hatte seine Verfolgung aufgenommen, während die übrigen weiter ins Kloster vordrangen. Dort, wo er den Buckligen zuletzt gesehen hatte, war nur noch ein auf dem Boden zusammengekrümmtes Etwas übrig: Die Eindringlinge hatten die Rechnung mit ihrem Komplizen anscheinend auf ihre Art beglichen.

Sam rannte weiter. Er hatte zwar einen komfortablen Vorsprung, aber nur halb so lange Beine wie sein Verfolger. Gerade ging die Sonne orangefarben über dem Meer auf und tauchte den Küstenstreifen in ein unwirkliches Licht. Das Ufer, das er erreichen musste, schien am anderen Ende der Welt zu liegen. Er versuchte, sein Tempo zu halten, und erinnerte sich dabei an die Ratschläge von Daffy Duck, seinem Sportlehrer mit der Entenstimme: »In zwei Zügen einatmen, dann alles wieder raus, und immer im Rhythmus bleiben.« Er lief den Pfad hinauf, den er gestern mit der Bohnenstange gegangen war. Eine Ewigkeit schien seit ihrem Angelausflug vergangen zu sein!

Endlich sah er vor sich den Hügel oberhalb der Bucht. Der Wikinger lag immer noch fast fünfhundert Meter zurück. Entweder war er sich seiner Beute allzu sicher oder kein besonders guter Läufer. Er trug einen riesigen Helm, der ihm übers Kinn reichte, dazu ein Schwert und einen mindestens ein Meter fünfzig hohen Schild. Auf einen

Zweikampf sollte man sich also möglichst nicht einlassen …

Keuchend erklomm Sam den Felsen. Wo war noch gleich der Eingang zur Grotte? Da, ein Stück weiter oben. Er schlüpfte durch den Felsspalt und wäre um ein Haar über einen der kleinen Tische gestolpert, die die Mönche für die Bücher bereitgestellt hatten. Schnell, die Axt … Er griff nach dem Stiel und schwang ihn etwas ungelenk gegen den ersten und dünnsten Balken. Und wenn es nun nicht funktionierte? Wenn er mit seinem Werkzeug nichts ausrichtete? Er schlug noch einmal zu, jetzt mit doppelter Kraft, und hinterließ eine deutliche Kerbe im Holz. Dann noch einmal und noch einmal! Der erste Balken gab krachend nach. Die oberhalb des Eingangs aufgeschichteten Felsbrocken erzitterten, aber das war alles. Sam rieb sich die schmerzenden Hände, er hatte zwei riesige Blasen auf den Handflächen. Doch das war jetzt Nebensache, der weiße Fremdling musste ganz nah sein. Sam stürzte sich auf den zweiten Balken, der bei jedem seiner Schläge erbebte. Was, wenn die ganzen Höhlenwände ohne Vorwarnung über ihm zusammenbrechen würden? Rums! Sam hatte gerade noch Zeit zurückzuspringen. Ein Teil des Gewölbes brach unter lautem Getöse zusammen, mindestens eine Tonne Felsbrocken blockierte den Eingang. Er hatte gewonnen!

Nachdem sich die Staubwolke etwas gelegt hatte und er wieder zu Atem gekommen war, vergewisserte er sich, ob er nicht zu viel Schaden angerichtet hatte. Nur einer der Tische war getroffen worden, einige Bücher lagen auf dem

Boden. Mechanisch fing er an, sie auf einen Stapel zu sortieren – er war eben der Sohn eines Buchhändlers. Das kleinste der Bücher hatte ein ungewöhnliches, längliches Format und an einem Ende einen kleinen Ring. Vielleicht sollte man es damit am Gürtel befestigen? Innen war seltsamerweise zwanzigmal die gleiche Seite: die Abbildung einer Insel, vermutlich Iona, daneben ein paar Erklärungen. Schade, dass er immer noch kein Latein lesen konnte ... Plötzlich erstarrte er: Von draußen kam ein Geräusch. Es klang wie ein Hämmern. Der Wikinger war ihm dicht auf den Fersen gewesen, das Gepolter der Steine konnte ihm nicht entgangen sein. Vielleicht war er bereits dabei, die Felsbrocken wegzuräumen?

Sam suchte mit den Augen nach etwas, mit dem er sich verteidigen konnte. Der zersplitterte Balken könnte ihm vielleicht als Keule dienen ... ansonsten gab es nur Bücher, die wertvollsten in Leder gebunden, darunter auch das vergoldete, in dem er im Skriptorium geblättert hatte. Er durchsuchte die Grotte bis in den letzten Winkel. Dabei entdeckte er in einer Nische in der Wand eine Truhe. Er brachte sie unter den Lichtkegel in der Mitte und öffnete sie. Münzen ... Silber- und Goldmünzen. Der andere Schatz des Klosters! Als er mit dem Finger durch die Münzen fuhr, entdeckte er plötzlich eine mit einem Loch in der Mitte. Sie trug eine unleserliche Inschrift und hatte anscheinend den gleichen Durchmesser wie ... Ja genau, wie die, die er im Keller seines Vaters gefunden hatte! Diese Münze, die haargenau auf den Innenkreis der Sonne passte und mit der alles angefangen hatte! Warum hatte er nicht schon eher daran gedacht? Mithilfe einer Münze war er auf Iona gelandet, und er brauchte wieder eine, um von hier fortzukommen. Eine mit der richtigen Größe und einem Loch in der Mitte!

Sam ließ das wertvolle Stück in der Hose verschwinden, die der Wirtschafter ihm gegeben hatte. Bis zum Strand von Colum-Chill würde er weniger als zehn Minuten brauchen. Und wenn er es bis zu dem Sonnenstein schaffte ...

Er schätzte die Höhe zu der natürlichen Öffnung in der Decke. Mindestens fünfzehn Meter. In den Ferien hatte er einmal ein bisschen klettern gelernt, eigentlich müsste er es bis oben schaffen ... Zunächst einmal brauchte er eine Art Sockel, denn er war zu klein. Er machte sich daran, die Bücher in einen trockenen Winkel der Grotte zu bringen, dann stapelte er vorsichtig einen Tisch auf den anderen. Sobald er oben auf seiner improvisierten Leiter angekommen war, konnte er sich, indem er zu beiden Seiten sicheren Halt suchte, ohne größere Schwierigkeiten an den zerklüfteten Felsen hochziehen. Auf diese Weise arbeitete er sich langsam nach oben, wobei er versuchte, das wütende Gebrüll des Wikingers vor dem verschütteten Eingang zu überhören. Nach etwa drei Minuten hatte Sam die Öffnung erreicht, zwängte sich durch eine Lücke, die nur unwesentlich breiter war als er. Er sog die jodhaltige Meeresluft in sich hinein. Jetzt galt es nur noch, möglichst unauffällig zu bleiben ...

Er legte sich flach auf den Bauch und schlängelte sich wie eine Eidechse den rückwärtigen Hang hinunter. Der Wikinger konnte ihn schwerlich sehen, es sei denn, er kletterte ebenfalls auf den Hügel. Vorsichtshalber kroch Sam jedoch auf dem Bauch weiter, bis er in sicherer Entfernung war. Dann sprang er auf die Füße und rannte auf die Bucht von Colum-Chill zu.

Als er die letzte Erhebung oberhalb der Bucht erreicht hatte – Daffy Duck wäre stolz gewesen über seinen Sprint –, sprang Sam mitten zwischen die Felsen. Der Stein war noch da! Er würde nach Hause zurückkehren! Fieberhaft kramte er die Münze aus seiner Hose und legte sie, nachdem er sich ein letztes Mal umgeschaut hatte, in die Mitte der Sonne. Der Stein erwärmte sich und sofort breitete sich eine mörderische Hitze über seinem Arm aus. Samuel riss den Mund zu einem Schrei auf, den jedoch bereits niemand mehr hörte.

V.
An vorderster Front

»Ahhhrrg!«

Sams Schrei erstickte in seiner Kehle, während er auf allen vieren seinen Magen auf den morastigen Boden entleerte. Die Goldmünze der Mönche hatte ihn nicht nach Hause gebracht!

Er richtete sich vorsichtig auf, darauf bedacht, sein Hemd und seine Hose nicht allzu sehr zu verschmutzen. Die Luft war kühl und neblig wie an einem Frühlingsmorgen, und er befand sich mitten in einem alten Dorf oder dem, was davon noch übrig war. Von der Hauptstraße waren nur ein paar skelettartige Mauern geblieben, eingefallene Dächer, Metallwracks und zersplitterte Balken. Die Überreste eines Dorfes nach einer Katastrophe ... Er hielt nach dem Sonnenstein Ausschau. Er stand direkt neben einem alten Brunnen, halb vom Gestrüpp überwuchert. Und natürlich war die Münze verschwunden.

Wo war er dieses Mal gelandet? Und vor allem: in welcher Zeit? Auch wenn sie noch so verfallen aussahen, gab es in den Häusern echte Türen und echte Fenster, ganz anders als auf der Insel Iona. Doch wirklich moderne Gebäude waren es auch nicht. Er sah sich in einem der Häuser um. Alles lag durcheinander, verbrannte Möbel, Bruchstücke von Stühlen, die sich, halb im Schlamm versunken, über die Reste eines Fliesenbodens verteilten. Er ging hinaus und sah in ein anderes Haus, dann in ein weiteres. Überall die gleiche Verwüstung. Er durchwühlte eine alte Truhe nach etwas Essbarem, ohne Erfolg. Auf diese Weise hatte er sich schließlich zum äußersten Ende der Straße vorgearbeitet. Die Landschaft rundherum sah auch nicht einladender aus: eine eintönige, schlammige Hochebene, ein paar Hügel, auf denen anscheinend der Orkan des Jahrhunderts die Bäume abrasiert hatte. Da war ihm die Atlantikküste doch lieber.

»Hier ... hierher ...«

Samuel fuhr zusammen. Eine Stimme wie aus dem Jenseits, irgendwo hinter einer in zwei Teile zerfallenen Scheune.

»Je... jemand da?«

Sam hielt es für besser, nicht zu antworten. Er ging um einen kleinen Garten herum, der eher an eine Mondlandschaft erinnerte, so verwüstet und voller Krater war er. Die Stimme kam aus einem mit Dornenranken überwucherten Graben.

»Bitte ...«

Ein Mann lag dort. Ein Soldat. Seine Uniform war schlammverkrustet, und er schien sich nicht bewegen zu können. Ein Bein lag seltsam verdreht unter ihm. Anscheinend hatte er viel Blut verloren.

»Trinken, bitte ...«

Der Mann bewegte kaum die Lippen, die wie sein ganzes Gesicht unter einer dicken Schlammkruste kaum zu erkennen waren. Nur seine Augen stachen hervor wie weiße Punkte.

»Wasser«, stöhnte er.

Sein Akzent erinnerte Sam undeutlich an irgendetwas. Ebenso wie seine Kleidung und der runde Helm.

»Sind Sie verletzt?«

»Meine Feldflasche ... bitte.«

Sam stieg vorsichtig zu ihm in den Graben. Angst hatte er nur vor den Brombeersträuchern, zumal er nur diese vorsintflutliche Art Zehensandalen an den Füßen hatte. Er befreite die Flasche aus dem Geäst, drehte den Deckel auf und brachte die Feldflasche an die ausgetrockneten Lippen des Soldaten. Der trank lange und in tiefen Zügen.

»Danke«, sagte dieser daraufhin mit etwas klarerer Stimme, »dich hat der Himmel geschickt ... Ich weiß zwar nicht, was du in dieser Gegend treibst, noch dazu in diesem Aufzug ... Aber du musst mir Hilfe holen.«

Sam nickte nur, um ihn nicht zu unterbrechen. Er spürte, dass der Mann am Ende seiner Kräfte war.

»Du musst ... du musst raus aus dem Dorf. Auf der anderen Seite. Du folgst der Straße. Aber pass auf, dass du nicht gesehen wirst! Nach einem Kilometer kommst du zur Festung von Souville. Aber die kennst du ja sicher. Du sagst ihnen ...«

Er hustete schwach.

»Du sagst ihnen, dass Korporal Chartrel vom 293. Infanterieregiment verletzt ist. In Fleury, hinter der Totenscheune. Sie werden schon verstehen. Ich . . . ich weiß nicht, warum mich die Sanitäter nicht geholt haben. Ich muss das Bewusstsein verloren haben.«

Er warf Sam einen flehenden Blick zu.

»Du machst das, nicht wahr? Du wirst mich doch nicht hierlassen? Ich . . . ich mach's nicht mehr lange, weißt du.«

Samuel nickte.

»Also gut . . . ich . . . Und folge immer der Straße, Kleiner. Geh nicht auf die Anhöhe, da oben wimmelt es von Deutschen.«

Korporal Chartrel wollte noch etwas sagen, doch ihm fielen die Augen zu, und er röchelte schwach.

Sam durfte keine Minute verlieren.

Er kroch aus dem Graben und folgte der Straße in entgegengesetzter Richtung. Krieg . . . Es war Krieg. Aber welcher? Von Deutschen hatte der Soldat gesprochen. Also der Zweite Weltkrieg? Doch Sam hatte zu Hause zwei oder drei ziemlich realistische Videospiele über diese Zeit, und die Uniformen sahen ganz anders aus. Nein, der Erste Weltkrieg musste es sein. Im Geschichtsunterricht hatten sie einmal einen Schwarz-Weiß-Film gesehen. Über die Schützengräben und das alles . . . Ja, es könnte der Erste Weltkrieg sein. Chartrel . . . wahrscheinlich ein französischer Korporal.

Samuel lief geduckt die Straße entlang. Daran war er ja

mittlerweile gewöhnt ... Allerdings gab er in seinem weißen Gewand eine ideale Zielscheibe ab. Vor allem wenn man sich mitten auf dem Schlachtfeld befand. Und angesichts der zersplitterten Bäume und der zerstörten Häuser sah es ganz danach aus ...

Wie dem auch sei, schließlich konnte er sich nicht in dem Dorf vergraben und auf einen Bus warten, der ihn nach Hause bringen würde! Außerdem war da noch dieser verletzte Soldat ...

Ungehindert durchquerte Sam die eintönig graue verlassene Landschaft. Auf den Hügeln waren keine Deutschen zu sehen. Vielleicht war es noch zu früh ... Gab es bestimmte Uhrzeiten für den Krieg, so wie es feste Bürozeiten gab?

»He da! Wer kommt da des Wegs?«

Drei Soldaten sprangen plötzlich vor ihm aus dem Dickicht hervor und versperrten ihm mit erhobenen Gewehren den Weg.

»Was ist jetzt, Marcel?«, fragte der größte von den dreien etwas verwirrt. »Schießen oder nicht schießen?«

»Nicht schießen, Jeannot«, meinte der älteste, »erst müssen wir herausfinden, woher er kommt.«

»Sapperlot, das ist ja ein Kind!«, rief der dritte, der mit dem imposanten Schnurrbart.

»Wer bist denn du?«, fragte der älteste. »Woher kommst du?«

»Ich komme im Auftrag von Korporal Chartrel vom 239. Infanterieregiment«, brachte Sam in einem Atemzug heraus. »Er liegt dort drüben im Dorf, in Fleury, hinter der Totenscheune. Er ist am Bein verletzt. Ich glaube, es geht ihm nicht gut . . .«

»Sapperlot, Chartrel! Er ist vorgestern als in der Schlacht verschollen gemeldet worden! Ist er etwa noch am Leben?«

»Und woher willst du das wissen, Bürschchen?«, fragte der älteste. »Das ist doch bestimmt eine Finte der *Boches*, um uns in einen Hinterhalt zu locken!«

»Also, was machen wir jetzt?«, unterbrach ihn der große mit dem idiotischen Gesichtsausdruck. »Soll ich nun schießen oder nicht?«

»Nimm die Waffe runter, Jeannot!«, befahl der Bärtige. »Ist doch nur ein Kind! Er spricht französisch, und er kennt den Korporal!«

»Vielleicht«, gab der, den sie Marcel nannten, zurück, »aber es ist nicht an uns, darüber zu entscheiden. Wir werden den Hauptmann informieren.«

Er deutete mit einer Kinnbewegung auf die Straße in Richtung Souville: »Du gehst voran, mein Junge, und keine Tricks.«

Sam folgte wortlos der Anweisung – auf Iona hatte er die Vorzüge des Schweigens schätzen gelernt. Auf welches Erfolgstrio war er denn da gestoßen? Offenbar hatte der große Dumme seinen ersten Einsatz und war ganz wild darauf, seine Waffe auszuprobieren.

»Aber die Krähe da, Marcel, auf die darf ich doch schießen?«

»Bist du wahnsinnig? Willst du, dass die Deutschen uns erwischen? Du wirst noch genug Gelegenheit haben, dein Pulver zu verschießen, wenn sie dich losschicken, um Dounaumont zurückzuerobern!«

In dieser Weise verlief ihre Unterhaltung, bis sie an der Festung von Souville ankamen, einem Waffenstand mit mächtigen Schutzmauern, der die Straße und die unterhalb liegende Stadt überragte. Durch einen Tunnel gelangten sie ins Innere und grüßten den Wachposten in seinem Schilderhaus.

»Wann kommst du mich ablösen, Jeannot?«, fragte dieser.

»Aber ich habe noch nicht geschossen«, war die Antwort des großen Dummen, als ob es in seinem Leben nichts Wichtigeres gäbe.

Nach dem Tunnel folgten sie einer Reihe unterirdischer Gänge. Sam musste sich anstrengen, die Orientierung zu bewahren. Schließlich kamen sie in eine Art Aufenthaltsraum, in dem einige Soldaten rauchten, lachten oder Karten spielten. Marcel eilte auf einen von ihnen zu, der sich auffallend gerade hielt und das Treiben mit einer gewissen Distanz zu verfolgen schien.

»Hauptmann!«, rief Marcel und nahm Haltung an. »Wir haben auf der Straße nach Fleury einen Jungen aufgespürt! Er behauptet, den Korporal Chartrel lebend gesehen zu haben!«

Der Hauptmann musterte den Neuankömmling scharf und bellte dann in eisigem Ton: »Bringen Sie ihn in mein Büro.«

Einer der Soldaten sprang von seinem Kartenspiel auf und führte Sam in einen schmutziggelben Raum, der von zwei Glühbirnen erleuchtet wurde. Die ganze Möblierung bestand aus einem Tisch, drei Stühlen und einigen Wandregalen.

Nach ungefähr zehn Minuten erschien der Hauptmann.

»Lassen Sie uns allein, Châtaigner. Ich werde ihn selbst verhören.«

Als sie schließlich unter sich waren, bot der Hauptmann Sam einen Stuhl an, pflanzte sich hinter ihm auf, die Hände auf die Rückenlehne gestützt, und ging direkt zum Angriff über:

»Ich könnte dich auf der Stelle erschießen lassen. Du bist mitten im Sperrgebiet. Alle Städte in der Umgebung sind evakuiert, sogar Verdun. Jeder Zivilist, der hier auftaucht, steht sofort im Verdacht, ein Spion zu sein.«

Sein prüfender Blick ruhte auf Sam, der sich hütete, auch nur mit der Wimper zu zucken.

»Ich habe eigentlich überhaupt keine Zeit, mich mit dir abzugeben, Kleiner. Die Deutschen setzen uns seit einigen Wochen ganz schön zu – sie können jeden Moment angreifen. Und angesichts der Lage wird mich niemand fragen, ob ich einen Grund hatte, dich zu erschießen oder nicht.«

Er trat vor Sam und sah ihm direkt ins Gesicht.

»Im Augenblick sehe ich nur zwei Möglichkeiten: Entweder die Patrouille, die ich losgeschickt habe, kehrt unversehrt mit dem Korporal Chartrel zurück und du bist für mich nur ein kleiner dahergelaufener Ausreißer, aus einem

Waisenhaus oder einer Besserungsanstalt, was weiß ich. Das würde auch deinen Aufzug erklären ... Du könntest dich auf der Flucht verirrt haben und zufällig nach Fleury geraten sein. In dem Fall würde ich dich morgen der Polizei übergeben, und du würdest mit einem blauen Auge davonkommen. Oder aber meine Patrouille gerät in einen Hinterhalt. In diesem Fall wärst du für mich ein Verräter. Welche Folgen das für dich haben würde, kannst du dir selbst ausmalen.«

»Ich habe wirklich mit dem Korporal gesprochen ...«, versuchte Sam sich zu verteidigen.

Der Hauptmann schnitt ihm das Wort ab: »Du kannst mir erzählen, was du willst, Kleiner, ich habe Wichtigeres zu tun, als dich weichzukochen. Châtaigner wird dich erst einmal ins Loch sperren, dann sehen wir weiter. Aber ich rate dir, die Wahrheit zu sagen, wenn er dich wieder rausholt, sonst ...«

Der Hauptmann packte Sam beim Kragen und stieß ihn unsanft Richtung Tür.

»Châtaigner, stecken Sie diesen kleinen Nichtsnutz ins Loch. Geben Sie ihm eine Decke und etwas zu essen. Sobald der Spähtrupp zurück ist, soll mir der verantwortliche Offizier Bericht erstatten.«

Zwei Stunden? Drei Stunden? Sam hatte jegliches Zeitgefühl verloren. Er hatte sich in eine kratzige dunkelbraune Decke eingewickelt und pickte mit der Fingerspitze die letzten Kekskrümel aus seinem Napf. Seine Zelle stank nach Moder und Urin, aber wenigstens war ihm nicht kalt. Ob die Patrouille schon wieder heil in der Festung angekommen war? Er hoffte, dass sie nicht aus Versehen in ein Scharmützel geraten waren ... Obwohl er die Drohungen des Hauptmanns eigentlich nicht so ernst nahm. Man würde doch nicht einfach einen vierzehnjährigen Jungen erschießen, auch nicht im Krieg. Bestimmt hatte er ihm nur Angst machen wollen ... Auf irgendeinem Polizeirevier wollte er allerdings auch nicht landen. Bis zum Sonnenstein war es nicht weit, weniger als ein Kilometer. Wenn man Sam aber hinter die Frontlinie schickte, in ein Waisenhaus oder sonst wohin, könnte er den Stein vergessen. Er musste also einen Weg finden, um ...

Der schwere Riegel wurde mit einem gewaltigen Klacken zur Seite geschoben, und der nette Bärtige, der ihn aufgegriffen hatte, erschien in der Türöffnung.

»Alles klar, Junge? Mann, das duftet ja nicht gerade nach Veilchen hier, was? Ja, so ist das im Loch, was soll's. Ist ja auch nicht der rechte Ort für einen wie dich. Komm, steh auf, ich bring dich nach draußen, frische Luft schnappen. Da ist jemand, der mit dir reden will.«

Samuel folgte ihm, die Decke unterm Arm. Von wegen Luft schnappen! Sie folgten denselben dunklen fensterlosen Gängen wie vorher, bis sie an einer doppelten Eisentür hinter dem Aufenthaltsraum waren. Obwohl er es sich die ganze Zeit erfolgreich ausgeredet hatte, beschlich ihn für einen kurzen Moment die Angst, dahinter könnte der Innenhof liegen, in dem schon das Exekutionskommando wartete.

»Ist … ist der Hauptmann da?«, fragte er unsicher.

»Der Hauptmann? Oh, den … den wirst du noch früh genug sehen!«

Der Bärtige drückte die Klinke herunter und bedeutete ihm vorzugehen.

»Ich warte hier auf dich, Junge. Da drin darf man nicht rauchen und ich würde mir gern eine drehen …«

Samuel machte einen Schritt nach vorn und erkannte am Geruch sofort, wo er war: in einer Krankenstation oder einem Feldlazarett. An den Wänden aufgereiht, standen mehrere Betten. Ungefähr zehn Verletzte sah er, ein paar von ihnen schliefen. Ein Krankenpfleger mit weißem Kittel lächelte ihn breit an.

»Léonard ist dahinten, mein Junge, er möchte sich bei dir bedanken!«

Samuel trat an den Wandschirm, den man vor das Bett von Korporal Chartrel geschoben hatte. Der lag auf einem grauen Laken, das Bein unter einer Art Käfig verborgen. Sein Gesicht war leichenblass, die Züge ausgemergelt, und Sam schätzte ihn auf vielleicht fünfundzwanzig, höchstens dreißig. Der Korporal verzog das Gesicht zu einem kleinen Lächeln.

»Danke … danke, Kleiner. Das war allerhöchste Eisenbahn, weißt du. Ein bisschen länger, und ich wäre … Ich habe eine ganz schöne Ladung abgekriegt vor zwei Tagen. Wir haben um Fleury gekämpft. Ich bin in einen Graben gerutscht. So habe ich überlebt, aber ohne dich … Hast du eigentlich auch einen Namen?«

Sam suchte nach einem Namen, der französisch klang: »Jacques . . . ich heiße Jacques.«

»Nun, Jacques, du bist mein Schutzengel. Die Jungs haben mir erzählt, dass du mit dem Hauptmann zu tun hattest, aber mach dir mal keine Sorgen, wir werden dir helfen. Nach allem, was passiert ist . . .«

Er streckte Sam die Hand entgegen und öffnete langsam die Faust.

»Hier . . . das wollte ich dir geben. Mein Glücksbringer. Ich habe ihn letztes Jahr in einem Schützengraben gefunden. Und da ihn niemand vermisst hat . . .«

Er legte eine silberne Medaille mit einem Loch in der Mitte in Sams Hand. Nur der blau angelaufene Rand mit der Inschrift »République Française« war noch zu sehen.

»Das ist ein Militärorden, Kleiner, den bekommen nur die Tapfersten. Ich werde am Ende vielleicht auch so ein Ding kriegen, wer weiß. Der Soldat, dem er gehört hat, muss das Medaillon in der Mitte verloren haben, oder er hat eine Kugel abgekriegt. Das Ding ist nichts mehr wert, aber ich habe mir eingeredet, es würde mich beschützen. An irgendetwas muss man sich schließlich festhalten, wenn man in die Schlacht zieht! Und schließlich hast du mich ja gefunden!«

Der Korporal fixierte Sam mit der gleichen Intensität wie Bruder Ranald am Tag zuvor, etwa so, als hätte der Junge übernatürliche Kräfte. Dabei war er doch nur in den Keller gegangen!

»Nimm ihn nur, Kleiner, du hast ihn dir verdient!«

Sam schloss seine Finger um die Medaille. Sie fühlte sich warm an – lag es an den wärmenden Händen des Korporals oder an etwas anderem? Er wusste zwar nicht, woher er die Sicherheit nahm, aber er hatte jetzt seine Münze für die Rückkehr, so viel stand fest.

Genau in diesem Augenblick ging in der Festung mit ohrenbetäubendem Schrillen eine Sirene los. Die Gänge hallten von lauten Rufen wider: »Alarm! Alarm! Angriff! Angriff! Alle Mann in Stellung!«

Eine erste entfernte Detonation war zu hören, gedämpft durch die dicken Mauern. Dann, wenige Sekunden später, eine zweite.

»Diese Schweine!«, schimpfte der Krankenpfleger und zog seinen Kittel aus. »Die werden uns wohl nie in Ruhe lassen!«

Er dirigierte Sam zur Tür und schnappte sich auf dem Weg dorthin einen Waffengürtel.

»Bleib hier, Kleiner, das wird sicher eine Weile dauern. Ich will mal schauen, ob ich jemandem helfen kann.«

Mittlerweile hatten sich alle Kranken in ihren Betten aufgerichtet und tauschten Kommentare aus. Das Licht an der Decke flackerte.

»Verdammt, jetzt haben sie die Stromleitungen getroffen«, seufzte der Korporal.

Es gab drei weitere Explosionen, und jedes Mal wurden die Glühbirnen schwächer. Bei der nächsten Detonation fiel das Licht in der Krankenstation ganz aus.

Sam musste sich schnell entscheiden, das war womöglich seine einzige Chance.

»Danke«, murmelte er und drückte Chartrel kurz die Hand.

Er griff nach seiner Decke und suchte den Weg zur Tür. Soweit er sich erinnern konnte, lag der Eingang der Festung drei Gänge weiter auf der linken Seite. Er rannte los und tastete dabei von Zeit zu Zeit mit der Hand die Wand ab. Zwei Mal wäre er beinahe von Soldaten überrannt worden, die ihm in der Dunkelheit entgegenkamen.

»In den Verteidigungsstand! Schnell!«

An der letzten Abzweigung hätte er mit Sicherheit die falsche Richtung genommen, wenn er nicht von Weitem einen Schimmer Tageslicht gesehen hätte. Die Einschläge folgten in immer kürzeren Abständen aufeinander – einige waren so nah, dass der Boden unter seinen Füßen zitterte. Samuel fragte sich, wie er den Wachposten dazu bringen sollte, ihn passieren zu lassen ... Vielleicht konnte er ihn ablenken?

Er drückte sich an die Wand und beobachtete den Wachunterstand. Jeannot, der große Dumme, hielt jetzt Wache. Schwein gehabt. Vor allem, wenn dieser allein war ...

»He, Jeannot!«, rief Sam und löste sich von der Wand. »Der Hauptmann schickt mich zu Ihnen!«

»Weshalb?« Der große Dumme legte vorsichtshalber schon mal das Gewehr an.

»Der Verteidigungsstand steht unter hartem Beschuss ... Sie brauchen dort jeden Mann!«

»Am Verteidigungsstand?«

»Ja, der Hauptmann konnte niemanden entbehren außer mir. Er braucht alle Schützen ...«

»Schützen«, murmelte der andere und senkte seine Waffe. »Ich soll schießen?«

»Ja, aber Sie müssen sich beeilen! Die Deutschen warten nicht auf Sie!«

»Aber ... die Wache?«

»Der Hauptmann sagt, wir sollen das Gitter schließen. Das übernehme ich, nun gehen Sie schon!«

Der große Dumme zögerte noch ein paar Sekunden, bis seine Neuronen die Informationen verarbeitet hatten.

»Ich soll schießen!«, wiederholte er glückstrahlend. »Ich soll schießen!«

Endlich stürzte er durch die unterirdischen Gängen davon. Mit solchen Rekruten würde man den Krieg bestimmt nicht gewinnen!

Sobald Jeannot verschwunden war, trat Samuel vorsichtig an das Gitter, das nach draußen führte. Die Einschläge hatten sich mittlerweile verdoppelt, und riesige Staubwolken hingen in der Luft. Nicht die beste Zeit für einen Spaziergang, aber er hatte schließlich keine Wahl: Wenn der Sonnenstein von einer Granate getroffen werden sollte, würde er nie wieder in seine Zeit zurückkehren können.

Er wartete die nächste Explosion ab und startete einen Hundertmeter-Sprint zur Straße nach Fleury. Die Luft war erfüllt von winzigen umherfliegenden Partikeln und ohrenbetäubendem Lärm. Zuckende Blitze warfen mit kurzen Unterbrechungen grelle Streifen an den Himmel. Als notdürftige Tarnung hielt er sich seine Decke über den Kopf. Die Artillerie in der Festung von Souville erwiderte das Feuer offenbar; die Detonationen überschnitten sich, abgelöst vom Knattern des Gewehrfeuers. Jeannot war bestimmt im siebten Himmel!

Plötzlich, als er sich schon außerhalb der Gefahrenzone glaubte, pfiff eine Kugel knapp an seinem Ohr vorbei! Man hatte ihn im Visier! Er warf sich zu Boden und rollte sich auf ein tiefer gelegenes Feld. Platt auf dem Bauch, in eine Ackerfurche geduckt, wartete er ab und zwang sich, Ruhe zu bewahren. Kein weiterer Schuss ... nach zwei Minuten fing er an, wie eine Schlange vorwärtszukriechen. Was wäre, wenn die Deutschen auch Fleury eingekesselt hatten? Er riskierte einen kurzen Blick in Richtung des Dorfes: Der Weg schien frei zu sein.

Nachdem er zweihundert Meter durch den Schlamm gerobbt war wie im besten Trainingslager, erreichte er endlich das erste zerfallene Haus des Dorfes. Er lehnte sich an die Überreste eines Schornsteins und stellte fest, dass er von Kopf bis Fuß schwarz vor Schlamm war. Eine professionelle Tarnung! Hinter ihm, am anderen Ende der Straße, lag die Festung von Souville immer noch unter pausenlosem Beschuss aus den Hügeln. Das tödliche Feuer, das ohne Unterlass vor dem grauen Himmel aufblitzte, schnürte ihm vor Angst beinahe die Luft ab. Mit Kriegsfilmen im Fernsehen oder im Kino hatte das nichts zu tun.

Als er sich ein wenig mutiger fühlte, begann er zitternd

von einem Gebäude zum nächsten zu schleichen, immer auf seine Deckung bedacht. Der alte halb zerstörte Brunnen war noch immer an seinem Platz, wie auch der Sonnenstein unter dem Gestrüpp.

Er nahm die Medaille des Korporals und drückte sie fest an sein Herz.

»Ich bitte dich, bitte, bring mich nach Hause . . .«

Zitternd streckte er seine Hand in Richtung Stein.

VI.
Allein in der Dunkelheit

Samuel spürte plötzlich eiskalten Boden unter seinen Händen und Füßen. Er krümmte sich vor Übelkeit, aber diesmal hatte er die Krämpfe besser unter Kontrolle. Dafür war es um ihn herum rabenschwarz, absolut stockfinster. War das Nachtlicht im Keller ausgegangen? Er kroch auf gut Glück ein Stück vorwärts und stieß auf einen massiven Tisch, an den er sich überhaupt nicht erinnern konnte. Jedenfalls nicht aus dem Buchladen … Er stand auf und streckte suchend die Arme aus. Zwei Schritte vor ihm ertastete er eine Wand, eine glatte Oberfläche, genauso kalt wie der Boden. Kalter Angstschweiß stand ihm auf der Stirn. Und wenn er eingeschlossen war? Wenn der Stein ihn an einen Ort gebracht hatte, von dem er nicht mehr wegkam? Oder war er vielleicht blind geworden? Diese Art Zeitreise musste furchtbare Auswirkungen auf seinen Körper haben!

Panik erfasste ihn, und er fing an, wie ein Tier im Käfig umherzulaufen. Der Raum war nicht besonders groß, ungefähr vier mal vier Meter. Eine Tür fand er nicht. Er saß wie eine Maus in der Falle! Ein paar Mal sprang er hoch in die Luft, jedoch ohne an eine Decke zu stoßen.

War also nur noch oben ein Entkommen möglich?

Er stieg auf den großen Steinblock, den er für einen Tisch gehalten hatte, und stellte sich auf die Zehenspitzen. Etwas Weiches hing frei im Raum. Er streckte sich, griff mit den Fingern danach und zog einmal kräftig. Ein Seil. Besser gesagt, eine Strickleiter. Er klammerte sich an die erste Stufe und begann, sich hochzuziehen. Die Befestigung schien zu halten. Um sich nicht wie ein Fisch an der Angelschnur um die eigene Achse zu drehen, zog er sich nur sehr langsam mit gleichmäßigen Bewegungen nach oben, bis er eine Öffnung erreichte, die in einen ebenfalls stockfinsteren Gang führte. Sam krabbelte auf allen vieren weiter und tastete vor jedem Schritt den Boden um sich herum ab. Und er tat gut daran. Denn kurz nachdem er in einen etwas breiteren Gang gekommen war, langte er plötzlich ins Leere: Direkt vor ihm war ein großes Loch im Boden. Er musste aufrecht gehen und sich mit dem Rücken an der Wand langsam, sehr langsam, um die Öffnung herumtasten. So arbeitete er sich vorsichtig weiter, und nach der nächsten Biegung erschien ihm der Gang auf einmal nicht mehr so dunkel. Richtig, weiter hinten sah er einen flackernden Lichtschein. Er kam auf die Füße und lief darauf zu: In einem Raum zu seiner Rechten stand eine Öllampe.

»Du meine Güte!«, rief er aus.

Hieroglyphen, überall Hieroglyphen! Und im Profil dargestellte Figuren! Alles in kräftigen, leuchtenden Farben gezeichnet. Einige trugen Krüge, Obstkörbe, Geflügel ... Andere schnitten Weizen oder spielten auf Instrumenten. Auf einem kleinen Brett lagen sauber aufgereiht verschiedene Werkzeuge, darunter eine Bürste aus Holz und mit Farbpigmenten gefüllte Tontöpfe. Dazu ein Stoß Papyrusblätter, die anscheinend als Vorlagen dienten, jedenfalls war auf jedem Blatt die gleiche Abfolge von Bildern zu sehen. Er war in Ägypten! Vielleicht in einer Pyramide!

Er hielt die Lampe in die Höhe ... die Wände waren bis zur Decke mit menschlichen Figuren oder Tierköpfen bemalt, umrahmt von unzähligen Schriftzeichen. Fantastisch!

Plötzlich vernahm er aus dem Gang Geräusche: Schritte und gedämpfte Stimmen: »... und du hast ihn bis zum Hof zurückbegleitet?«

Wer konnte es sein? Der Maler? Sam hatte gerade noch Zeit, den Docht der Öllampe auszupusten.

»Bis zum Hof, wie du es befohlen hast, Meister. Er muss zum Tempel aufgebrochen sein, bevor die Arbeiter zurückkamen.«

Zwei Personen. Eine singende, angenehm klingende Sprache.

»Bist du sicher, dass er nichts ahnt?«

»Ganz sicher. Er hat die Grabkammern besichtigt wie vorgesehen.«

»Er hat nichts von irgendwelchen Dingen gesprochen, die zu dem Sarkophag gestellt werden sollten?«

»Kein Wort.«

Sam erkannte zwei Schatten, die im tanzenden Schein einer Fackel näher kamen.

»Egal, wir müssen jedenfalls handeln, bevor die Kammer versiegelt wird.«

»Die Totenfeier wird nicht vor der nächsten Dekade beginnen, Meister . . .«

»Meinst du, das weiß ich nicht!«, erwiderte die andere Stimme scharf. »Deshalb habe ich doch dieses Datum festgelegt. In fünf Tagen haben wir Vollmond. Dann muss er im Tempel des Ramses das rituelle Bad nehmen. Zur sechsten Stunde der Nacht wirst du einen deiner Männer auf der Festungsmauer postieren. Ein Pfeil sollte genügen.«

Das schlurfende Geräusch ihrer Schritte verstummte kurz vor dem Eingang zu dem Raum, in dem Sam sich versteckte. Der Lichtschein ihrer Fackeln erhellte die rückwärtige Wand. Ein riesiger Gott mit dem Kopf eines Falken starrte ihn mit seinem einäugigen Blick an. Würde er die beiden Verschwörer davon abbringen, den Raum zu betreten . . .

»Und dann, Meister?«

»Dann muss dein Komplize verschwinden – um den Rest kümmere ich mich selbst.«

»Und . . . was ist mit dem Lohn?«

»Ihr bekommt jeder sechs Säcke Weizen und sechs Säcke Gerste, wie vereinbart.«

Sie machten kehrt, und ihre Stimmen verloren sich in der entgegengesetzten Richtung.

»Du garantierst mir die Verschwiegenheit deiner Männer?«

»Ja, Meister. Sie wissen, was für sie auf dem Spiel steht, wenn sie mich hintergehen.«

»Der Aufruhr unter den Arbeitern wird uns nützlich sein, der Wesir wird seine Augen woanders haben. Meinst du, es könnte eine Revolte geben?«

»Ich weiß es nicht, Meister. Die Gemüter erhitzen sich mit jedem Tag mehr und . . .«

Den Rest des Gesprächs konnte Sam nicht mehr verstehen: Sein Herzklopfen übertönte ihr Geflüster. Wie gelähmt blieb er in seiner Ecke an die Mauer gepresst stehen, bis er spürte, dass sein Puls sich wieder beruhigte. Ein Sarkophag . . . der Tempel des Ramses . . . Es stimmte, er befand sich im Zeitalter der Pyramiden!

Erst als er kein einziges Geräusch mehr hörte, wagte er sich aus seinem Versteck. Zu seinem Ausgangspunkt zurückzukehren, wäre sinnlos, er musste weiter dem Gang folgen, in der Hoffnung, irgendwann auf einen Ausgang zu stoßen. Und das möglichst, bevor die Handwerker ihre Arbeit wieder aufnahmen!

Wieder tastete er sich auf allen vieren vorwärts und erreichte schließlich einen Treppenaufgang. Etwas mehr als fünfzehn Stufen führten in ein weiteres, ebenfalls von Öllampen erleuchtetes Stockwerk. Staunend sah Sam sich um: Über ihm wölbte sich ein atemberaubender Sternenhimmel, und an den Seiten zogen ganze Heerscharen von Dienern eine riesige von oben bis unten vergoldete Barke.

Darauf stand in der Mitte ein Mann mit aufwendigem Haarschmuck – der Pharao? Eine Hand reichte er einem Gott mit Hundekopf, die andere einem mit dem Kopf eines Widders. Samuel ärgerte sich, dass er in der Schule nicht besser aufgepasst hatte: Anubis, Thot, Horus, ein ganzer Schwall von Namen kreiste plötzlich in seinem Kopf, ohne dass er sie hätte zuordnen können. Im Vorbeigehen bemerkte er, dass er die Hieroglyphen nicht lesen konnte. Sein eingebautes Übersetzungsprogramm hatte seine Grenzen ...

Der Gang endete in einer Gabelung, und Sam entschied sich, nach links zu gehen. Wieder stieg er eine Treppe hinauf und spürte plötzlich drückende Hitze. Ein gutes Zeichen ... Noch fünf Stufen, und er erblickte zwanzig Meter weiter das Sonnenlicht. Er zog sein Hemd aus und knotete es um die Hüfte, so unerträglich heiß wurde ihm. Der niedrige Ausgang schien direkt in einen makellosen blauen Himmel zu führen. Doch leider blieb Samuel keine Zeit mehr, genauer nachzusehen: Lautes Stimmengewirr drang ihm von draußen entgegen.

»Dazu habt ihr kein Recht!«, brüllte eine raue Stimme. »Ihr steht unter dem Befehl des Wesirs!«

»Du wirst schon sehen, ob wir dazu ein Recht haben oder nicht!«, gab ein anderer zurück. »Schon seit zwei Dekaden haben wir keinen Lohn bekommen!«

»Ja! Ja!«, erhob sich ein ganzer Chor aufgebrachter Stimmen.

Eine Peitsche knallte.

»Wenn die Arbeiter der Linken sich weigern, sich ins Tal zu begeben«, ertönte wieder die raue Stimme, »werde ich direkt dem Wesir Bericht erstatten!«

»Dann bestell ihm einen schönen Gruß von mir!«, rief sein Widersacher. »Und sag ihm, dass meine Männer und ich nach Hause gehen werden, sobald dieses Grab fertig ist. Es wird keine neue Baustelle geben, solange wir nicht aufs Gramm genau bekommen haben, was uns zusteht!«

Zustimmendes Gemurmel erhob sich.

»In diesem Fall wird der Wesir mir erlauben, Gewalt anzuwenden!«, drohte die raue Stimme.

»Versuch es nur, Schreiber! Und wenn du uns die Arme und die Handgelenke brichst, wirst du die Räume selbst bemalen müssen!«

Es gab lautes Gelächter. Das Argument schien ins Schwarze getroffen zu haben. Der Schreiber blieb ihnen eine Antwort schuldig und marschierte wutschnaubend auf den Eingang zu: Sam sah, wie sich sein Profil vor dem blauen Himmel abzeichnete. Hastig schlüpfte er in eine dunkle Ecke, während die Silhouette draußen wild gestikulierte.

»Da du anscheinend so schlau bist, Peneb, kannst du mir bestimmt auch erklären, warum ihr mit Setnis Grab noch nicht fertig seid?«

»Wir waren fast fertig, als uns die Farben ausgegangen sind, wie du wohl weißt, Schreiber. Offenbar haben deine Leute nicht ausreichend vorgesorgt.«

»Das hier ist das Grab eines Priesters und nicht das eines

Prinzen von edlem Geblüt. Ihr hättet schneller arbeiten müssen!«

Der mit der rauen Stimme kam die Treppe herunter, Sam war sich dessen ganz sicher.

»Setni war der beste Amunpriester, den Ägypten seit Generationen hatte. Er muss im Tode genauso geehrt werden wie zu seinen Lebzeiten.«

»Weil du, Peneb, dir einbildest, du könntest über die Qualitäten eines Priesters urteilen? Und entscheiden, wie viel Zeit seinem Grab gewidmet werden soll?«

Die Schritte waren jetzt ganz nah, die Fackeln tauchten den Gang in taghelles Licht.

»Sein Sohn hat dich für unsere Arbeit fett bezahlt, wie mir scheint, Schreiber . . . dich und die ganze Verwaltung.«

»Die Geschäfte der Verwaltung gehen dich nichts an, Peneb. Pass lieber auf, dass du mich nicht provozierst, weder mich noch meine Beamten! Deine Arbeiter täten besser daran, ihre Pausen zu verkürzen und sicherzustellen, dass . . .«

Gleißendes Licht erhellte plötzlich den Raum, in den Samuel sich geflüchtet hatte. Zwei schwarze Augen schienen ihn zu durchbohren, ein Mann mit kahl rasiertem Schädel und mit einem einfachen Lendenschurz bekleidet, in der Hand eine Peitsche.

»UND DAS!« Die Stimme des Schreibers überschlug sich beinahe. »WAS IST DAS HIER?«

Bevor Sam noch den Mund aufmachen konnte, hatte der

Mann mit der Peitsche ausgeholt, und ein schmerzhafter Hieb traf Sams Oberschenkel.

»Ein kleiner niederträchtiger Grabräuber in der Grabstätte, für die du die Verantwortung trägst, Peneb!«

Klatsch! Ein zweiter Hieb, bei dem der Junge einen Schrei ausstieß. Der Schreiber ereiferte sich: »Ich werde dem Wesir berichten, wie du Setnis Grab bewachst, oh ja, das werde ich! Jeder dahergelaufene Plünderer kann hier . . .«

Wieder erhob er die Peitsche, doch Peneb fuhr dazwischen.

»Hör sofort auf damit, Schreiber! Wenn du schon deine Wut an jemandem auslassen musst, dann solltest du dich mit mir auseinandersetzen!«

Die beiden Männer standen einander gegenüber, jeden Augenblick bereit, sich an die Gurgel zu gehen. Das Gesicht des Schreibers war hassverzerrt.

»Kannst du mir wenigstens erklären, was dieser Eindringling auf deiner Baustelle zu suchen hat, Peneb?«

Der andere hielt seinem Blick stand.

»Das ist mein Neffe, Schreiber. Er ist hier, um das Handwerk zu lernen. Und ich rate dir gut, in Zukunft deine Finger von ihm zu lassen . . .«

Sie maßen sich mit finsterem Blick, dann machte der Schreiber auf dem Absatz kehrt und stieß wütend die neugierigen Zuschauer beiseite, die sich im Eingang drängten.

»Der Wesir hat ein Auge auf euch, auf die ganze Mannschaft der Linken! Vergesst das nicht!«

Schweigend standen die Männer da, auch als der Schreiber längst verschwunden war. Ihre misstrauischen Blicke ruhten auf Sam. Sie wussten offensichtlich nicht, was sie von ihm halten sollten.

Endlich brach einer von ihnen das eisige Schweigen und fragte grinsend: »Na dann, Peneb, willst du deinen Neffen nicht willkommen heißen?«

Einige applaudierten, und Peneb half Sam auf die Beine. Der Vorarbeiter teilte jedem seine Arbeit zu, dann führte er Sam bis zu einem Vorraum, in dem er selbst an einem Wandbild arbeitete. Wortlos wies er ihn an, sich zu setzen, und machte sich im Schein der Öllampen an die Arbeit, als wäre nichts geschehen. Mithilfe einer feinen Klinge und eines kleinen Holzhammers meißelte er die Umrisse der Figuren nach, die vorher in ein riesiges Liniengitter auf der Wand übertragen worden waren. Vier Fünftel hatte er bereits fertig eingraviert, jetzt arbeitete er an einer lebensgroßen Figur, der ein Gott mit Reiherkopf ein Geschenk überreichte – auf jeden Fall war es ein Vogel mit einem langen Schnabel. Fasziniert und erschöpft von der Hitze, sah Sam zu, wie er mit großem Geschick die Falten eines Gewandes oder die Kontur eines Arms aus dem Stein modellierte. Sein Bein brannte immer noch. Er wagte kaum, sich zu bewegen.

Mehr als drei Stunden vergingen, bis Peneb ihn ansprach und aus einer dumpfen Benommenheit riss.

»Du bringst mich in eine schwierige Lage, Junge. Der Schreiber wird die Wachen anweisen, dass sie uns unter strenge Beobachtung stellen. Die Arbeiter, die Zugang zu den Gräbern haben, sind zur Geheimhaltung verpflichtet, und wenn du heute verschwinden würdest, würde man von mir Rechenschaft verlangen. Du wirst eine Weile bei mir bleiben müssen, sonst werden sie mich verdächtigen, nicht die Wahrheit gesagt zu haben. Außerdem wartet der Schreiber nur auf eine Gelegenheit, mich rauszuwerfen.«

Peneb machte eine kurze Pause und konzentrierte sich auf das Auge der Hauptfigur, bevor er fortfuhr: »Das hier ist Setni, der Hohepriester des Amun. Er ist vor zwei Monaten gestorben. Die Einbalsamierer werden bald mit ihrer Arbeit fertig sein, dann wird seine Mumie in den Sarkophag gelegt. Ich hoffe nicht, dass du gekommen bist, um das Grab zu finden und dann auszuplündern . . .«

Zum ersten Mal an diesem Nachmittag wandte er sich direkt an Sam: »Du bist auf der Flucht, nicht wahr? Hat man dich geschlagen oder dir nicht genug zu essen gegeben? Ich habe schon so manche kleine Diener wie dich erlebt, die der schlechten Behandlung durch ihren Herrn entkommen wollten. Die Reichen genießen ihren Reichtum immer erst richtig, wenn sie von Armen umgeben sind! Pah!«

Er spuckte verächtlich auf den Boden und machte sich an das Geschenk, das der Gott mit dem Reiherkopf hielt. Von Zeit zu Zeit warf er einen prüfenden Blick auf das Papyrusblatt, auf dem jedes Detail des Wandbildes vorgezeichnet war.

»Wie heißt du, Junge?«

»Sam«, antwortete dieser mit einem seltsam klingenden Akzent.

»Sem? Nun, dann sollst du auch etwas von deiner Lehrstunde haben, Sem ... Man muss die Klinge mit großer Geschmeidigkeit und Genauigkeit zu führen wissen. Das Auge darf nicht nur die Stelle sehen, an der die Hand ansetzt, sondern auch, welche Wirkung sie erzielen soll. Wie zum Beispiel hier ...«

Mit einigen gezielten Schlägen meißelte er den Umriss einer Sonnenscheibe in den Stein.

»Die Aufgabe des Graveurs ist es, der Form, die er modelliert, Ewigkeit zu verleihen, verstehst du? Die Maler sind es dann, die sie mit ihren Farben zum Leben erwecken.«

Und während er sprach, ritzte er unter Sams fassungslosem Blick eine Art Grenzstein mit abgerundeter oberer Kante nach und zeichnete in der Mitte eine Sonne mit sechs Strahlen. Ein vereinfachtes, aber trotzdem genau wiedererkennbares Bild des Steins ... Das Wandbild zeigte den Sonnenstein und wie Setni, der Priester, ihn als Geschenk erhalten hatte!

Sam wurde schwindelig, ihm wurde beinahe übel.

»Entschuldigt ... Was ... was bedeutet diese Szene?«

Peneb antwortete nicht sogleich. Er war gerade dabei, mit dichten Schraffierungen die Vertiefung am Fuß des Steins herauszuarbeiten.

»Hier in diesem Vorraum empfängt der Tote seine Gäste. Im Allgemeinen zeigt er sich gern in wichtigen Momenten seines Lebens. Hier sieht man, wie der Gott Thot ihm einen Gegenstand überreicht, der für ihn eine große Bedeutung gehabt haben muss.«

»Und dieser Gegenstand, wisst Ihr, was sich dahinter verbirgt?«

»Keine Ahnung. Gemäß Setnis Willen hat uns sein Sohn diese Vorlage gegeben. Die Priester des Amun haben manchmal Wünsche, die wir nicht verstehen.«

»Aber Setnis Sohn müsste es doch wissen, oder?«

»Nicht unbedingt. Wir haben vor Beginn der Arbeiten mit ihm darüber gesprochen, doch er konnte mir auch nicht genau sagen, um was für einen Gegenstand es sich handelt. Wenn du mich fragst, ist es ein heiliges Gefäß, das der Gott ihm schenkt und es dabei umgekehrt hält. Aus welchem Grund, das ...«

»Hat vielleicht die Tatsache, dass Thot und kein anderer Gott ihm das Geschenk überreicht, eine Bedeutung?«

Peneb nickte anerkennend.

»Für einen kleinen ungebildeten Diener bist du ganz schön aufgeweckt. Thots Wahl ist in der Tat niemals willkürlich. Aber du weißt so gut wie ich, dass Thot-mit-dem-Ibis-Kopf nicht nur der Schutzgott der Magier ist, sondern auch der Ärzte oder der Schreiber ... Außerdem ist er natürlich noch der Herr über die Zeiten, der Jongleur der Tage und Jahreszeiten. Aber das bringt uns bei unserer Frage auch nicht weiter, nicht wahr? Aber es ist gut, dass du einen wachen, neugierigen Verstand hast.

Komm«, fügte er hinzu und stand auf, »ich bin jetzt mit dem Vorraum fertig. Lass uns den Malern sagen, dass sie jetzt am Zuge sind.«

Samuel folgte ihm, immer noch starr vor Staunen. Thot der Herr über die Zeit, der Jongleur der Tage und Jahreszeiten!, wiederholte er immer wieder im Stillen.

VII.
Der Palast der Millionen Jahre

Nachdem er einige Tage mit Peneb verbracht hatte, kam Sam sich vor wie auf einer Sprachreise im Ausland. Ein paar von seinen Freunden fuhren in den Ferien nach Europa, um ihre Deutsch- oder Italienischkenntnisse zu verbessern – in Wirklichkeit erweiterten sie vor allem ihre Kenntnisse in Bezug auf Mädchen, Musik und dergleichen. Warum also nicht einmal nach Ägypten reisen anstatt nach Deutschland oder Italien? Abgesehen davon, dass die Zeitverschiebung zu seiner Gastfamilie drei- bis viertausend Jahre betrug …

Im Übrigen war sie ausgesprochen nett. Nout, Penebs Frau, hatte ihn aufgenommen wie seinen Lieblingsneffen, ohne Fragen zu stellen. Sie selbst hatten zwei kleine Söhne, Didou und Biatou, die am liebsten die ganze Zeit durch die Gegend rannten und lachten. Am ersten Abend hatte die Mutter sie gebeten, Sam zu zeigen, wie er sich in dem kleinen Becken hinten im Garten waschen konnte. Dann hatte sie ihm etwas zu essen gemacht: getrockneten Fisch mit einem Mus aus Gurken und Zwiebeln, dazu Rosinen und Honigkuchen, insgesamt eine wesentlich bekömmlichere Mahlzeit als die Klosterküche auf Iona. Für die Nacht hatte sie ihm auf der Dachterrasse des Hauses unter dem Sternenhimmel eine Matte hingelegt. Die Luft war angenehm lau und voller unbekannter Düfte, und Sam hatte, seit er sein eigenes Zimmer verlassen hatte, nicht mehr so gut geschlafen. Was die Unterbringung und die Gastfreundschaft anging, hätte er es kaum besser treffen können.

Was allerdings die angebotenen Aktivitäten betraf, war seine Austauschorganisation weniger einfallsreich. In der Arbeitersiedlung Set-Maat lebte es sich wie in einem von der Außenwelt abgeschirmten Lager, streng bewacht von den *madjaïou*, der örtlichen Polizei. Unter dem Vorwand, dass die Männer an der Ausschmückung der königlichen Grabstätten arbeiteten, wurde ihre Bewegungsfreiheit erheblich eingeschränkt. Die Verwaltung fürchtete, sie könnten Plünderern Informationen über Schätze und Grabbeigaben und deren Ort zufließen lassen. Die Folge war, dass die Bewohner, außer wenn sie zu ihrer Arbeitsstelle gingen, das Lager kaum verließen. Es gab sogar spezielles Personal, das alle Aufgaben erledigte, die sie mit der Außenwelt in Kontakt gebracht hätten, wie das Fischen, die Einkäufe, das Wäschewaschen, Wasserholen und so weiter. Dadurch verbrachten die Leute in Set-Maat die meiste Zeit unter sich, besuchten sich gegenseitig, organisierten Abendveranstaltungen, bei denen gesungen und getanzt wurde, oder veranstalteten Wettkämpfe bei einer

Art Damespiel mit undurchschaubaren Regeln. Didou und Biatou hatten zwar versucht, es ihm zu erklären, aber meist hatte er spätestens beim fünften oder sechsten Zug alle seine Spielfiguren verloren, was die beiden Kinder jedes Mal sehr lustig fanden.

Das Ergebnis war, dass Samuel während seines gesamten Aufenthaltes nur einen einzigen Ausflug erlebte. Eines frühen Morgens, Peneb war bereits zur Arbeit gegangen, wurde er von Nout geweckt.

»Sem, willst du mitkommen? Ich gehe zum Markt nach Theben.«

»Zum Markt nach Theben?«

»Ich kenne die *madjaïou*, die heute Wachdienst haben, sehr gut. Sie werden uns passieren lassen.«

Sam überlegte nicht lange: Markt bedeutete Einkaufen und Einkaufen bedeutete Geld und Geld bedeutete Münzen. Und Münzen bedeutete ...

Während Nout ihre beiden Körbe vorbereitete, legte er den Lendenschurz an, den sie ihm geliehen hatte. Begleitet von Didou und Biatou, die nackt um sie herumhüpften, passierten sie ohne Probleme die Grenze des Dorfes, nachdem sie den beiden Wachen zwei Pakete Honigplätzchen zugesteckt hatten. Dann gingen sie bis zu einer Anlegestelle, von der aus sie auf einer langen Barke ans andere Ufer des Nils gerudert wurden. Auf dem Nil herrschte ein Treiben wie an einem Sonntagabend auf der Autobahn. Das Dorf Set-Maat lag auf dem Westufer des Flusses, auch Totenufer genannt: Außer den Siedlungen für die Arbeiter gab es dort nur gigantische, den Pharaonen gewidmete Paläste und ein Steilufer, in das Höhlen zur Bestattung der Toten gegraben wurden. Aber was die Pyramiden anging, hatte er Pech: Peneb hatte ihm erklärt, dass man schon seit langer Zeit keine mehr baute – zu teuer – und dass es hier in der Gegend sowieso nie welche gegeben hatte. Ein weiterer Minuspunkt für die Austauschorganisation ...

Als sie sich dem Ufer der Lebenden näherten, war Samuel von der Schönheit Thebens schier geblendet. Die Stadt erstreckte sich über mehrere Kilometer entlang des Nils, eine Mischung aus luxuriösen Vierteln, imposanten Monumenten und einem Gewirr enger Gassen, das Ganze in leuchtenden Ockertönen. Der Markt im Schatten des großen Amun-Tempels wimmelte im wahrsten Sinne des Wortes vor Leben: Begrüßungen und Rufe schallten hin und her, es herrschte dichtes Gedränge, die Stände quollen über von Früchten, Blumen, farbigem Tongeschirr, Geflügel und den verschiedensten Arten von Stoffen. Nout schlängelte sich leichtfüßig und sehr gezielt mitten durch die Menge und die zahlreichen Esel, die als Lasttiere dienten. Sie kaufte eine ganz bestimmte Menge Feigen bei einem ganz bestimmten Händler, einen Bund Porree bei einem anderen und ihren Koriander immer nur bei einer alten Nubierin mit faltigem Gesicht. Leider fand Sam schnell heraus, dass hier auf dem Markt niemand mit Geld bezahlte. Man tauschte untereinander und verhandelte mit großem Geschick, sodass Nout zum Beispiel am Ende für vier Honigkuchen aus eigener Herstellung einen Topf Gänseschmalz oder einen Topf Wachs bekam. Die Thebener benutzten keinerlei Münzen! Sie schienen nicht einmal zu wissen, dass es so etwas gab!

»Stimmt etwas nicht, Sem?«

Der Blick des Jungen verlor sich auf der imposanten Außenmauer des Amun-Tempels.

»Nein, ich habe mich nur gefragt . . . Ist das nicht der Tempel des Amun, in dem Setni Priester war?«

Sie nickte nur und bedeutete ihm, nicht so laut zu sprechen.

Sam war gerade ein Gedanke gekommen: »Und Setnis Sohn, kennt Ihr den?«

»Nur dem Namen nach, er heißt Ahmousis.«

»Er wohnt doch sicher hier in Theben?«

»Ja, in einem sehr schönen Anwesen in der Nähe der Domäne von Montou.«

»Könntet Ihr . . . könntet Ihr mich dorthin führen?«

Nout zog die Augenbrauen zusammen.

»Auf keinen Fall. Erstens weiß ich gar nicht genau, wo es liegt. Und selbst wenn ich es wüsste, würden seine Diener uns niemals hineinlassen. Ist es, weil du wieder eine Stelle als Hausdiener suchst?«

Samuel machte eine vage Handbewegung.

»Denk daran, dass Peneb dich noch braucht, Sem. Wenn du heute nicht ins Dorf zurückkämest, könnte der Schreiber ihm große Unannehmlichkeiten machen. Gedulde dich noch ein oder zwei Tage!«

Und Nout hatte recht . . .

Sie waren kaum eine Stunde wieder aus Theben zurück, als der Schreiber plötzlich, eskortiert von zwei Wachen, im Haus des Vorarbeiters erschien. Nout trat ihm mit unbefangener Miene entgegen.

»Suchst du Peneb, Schreiber?«

»Nein, ich wollte dich sprechen.«

»Mich?«

»Ja, dich. Eine Ehefrau kann ihrem Mann gegenüber andere Argumente vorbringen als die Verwaltung . . . Du musst ihn davon abbringen, den Aufstand zu führen.«

»Den Aufstand? Aber der Aufstand der Männer ist doch berechtigt, Schreiber! Wir haben unsere Zuteilungen seit mehr als einem Monat nicht bekommen!«

»Darum geht es nicht. Ich habe mit dem Wesir gesprochen. Die Getreidespeicher sind leer, wir müssen warten, bis wir Weizen und Gerste aus dem Norden bekommen. Zwei Dekaden, höchstens drei. Bis dahin kann die Verwaltung nichts machen.«

»Die Speicher sind leer, aber die Priester und die Schreiber essen immer noch ziemlich gut! Wir anderen, hier im Dorf, wir haben unsere letzten Reserven aufgebraucht. Wenn wir uns nicht selbst helfen würden . . .«, begann sie.

Dann unterbrach sie sich schnell, aus Angst, zu viel gesagt zu haben.

Doch der Schreiber ging nicht darauf ein: »Aber eine Revolte führt doch zu nichts, Nout. Niemand hat etwas davon. Dein Mann könnte seine Arbeit verlieren und mit ihm viele andere Arbeiter auch. Was würdet ihr machen, wenn euch die Verwaltung davonjagte?«

»Peneb ist der beste Bildhauer Thebens, und seine Männer gehören zu den besten in ganz Ägypten. Die Verwaltung würde Jahre brauchen, um sie zu ersetzen.«

»Vielleicht«, räumte der Schreiber in süßlichem Tonfall ein. »Aber bist du bereit, dieses Risiko einzugehen? Was ist der beste Bildhauer wert, wenn er kein Dach mehr über dem Kopf hat und seine Kinder auf der Straße betteln müssen? Du hast zwei niedliche Söhne, wie man mir sagte, Nout. Ich rate dir, überlege es dir gut.«

Er ging zur Tür und drehte sich auf der Schwelle noch einmal um.

»Übrigens, wie macht sich Penebs junger Neffe?«

Sam hatte von der Terrasse aus alles mitgehört und bemerkte mit einem Mal einen trockenen Kloß in seinem Hals.

»Nun ja, ich glaube nicht, dass er sehr begabt ist, auch nicht sehr arbeitswillig. Peneb überlegt schon, ihn wieder zu seinem Bruder nach Memphis zurückzuschicken.«

»Das habe ich mir gleich gedacht«, gab der Schreiber mit einem höhnischen Grinsen zurück. »Er schien mir ein ziemlicher Schwächling zu sein. Und dann noch diese Blässe, beinahe kränklich. Falls er zur Ankurbelung ein paar Peitschenhiebe nötig hat, schickt ihn zu mir.«

Am folgenden Tag hatten sich, trotz des Besuchs des Schreibers, die Wogen zwischen den Arbeitern und der

Verwaltung alles andere als geglättet. Peneb kam ungewöhnlich früh von der Baustelle nach Hause, begleitet von einem halben Dutzend Mitstreiter, die allesamt furchtbar aufgebracht schienen.

»Das Grab des Setni ist vollendet«, erklärte er und legte seinen Stoffbeutel auf eine Truhe. »Wir legen die Arbeit nieder.«

»Ihr arbeitet nicht mehr?«, wiederholte Nout ungläubig.

»Wir haben darüber gesprochen, wir sind uns alle einig. Wir werden nichts machen, bis wir unsere Lebensmittel bekommen.«

»Und«, fügte ein Arbeiter hinzu, der die Statur eines Ringers hatte, »wir haben beschlossen, uns direkt im Palast zu beschweren. Bei mir zu Hause ist kein einziger Tropfen Bier mehr in den Krügen, und das Wasser, das noch übrig ist, ist verdorben. Meine kleine Tochter ist gerade drei, und sie weint jeden Abend vor Hunger und Durst!«

»Mesou hat recht«, fiel ein anderer ein, »wir müssen was uns zusteht im Palast des Ramses einfordern. Wenn wir nur hier sitzen und warten, wird nichts passieren!«

»Ja, auf zum Tempel des Ramses!«, erhob sich ein einstimmiger Chor. »Zum Tempel der Millionen Jahre!«

Während sich die Gemüter der Arbeiter weiter erhitzten, trat Samuel zu Nout.

»Ahmousis, Setnis Sohn ... ist er nicht dort Priester?«

Nout nickte kurz und ging, um nachzusehen, was sie ihren Gästen zu trinken und zu essen anbieten konnte. Mitten in dem Stimmengewirr erinnerte sich Sam plötzlich an die Unterhaltung, die er in der Grabkammer belauscht hatte: »In fünf Tagen ist Vollmond«, hatte eine geheimnisvolle Stimme gemurmelt, »dann muss er zum Tempel des Ramses gehen und sein rituelles Bad nehmen. Zur sechsten Stunde der Nacht wirst du einen deiner Männer auf der Außenmauer postieren. Ein Pfeil wird genügen.«

Und wer konnte dieser »er«, dessen Ermordung man plante und der die Grabkammer des Setni besichtigt hatte, anderes sein als Ahmousis, dessen Sohn? Ahmousis, der auch Priester im Tempel des Ramses war und dessen Funktion bestimmte rituelle Handlungen bei Vollmond beinhaltete ...

Samuel zählte fieberhaft mit den Fingern ab: eins, zwei, drei, vier ... fünf Tage war er jetzt in Ägypten. Genau fünf Tage! Kaum zu fassen, dass er diese Einzelheiten aus den Tiefen seiner Erinnerung hervorholen musste! Oder hatte er es vor lauter Angst einfach verdrängt ...

Auf jeden Fall musste er Ahmousis warnen.

Aber sollte er nicht unbedingt Peneb und seine Leute in alle Pläne einweihen? Wenn nun einer der Verschwörer unter den Arbeitern in Set-Maat zu finden war? In dem Fall würde Samuel sicher nicht weit kommen. Nein, es war sicher ratsamer, den Aufstand zu nutzen, um sich unauffällig Zugang zum Palast zu verschaffen und irgendwie mit Ahmousis zusammenzutreffen. Immerhin wusste Setnis Sohn vielleicht Genaueres über den Sonnenstein. Und bis Einbruch der Nacht blieben ihm nur ein bis zwei Stunden ...

Die Nachricht von dem geplanten Marsch zum Palast des Ramses verbreitete sich nach und nach im ganzen Dorf. Die Arbeiter versammelten sich auf dem Platz und palaverten eine Weile, bevor sie sich verständigt hatten. Schließlich setzte sich der Zug der mit ihren Werkzeugen bewaffneten Arbeiter, flankiert von Frauen und Kindern, Richtung Tempel in Bewegung. Erste Schlachtrufe wurden geprobt.

»Her mit unserem Weizen und unserer Gerste!«

»Der Wesir muss uns anhören!«

»Unsere Kinder haben Hunger!«

»Schreiber und Priester, schließt euch uns an!«

Während sie sich, ihre Hacken und Beile schwingend, auf den Weg machten, erkundigte sich Sam beiläufig bei einem von Penebs Nachbarn: »Ich bin noch nie beim Tempel des Ramses gewesen. Wisst Ihr, wie der aussieht?«

»Natürlich, ich habe sogar bei seinem Bau mitgearbeitet. Ramses ließ ihn erbauen, um die Größe seiner Herrschaft über seine Lebzeiten hinaus für alle Ewigkeit unsterblich zu machen! Daher auch der Name Tempel der Millionen Jahre ... Ein Bruchteil der Reichtümer, die dort angehäuft sind, würde ausreichen, um ganz Theben ein Jahr lang zu ernähren!«

»Ist es wahr, dass es dort auch Bäder für die Priester gibt?«

»Woher kommst du denn, Kleiner? Ehrt man in der Stadt, aus der du kommst, nicht die Götter? Selbstverständlich gibt es dort Bäder! Rechts im zweiten Hof, dem, der von Büschen und ganzen Blumenmeeren umgeben ist. Aber wenn du glaubst, dass du dir deine Füße darin abkühlen kannst, hast du dich getäuscht. Nur die Priester des Tempels haben dort Zugang! Und glaub mir, wenn du versuchen solltest hineinzukommen, wird man dir das Fell über die Ohren ziehen!«

Seine Frau versetzte ihm einen Rippenstoß, und er stimmte in die Rufe der anderen ein: »Unsere Kinder haben Hunger! Her mit unserem Weizen und unserer Gerste! Schreiber und Priester schließt euch uns an!«

Sam wagte nicht, noch länger auf ihn einzudringen.

Nachdem sie ungefähr eine Viertelstunde im Schein der untergehenden Sonne marschiert waren, waren die dreihundert Bewohner von Set-Maat an einem Gebäude angelangt, das an eine Festung erinnerte. Die Außenmauern ragten mindestens fünf Meter hoch in den Himmel, und von den Ecktürmen herunter hielten die Wachen Pfeil und Bogen schussbereit.

»Wir sind die Arbeiter der königlichen Gräber«, rief Peneb. »Wir sind gekommen, um den rechtmäßigen Lohn für unsere Mühen einzufordern!«

Aufseiten der Wachen entstand eine leichte Unruhe. Sie berieten sich leise, rannten eine Weile hektisch treppauf und treppab, dann endlich, nach ungefähr zwanzig Minuten, beugte sich der Oberste über die Zinnen.

»Legt eure Werkzeuge vor dem großen Tor ab«, befahl er. »Die Schreiber der Verwaltung werden euch empfangen.«

Befriedigter Beifall erklang unter der Abordnung: Die Machthaber wünschten offenbar keine Auseinandersetzung.

Die kleine Truppe ging in geordneten Reihen durch einen ersten Torbogen, dann durch einen zweiten, bis sie schließlich vor dem monumentalen Eingang zu dem Totentempel des Ramses standen. Dort, zu Füßen des gigantischen Baus aus rohen Ziegeln, wurden sie von etwa zwanzig Schreibern mit Fackeln in der Hand empfangen. Sie forderten die Demonstranten auf, eine Delegation aus fünf Vertretern zu bilden, was erneut einen Sturm lauter Proteste auslöste. Einige der Arbeiter beharrten darauf, dass alle Familienoberhäupter angehört werden sollten. Sam nutzte den Tumult, um die Umgebung in Augenschein zu nehmen: Sie waren in dem zweiten Hof, von dem Penebs Nachbar gesprochen hatte, und die hereinbrechende Dämmerung würde ihm bei seinem Vorhaben helfen. Zwei von Büschen und Blumen gesäumte Alleen führten nach rechts und links. Zu den Bädern konnte es nicht weit sein …

Er ließ sich in die hinteren Reihen der Gruppe zurückfallen, und sobald alle Augen auf Peneb, Mesou und drei weitere Freiwillige der Abordnung gerichtet waren, näherte er sich dem ersten Blumenbeet zu seiner Rechten. Ein schneller Blick auf den Wehrgang: Niemand beachtete ihn. Er duckte sich hinter einen Busch, ging auf die Knie und bahnte sich einen Weg durch das dichte Gewirr der Äste. Dabei musste er sich auf die Lippen beißen, um nicht aufzuschreien, so schnitten ihm die Zweige ins Fleisch. Doch schließlich hatte er sich bis zu der Lücke zwischen der Hecke und der Mauer durchgezwängt. Dann folgte er der Außenmauer bis zum äußersten Ende des Hofes und hielt unter einer Dattelpalme inne, deren Blätter ihm von oben einen Sichtschutz boten. Von hier aus konnte er zwar den Hof nicht mehr sehen, aber wenn er die Blätter ein wenig beiseiteschob, hatte er die Allee, die zu den Bädern führte, genau im Blick – falls sich Penebs Nachbar nicht geirrt hatte. Jetzt hieß es nur noch: warten. Warten und hoffen.

und murmelte kaum hörbare Formeln. Sam bekam plötzlich weiche Knie und beobachtete ihn wie gelähmt. Was sollte er ihm sagen? Wie sollte er sich vorstellen?

Die Priester trat auf die erste der Stufen, die ins Becken hineinführten. Wieder hielt er leise sprechend inne. Jetzt mach schon!, versuchte Sam, sich selbst Mut zu machen. Er hatte keine Wahl – irgendwie musste er doch wieder nach Hause kommen! Er dachte an seinen Vater, an Grandma. Los, reiß dich zusammen!

In diesem Augenblick bemerkte er zu seiner Linken eine Bewegung auf der Mauer. Er sah nach oben: Auf dem Wehrgang zeichnete sich deutlich eine Gestalt ab, die rittlings auf der Brüstung hockte. Ein Bogenschütze ...

»Vorsicht!«, brüllte Sam.

Etwas zischte durch die Luft, und der Priester fiel wie ein Stein auf den Grund des Beckens. Sofort folgte ein zweiter Pfeil, durchfuhr das aufgewühlte Wasser genau dort, wo der Körper untergetaucht war. Samuel wusste nicht mehr, was er tun sollte.

»Alarm!«, schrie er aus Leibeskräften. »Alarm!«

Jetzt hatte ihn der Bogenschütze erspäht ... Sam ließ sich in den Papyrus fallen und hörte, wie der Pfeil die Zweige direkt über ihm durchschnitt. Er presste sich flach auf den Boden. Hier war er geschützt, vorausgesetzt, der Mörder hatte nicht vor, von der Mauer hinunter in den Garten zu springen. Plötzlich ertönte eine Glocke, die laute Befehle und Rufe auslöste. Man schlug Alarm ...

Sam spähte aus dem Papyrus: Am Becken bewegte sich

nichts. Dann vernahm er ein paar eilige Schritte auf dem Wehrgang: Der Bogenschütze war verschwunden.

Sofort sprang Sam aus seinem Versteck hervor und rannte zum Wasserbecken. Vielleicht atmete Ahmousis noch? Vielleicht war er noch nicht ertrunken? Ohne lange zu überlegen, warf er sich ins Wasser. Im selben Moment tauchte der Priester auf.

»Was ist ...« Der Priester rang nach Atem.

»Gemeiner Frevel!«, ertönte es von oben. »Jemand greift einen Priester des Ramses an!«

Samuel wurde blitzartig klar, in was für eine Lage er sich soeben gebracht hatte.

»Lass ihn sofort los!«, schrie der Befehlshaber der Wache von der Außenmauer herunter.

Um ihn herum waren mehrere Soldaten in Stellung gegangen.

»Ich war das nicht!«, empörte sich Sam. »Da war ein Bogenschütze, genau da, wo Ihr jetzt steht. Er hat den Pfeil abgeschossen!«

Aber der Oberste der Wachen kümmerte sich nicht um ihn.

»Alles in Ordnung, Ahmousis? Hat er dich verletzt?«

»Nein, mir ist nichts geschehen, Mekhnat. Du kommst gerade rechtzeitig.«

»Bleib, wo du bist«, rief Mekhnat ihm zu, »ich hole Verstärkung. Und ihr da: Wenn der Schurke Anstalten macht zu fliehen, durchsiebt ihn!«

Sam wandte sich an den Priester und beschwor ihn: »Ich

versichere Euch, ich war es nicht! Ich war dort drüben versteckt! Ich habe den Bogenschützen gesehen! Ich habe geschrien, um Euch zu warnen!«

Mit erstaunlicher Ruhe wischte Ahmousis sich das Wasser von seinem tropfnassen Schädel. Er schien tatsächlich nicht verletzt zu sein; sein Sprung ins Wasser hatte ihn gerettet.

»Du befindest dich in heiligem Wasser«, erklärte er ohne eine Spur von Aufregung. »Allein den Priestern des Ramses ist es erlaubt, darin zu baden.«

»Es war eine Verschwörung! Ich habe sie neulich bei Setnis Grab belauscht! Beim Grab Eures Vaters! Sie sprachen von Vollmond und vom Tempel des Ramses! Sie wollten Euch in der sechsten Stunde umbringen!«

Er konnte keinen klaren Gedanken mehr fassen und schluchzte beinahe: »Ich war es nicht! Ich schwöre Euch, da war dieser Bogenschütze! Deshalb habe ich geschrien!«

»Spar dir deine Spucke für den Wesir«, riet Mekhnat ihm, der soeben mit seinen Männern in den Garten kam. »Auch wenn dir das nicht helfen wird, deine Haut zu retten ... Schafft ihn fort!«

Zwei Soldaten stürzten sich auf Sam und packten ihn bei den Handgelenken.

»Er muss sich mit den aufständischen Arbeitern hier hereingeschlichen haben. Ich habe dich gewarnt, Ahmousis – du hättest sie lieber nicht empfangen sollen.«

»Die Aufgabe der Priester ist es auch, das Volk anzuhören«, entgegnete Ahmousis und stieg aus dem Becken.

»Und die der Verwaltung ist es, ihre Verpflichtungen einzuhalten.«

»Aber Ahmousis, der Junge hätte dich töten können!«

»Herr«, unterbrach ihn einer der Soldaten. »Diesen Bogen habe ich in der Nähe der Tür gefunden!«

Mekhnat nahm die Waffe mit einem hämischen Grinsen entgegen.

»Na also, hiermit wäre dein Schicksal besiegelt, du kleine Kröte!«

»Er muss ihn weggeworfen haben!«, jammerte Sam. »Habt Ihr nicht gehört, was ich gesagt habe? Ich war es, der Alarm geschlagen hat!«

»Zweifellos in der Hoffnung, uns abzulenken!«, gab Mekhnat zurück. »Ich frage mich, ob wir dich nicht ...«

Er beugte sich zu Ahmousis und raunte ihm etwas zu. Sam verstand nur Bruchstücke:

»... erschießen ... jetzt gleich ... nicht damit belästigen ... Wesir.«

Dieses Gemurmel! Diese Art zu flüstern! Sam konnte es kaum fassen! Das war eine der beiden Stimmen, die er in Setnis Grab belauscht hatte! Der, der immer so unterwürfig geantwortet hatte, ständig mit »Meister« hier und »Meister« da. Der Oberste der Wachen steckte mit den Verschwörern unter einer Decke! Deshalb wollte er auch Sam so schnell wie möglich loswerden!

»Der da ...«, stotterte er, »der ist es! Er war in dem Grab! Ich erkenne seine Stimme wieder!«

Mekhnat versetzte ihm eine schallende Ohrfeige.

»Dreckiger kleiner Lügner! Da musst du dir schon was Besseres ausdenken! Bringt ihn in den Kerker und legt ihn in Ketten! Auf der Stelle!«

Ahmousis trat einen Schritt auf Sam zu und hob die Hand, wie ein Schiedsrichter, wenn er ein Foul pfeift.

»Nicht so eilig, Mekhnat! Ich bin der Priester der Pharaos. Ich habe hier zu entscheiden . . .«

»Aber du wirst doch wohl nicht dem Geschwätz dieses Ungeziefers glauben?«

»Gib mir deine Fackel, Mekhnat.«

Ahmousis leuchtete mit der Fackel in Sams Gesicht und musterte ihn eingehend.

Dann wies er die Wachen an: »Durchsucht weiter den Palast, Männer. Der, den wir suchen, muss sich noch irgendwo versteckt halten. Und was diesen Jungen hier betrifft: Ihr könnt ihn freilassen, ich kenne ihn, er steht unter meinem Schutz.«

Samuel erlebte die folgenden Stunden in einem Zustand zunehmender Verwirrung. Noch nie hatte er solche Angst gehabt! Alles war so schnell gegangen! Er hatte wirklich geglaubt, alles sei verloren . . . Und was wollte Ahmousis damit sagen, als er vorgab, ihn zu kennen? Nach der Auseinandersetzung mit Mekhnat hatte man Sam in einen den Priestern vorbehaltenen Raum im Westflügel des Palastes gebracht. Dort gab es ein Bett mit einem Ruhekissen, eine kleine Bank mit Beinen in der Form von Löwentatzen, einen mit Papyrusrollen überladenen Tisch und mehrere

Truhen. Ein bewaffneter Posten bewachte den Eingang. Durch ein winziges Fenster hoch oben in der Mauer fielen die ersten Sonnenstrahlen.

Wie würde sein weiteres Schicksal aussehen?

Schließlich erschien Ahmousis. Er trug immer noch seinen Lendenschurz; dazu hatte er jedoch jetzt einen weißen Schal über die Schultern gelegt. Durch seine abrasierten Brauen und den schwarzen Lidstrich unter den Augen bekam sein Blick etwas Durchdringendes. Er war ungefähr ein Meter fünfundsiebzig groß und von athletischem Körperbau. Die auffälligen Ringe an seinen Fingern passten eigentlich gar nicht zu seiner Erscheinung.

»Bitte, setz dich doch. Dir ist sicher die Zeit etwas lang geworden, nicht wahr? Du musst mich entschuldigen, aber ich hatte ein paar Dinge zu klären.«

»Hat man ihn gefasst?«

»Den Bogenschützen? Nein. Aber ich denke, das ist nur noch eine Frage der Zeit.«

»Also, weiß man, wer es war?«

»Möglicherweise ... Mekhnat ist verschwunden.«

»Mekhnat ist verschwunden?«

»Er hat zur achten Stunde nicht zum Appell gerufen ... Er sollte die Wache zusammenrufen, um die Ergebnisse der Durchsuchung zu besprechen, doch zur großen Überraschung aller ist er nicht erschienen.«

»Glaubt Ihr, dass Mekhnat die Pfeile selbst abgeschossen hat?«

»Nein, das wäre zu riskant gewesen. Aber einer seiner

Männer ist ebenfalls nicht aufzufinden. Daraus schließe ich, dass Mekhnat ihn bestochen hat, damit er auf mich schießt.«

Ahmousis wirkte bei all dem erstaunlich ruhig und gelassen.

»Als ich sie in der Grabkammer belauscht habe, war noch ein anderer dabei«, bemerkte Sam. »Mekhnat sprach ihn mit ›Meister‹ an, als ob es sein Vorgesetzter wäre.«

»Interessant. Ich hatte mich schon gefragt, warum sie beide darauf bestanden, mich zu begleiten . . .«

Samuel konnte ihm nicht folgen. »Wie bitte?«

»Khamosis, mein Cousin . . . Er ist Schreiber bei der Verwaltung. Er und Mekhnat bestanden an jenem Tag darauf, mich zur Grabstätte meines Vaters zu begleiten. Angeblich weil die aufgebrachten Arbeiter mir gefährlich werden konnten. Aber jetzt verstehe ich, worum es eigentlich ging.«

Der Schreiber! Die zweite Stimme! Er war es, der Mekhnat die Anweisung gegeben hatte, Ahmousis zu töten.

»Aber wenn er Euer Cousin ist«, wandte Sam ein, »warum hatte er vor, Euch umbringen zu lassen?«

Der Priester lächelte.

»Wahrscheinlich aus demselben Grund, aus dem du hier bist.«

Samuel wurde rot bis über die Ohren.

»Ich . . . ich verstehe nicht, was das . . .«

»Keine Angst, mein Junge«, sagte Ahmousis und klopfte

ihm beruhigend aufs Knie. »Das bleibt alles unter uns. Mein Vater hat mir von dir erzählt.«

Wenn er eine Comicfigur gewesen wäre, wäre Sam jetzt rückwärts umgekippt, den Kopf in einer Wolke wirbelnder Sterne.

»Aber das ist unmöglich!«

»Sag das nicht. Setni war kein gewöhnlicher Mensch. Er war einer der wichtigsten Priester des Amun und der einflussreichste Berater dreier aufeinanderfolgender Pharaonen. Er schien ...«

Ahmousis sprach jetzt voller Trauer: »Er schien die Gabe zu haben, Dinge wahrzunehmen, die niemand sonst wahrnehmen konnte. Menschen zu verstehen, die kein anderer verstehen konnte. Manchmal geschah es, dass er ... verschwand. Er verschwand an einem Morgen, und man sah ihn erst am Abend wieder, oder einige Tage später, manchmal konnten es auch zehn sein. Er brachte seltsame Gegenstände mit, die es nirgends gab, außer vielleicht in Ländern, die so weit entfernt waren, dass man nicht einmal ihren Namen kannte. Er sprach nie darüber, was er in dieser Zeit gemacht hatte, ob er selbst auf Reisen gegangen war oder einfach nur Handelskarawanen aus fernen Ländern getroffen hatte. Das blieb sein Geheimnis.«

Samuel musste unwillkürlich an seinen Vater denken. Sein Herz krampfte sich schmerzhaft zusammen.

»Ihr ... Ihr habt nie versucht, dieses Geheimnis zu lüften?«

»Doch, sicher! Aber er war schlauer als ich. Als ich

fünfzehn Jahre alt war, sind wir auf die Bergspitze El-Qurn gestiegen, dort, wo die Göttin Meresger wohnt, die ›die das Schweigen liebt‹. Mein Vater zeigte auf die Stadt und den Fluss zu unseren Füßen. ›Dort ist das wahre Leben. Dort und nur dort . . . Ich weiß, wie gern du mir folgen würdest, Ahmousis. Ich bitte dich, es nicht zu tun. Es gibt zu viele Gefahren und Versuchungen, zu viel Unglück und traurige Begegnungen. Nimm dir eine Frau, Ahmousis, heirate sie, habe Kinder mit ihr und sieh zu, wie sie heranwachsen. Diene deinen Göttern und den Pharaonen, schenke deine Liebe denen, die dir nahe sind. Nichts anderes ist es wert, nichts anderes lohnt die Mühe. Wenn du nur ein Hundertstel von dem wüsstest, was ich weiß, Ahmousis, könntest du in nichts mehr einen Sinn finden. Weder in der Vergangenheit noch in der Zukunft . . . Dir bliebe wie mir nur eine Gegenwart aus Staub, ein Geschmack von Bitterkeit und Verbitterung und grenzenlosem Scheitern. Und das ist nichts, was ich mir für meinen Sohn wünsche.‹«

Der Priester zuckte die Schultern.

»Ich muss zugeben, dass mir seine Worte zu jener Zeit recht seltsam erschienen. Doch er hatte mit solchem Ernst gesprochen, mit so viel Niedergeschlagenheit in den Augen, dass ich lieber seinem Rat gefolgt bin.«

Samuel war fasziniert. Es war, als ob er nach einer schier unendlichen Wanderung durch die Dunkelheit, nachdem er gestolpert und gestrauchelt war und sich an unsichtbaren Mauern gestoßen hatte, auf einmal in der Ferne ein

Licht sähe. Ein zitterndes, schwaches Licht, aber ein Licht ... Schlagartig fühlte er sich weniger einsam.

»Ihr habt mir eben zu verstehen gegeben, dass er mich kannte?«

»Ja. Vor ungefähr zwei Jahren hat er mir gesagt, dass du kommen würdest.«

»Dass ich ... dass ich kommen würde?«

»›Ein Junge mit heller Haut. Vierzehn Jahre alt mit dunkelbraunem Haar, blauen Augen und sehr feinen Zügen, ein wenig eigensinnig, aber von starkem Willen. Er wird dir den Eindruck vermitteln, dass er nicht weiß, wo er ist, vielleicht auch nicht, wer er ist ... Doch du musst ihm helfen, denn er hat, auf seine Weise, mir geholfen.‹«

Samuel wusste weder, was er sagen, noch, was er denken sollte. Sein System meldete: *Error!*

»Ich soll ihm geholfen haben? Aber er muss sich geirrt haben! Ich habe ihn doch nie getroffen!«

»Und doch bist du hier, nicht wahr? Er erklärte mir auch, dass ich dich erst nach seinem Tod sehen würde. Und er hat diese Welt vor genau achtundsechzig Tagen verlassen ... Das Begräbnis wird übermorgen stattfinden.«

Sam brauchte dringend etwas Konkretes, etwas, woran er sich festhalten konnte, sonst würde er sich innerlich auflösen.

»Und werdet ... werdet Ihr mir helfen?«

Der Priester erhob sich und ging zu einer der großen Truhen. Er öffnete sie und nahm eine Amphore und zwei Tonbecher heraus.

»Ich habe hier ein mildes Honigbier. Möchtest du davon kosten?«

Samuel nickte. Er nahm den Becher und nippte an der bittersüßen Flüssigkeit, die leicht auf der Zunge prickelte. Gar nicht schlecht.

»Als ich klein war«, fuhr Ahmousis fort und setzte sich wieder zu ihm, »gab es in unserem Haus einen Raum, den niemand betreten durfte. Dort sammelte mein Vater all die seltsamen Gegenstände, von denen ich dir eben erzählt habe. Die von seinen Reisen ... Nach einer Weile begannen sich Gerüchte zu verbreiten. Durch die Dienerschaft in die Welt gesetzt, nehme ich an. Man erzählte sich, dass Setni Gegenstände von großer magischer Kraft besitze. Wenn du mich fragst, ist es das, wonach mein Cousin, der Schreiber, trachtet. Wenn ich letzte Nacht den Tod gefunden hätte, wären diese Dinge sicher in seinen Besitz gefallen. Khamosis war immer schon voller Neid und Ruhmsucht ...«

Er nahm einen Schluck Bier und verzog amüsiert das Gesicht.

»Aber er wäre sehr enttäuscht worden!«

»Wollt Ihr damit sagen, dass es diese Gegenstände gar nicht gibt?«

»Es gibt sie nicht mehr! Mein Vater hat sie kurz vor seinem Tod fast alle vernichtet. Anscheinend rechnete er damit, dass diese Gerüchte Begehrlichkeiten wecken könnten. Er wollte nicht, dass sein Haus oder sein Grab geschändet würde, um ihrer habhaft zu werden. Und er hatte damit nicht unrecht, wie man sieht.«

»Aber wie werdet Ihr mir dann helfen können?«, fragte Samuel beunruhigt.

»Setni hat mir dieses hier für dich anvertraut.«

Langsam zog Ahmousis einen der großen Ringe, die er an der rechten Hand trug, ab. Es war ein Goldring, mit einem runden Skarabäus besetzt, der durchsichtig bernsteinfarben schimmerte und eine rote Perle auf dem Rücken trug.

»Weißt du, wofür bei uns der Skarabäus steht? Er symbolisiert zugleich das Sein und das Werden. Du hast sicher schon gesehen, wie er auf dem Boden krabbelt und dabei eine kleine Kugel aus Mist vor sich herrollt? Der Skarabäus ist der, der wandert und transportiert ... Ich musste meinem Vater schwören, diesen Ring bis zu seinem Begräbnis bei mir aufzubewahren. Wenn du der Junge wärst, an den er gedacht habe, so versicherte er mir, wüsstest du, was du damit tun musst.«

Es klopfte zweimal an der Tür.

»Ahmousis!«, rief eine gedämpfte Stimme. »Soeben ist der Gesandte des Wesirs eingetroffen.«

Der Priester runzelte die Stirn.

»Entschuldige mich, ich muss dich noch einmal allein lassen. Es wird nicht lange dauern.«

Er verließ den Raum, und Sam blieb mit dem Ring zurück. Er drehte und wendete den gläsernen Skarabäus auf der Handfläche. »Der, der wandert und transportiert ...« Setni mochte vielleicht Sam in einem seiner Träume begegnet sein, doch selbst wenn dem so war, eine Gebrauchsanweisung für den Skarabäus hatte er ihm nicht hinterlassen ... Ein bedauernswertes Versehen!

Mit einem tiefen Schluck leerte Samuel seinen Becher Bier. Das Getränk gab ihm ein angenehmes Gefühl von Wärme und hatte zudem eine beruhigende Wirkung. In Zukunft musste er aufpassen, dass er nicht zum Alkoholiker würde, dachte er. Also, dieser Ring ... Der Skarabäus hatte etwa zwei Zentimeter Durchmesser. Er war ganz flach; sein Panzer und seine Beine waren mit großer Sorgfalt in das Glas graviert. Die rote Perle bildete eine perfekte, glatte Rundung. Was brauchte Sam, um in seine Welt zurückzukehren? Eine Art Geldstück oder Münze mit einem Loch in der Mitte. Konnte man das Schmuckstück irgendwie auf dem Sonnenstein anbringen – der irgendwo im Grabmal des Setni zu finden sein musste? Nein ... Was folgte daraus? Man musste den Skarabäus von der Perle und vom Ring trennen. Leicht gesagt! Und wenn er dabei den schönen Ring zerstörte, den Ahmousis von seinem verstorbenen Vater geerbt hatte? Das Risiko musste er eingehen. Außerdem war er reich genug und hatte bestimmt eine gute Versicherung! Samuel kicherte albern. Er vertrug keinen Alkohol ...

Er versuchte, den Ring abzuschrauben, und nach einigen Ansätzen hörte er auf einmal ein leises »klick«. Tatsächlich war der Ring durch den Körper des Insekts hindurch mit der Perle verbunden; die drei Teile ließen sich ohne großen Aufwand voneinander lösen. Danach hatte der gläserne Skarabäus ein wunderschönes Loch in der Mitte und konnte sehr gut als magische Münze eingesetzt werden. Seine Rückfahrkarte! Denn er musste zurückkehren, so schnell wie möglich!

Allerdings mussten vorher die Wände und die Decke des Raumes aufhören zu schwanken ...

»Tut mir leid«, stöhnte Sam.

Er hatte einen furchtbaren Brummschädel, ein Gefühl, als hätte sein Kopf zwölf Stunden in einer Zange gesteckt. Das grelle Sonnenlicht stach ihm in die Augen, und seine Beine gehorchten ihm nur mit Mühe.

»Das ist meine Schuld«, versicherte Ahmousis. »Ich hätte dir niemals auf leeren Magen dieses Bier anbieten dürfen.«

Sie standen vor Setnis Grabmal. Von hier oben hatte man eine atemberaubende Aussicht auf das Niltal. Die Sonne befand sich im Zenit und erdrückte das kleine Dorf Set-Maat unter ihrer Hitze. Sam dachte an Peneb, Nout, Didou und Biatou. Sie waren fast so etwas wie eine Familie für ihn geworden ... Er hätte sie gern noch einmal wiedergesehen, aber Ahmousis hatte nur sehr wenig Zeit: Der Wesir hatte ihn am frühen Nachmittag zu sich bestellt. Die Nachforschungen kamen mit großen Schritten voran, Mekhnat und der Schreiber waren so gut wie überführt. Trotzdem hatte Ahmousis darauf bestanden, Sam bis hierher zu begleiten.

»Machst du dir Sorgen um die Arbeiter, Sem? Du kannst beruhigt sein, ich werde beim Wesir für sie sprechen.

Wenn nötig, habe ich noch einige Getreidereserven. Die werden reichen, bis man sie wieder bezahlen kann.«

»Das ... das ist wirklich sehr freundlich von Euch. Ich weiß gar nicht, wie ich Euch danken soll.«

»Ich bin es, der dir Dank schuldet, Sem. Du hast vollbracht, was mein Vater sich für dich erhofft hat. Es ist, als wäre er noch bei uns.«

Wie es hier Brauch war, umarmte er Samuel feierlich zum Abschied.

»Ich werde dich jetzt allein weitergehen lassen. Es ist nicht gut, wenn ich zu viel darüber erfahre. Das würde auch mein Vater nicht wünschen.«

Sam war hin und her gerissen zwischen Rührung und der Sorge, erneut in eine unbekannte Welt aufzubrechen.

»Und er ... er hat Euch wirklich nicht mehr gesagt? Ich meine ... Ich bin nicht sicher, ob ich je wieder nach Hause zurückkehre. Ich würde es ja gern, aber ich habe keine Ahnung, wie ich es anstellen soll.«

Ahmousis sah ihn überrascht an. Er dachte kurz nach.

»Ich weiß darüber weniger als du, Sem. Allerdings vielleicht ... einmal ist mein Vater sehr lange fortgeblieben. Tage um Tage. Meine Mutter fragte sich schon, ob ihm etwas zugestoßen sei. Als er dann endlich zurückkam, war er sehr abgemagert und erschöpft. Doch er lächelte. Er schloss uns alle in die Arme und sagte: ›Einer von euch hat so fest an mich gedacht, dass er mich auf den Heimweg geführt hat.‹ Mehr hat er nicht gesagt, leider! Möge Amun-Re dir seinerseits den Weg weisen ...«

Sam nahm die Fackel, die Ahmousis entzündet hatte, und stieg hinab in das Grab von Setni. Die Dunkelheit war eine Wohltat für seine Augen. Nach den beiden Treppen folgte er den herrlich bemalten Gängen, vorbei an der Öffnung im Boden, und kam schließlich zu der Strickleiter. Dort warf er seine Fackel durch das Loch und kletterte in die Tiefe. Der Raum, den er bei seiner Ankunft nur in der Dunkelheit ertastet hatte, war noch prächtiger als die anderen, über und über mit Blattgold verziert, mit unterschiedlichsten Darstellungen des Gottes Thot. Möbelstücke, Stühle, Hocker, kleine Statuen, Körbe und Krüge standen schon bereit, um den Verstorbenen auf seiner letzten Reise zu begleiten.

Sam untersuchte den großen Steinblock in der Mitte, auf dem bald der Sarkophag seinen Platz finden würde. An seinem Fuß war eine Art Grenzstein eingraviert, mit einer Sonne und sechs überlangen Strahlen, die nach unten wiesen. Die ägyptische Version des Sonnensteins . . . Sein Atem ging schneller, er wollte es so schnell wie möglich hinter sich bringen. Der Skarabäus in seiner Hand fühlte sich warm an. Er legte ihn in die Mitte der Sonnenscheibe und sprach ein improvisiertes Gebet: »Jemand möge an mich denken! Jemand möge an mich denken!«

IX.
Familienrat

Das brennende Gefühl in seinem Körper ließ allmählich nach. Ein paar Meter von ihm entfernt, ertönte ein gellender Schrei.

»Samuel?«

Der Zementstaub unter seinen Händen fühlte sich vertraut an, ebenso wie der typische Geruch von altem Papier.

»Samuel?«

Der Keller ... er war wieder zurück!

Eine konfuse Mischung aus Rührung und Übelkeit schlug wie eine Welle über seinem Kopf zusammen. Er rollte sich mit angezogenen Beinen auf die Seite und wurde von Husten und Weinkrämpfen geschüttelt.

»Sammy!«

Er spürte eine Hand auf der Schulter.

»Sammy!«

Die Hand gehörte Lili. Niemals, nicht in seinen verrücktesten Träumen, hätte er je geglaubt, dass er einmal so glücklich wäre, seine Cousine zu sehen!

»Lili! Du warst es ... Du hast an mich gedacht?«, stammelte er zwischen zwei Hustenanfällen.

»Sammy, wie bist du ...?«

Vor lauter Überraschung waren ihre Augen ebenso kugelrund und weit aufgerissen wie ihr Mund.

»Sammy, wie bist du ...?«

Es kam ihm vor, als wiederhole sie alles, zweimal die gleiche Frage, selbst zweimal dieselbe Mimik, als hätte jemand den Film zurückgespult.

»Ist schon gut, Lili, ich höre dich!«

Sie half ihm auf die Beine und stützte ihn, bis er am Bett war, wobei sie jede ihrer Gesten wiederholte – ihm den Arm entgegenstreckte, wieder zurückzog, wieder ausstreckte – Sam brauchte gute zwei Minuten, bis ihm klar wurde, dass es nicht an ihr lag, sondern an seiner eigenen Wahrnehmung: Er sah jede Bewegung wie durch ein Echo verdoppelt, wie ein Schrei in einem leeren Raum, der von allen Seiten zurückgeworfen wurde. Diese Zeitreisen mussten seine Wahrnehmung verändert haben, daher dieses Gefühl von Wiederholung, dieser Déjà-vu-Effekt.

Nachdem er eine Weile gesessen hatte, schien die Wirkung jedoch nachzulassen. Lili kniete vor ihm und beobachtete ihn verstört.

»Aber, Sammy, wo warst du denn die ganze Zeit? Wie bist du hierher gekommen? Hier war niemand, ich war ganz allein!«

Sam fuhr sich übers Gesicht. Nein, er träumte nicht: Da war der Keller, das Feldbett, das kleine Nachtlicht ...

Während er sich umsah, bemerkte er, dass er immer noch den Lendenschurz trug. Die Jeans und sein T-Shirt lagen zusammengefaltet auf dem Kopfkissen. Er verstand überhaupt nichts mehr, außer dass er tatsächlich wieder zu Hause angekommen war.

»Welcher ... welcher Tag ist heute?«

»Sonntag.« Lili warf einen Blick auf ihre Uhr. »Sonntag, der 6. Juni, 17 Uhr 12.«

Sonntag! Nur ein Tag war vergangen! Dabei war er mindestens eine Woche weg gewesen!

»Wirst du mir jetzt endlich erklären, was los ist, Sammy, ja oder nein? Seit gestern Abend suchen dich alle! Grandma ist außer sich! Sogar die Polizei ist eingeschaltet! Wir haben gedacht, du wärst abgehauen oder was weiß ich!«

»Die Polizei ...«, brachte Sam heraus. »Und Papa?«

Lili zögerte einen Moment.

»Keine Nachricht von deinem Vater«, gab sie schließlich zu. »Gut, wenn du willst, kannst du hier ein bisschen ausruhen. Ich rufe Grandma an. Sie wird uns mit dem Auto abholen und ...«

»Nein, Lili, warte. Nicht Grandma ... nicht die Polizei ... Hör mir erst mal zu.«

Und er fing an zu erzählen. Die Worte sprudelten nur so aus ihm heraus, zu viel hatte sich in ihm angestaut. Er redete und redete, wollte gar nicht wieder aufhören ... Wie er den Stein hinter dem Wandbehang entdeckt hatte, wie der ihn nach Iona gebracht hatte, das Kloster, die Wikinger, seine Flucht, das zerstörte Dorf von Fleury, die Bombardements, der Korporal Chartrel, wie er danach im Grabmal von Setni gelandet war, das Dorf Set-Maat, der Tempel der Millionen Jahre und so weiter ...

Lili starrte ihn die ganze Zeit mit offenem Mund an und stieß von Zeit zu Zeit ungläubig so etwas wie »Hieroglyphen?« oder begeistert »Mensch, cool!« aus.

Erleichtert stellte er fest, dass sie ihn nicht für einen totalen Spinner hielt.

»Der Tempel der Millionen Jahre, sagst du?«, fragte sie, als er geendet hatte. »Hast du das hier gelesen?«

Sie zeigte auf das große rote Buch mit dem dicken Einband, das er am Tag zuvor neben dem Bett gefunden hatte.

Das Buch war bei einem Kapitel aufgeschlagen mit dem Titel »Theben, die Stadt der hundert Tore«. Eine etwas angestaubte Radierung zeigte den Tempel des Ramses – Ramses III., erfuhr Sam bei dieser Gelegenheit –, wie man ihn wohl zu Beginn des letzten Jahrhunderts besichtigen konnte: eine Ruine, zum Teil unter Sandwehen vergraben, die riesige Schutzmauer und die Säulen, die nach dreitausend Jahren Vergessenheit wieder ans Tageslicht gebracht worden waren.

»Da war ich«, seufzte Sam, »genau da! Glaubst du mir?«

Lili sah ihn fest an: »Ich weiß nicht, wo du sonst diese Shorts und diese Sandalen ausgegraben haben solltest! Deine Sachen lagen alle auf dem Boden, dahinten. Ich habe sie aufs Bett gelegt. Und da war diese Münze ...«

Sie streckte ihm das Geldstück mit den arabischen

Schriftzeichen und dem Loch in der Mitte entgegen, das ihn auf seine erste Reise gebracht hatte.

»Sie lag neben dem Sonnenstein, wie du ihn genannt hast ...«

Samuel nickte langsam. Zu viele widersprüchliche Gefühle stürmten auf ihn ein.

»Du glaubst mir also?«

»Natürlich glaube ich dir, Sammy! Ich bin doch schließlich deine Cousine, oder? Außerdem hast du noch nicht alles gesehen! Hier!«

Vor seinen Augen blätterte sie die Seiten des Buches um: 70, 72, 74 ... Die Doppelseiten waren alle identisch! Hundertmal, zweihundertmal »Theben die Stadt der hundert Tore«! Dieselbe Abbildung vom Tempel der Millionen Jahre, derselbe Text über Ramses III.! Wie ein einziger großer Fehldruck!

»Aber ... aber gestern war das nicht so!«, rief Sam aus. »Als ich das Buch aufgeschlagen habe, handelte es von einem gewissen Vlad Tepes, einem blutrünstigen Tyrannen aus der Malachei oder Walachei, ich erinnere mich nicht mehr.«

»Das ganze Buch?«

»Nein, jedenfalls ... ich weiß nicht. Ich habe nur eine einzige Seite angeschaut.«

»Also könntest du nicht mit Sicherheit sagen, dass sie gestern nicht auch alle identisch waren?«

»Darauf habe ich nicht geachtet, ich hatte gerade die Kammer entdeckt und ... Und du«, fiel ihm plötzlich ein, »wie kommst du eigentlich hierher?«

Lili zog einen Schmollmund – plötzlich wieder ganz die Alte – und warf mit einer lässigen Bewegung ihre Haare zurück.

»Grandpa hat heute Morgen die Polizei benachrichtigt und ist offenbar mit ihr hierher gefahren. Die Schlüssel steckten noch in der Tür, und deine Tasche lag vor der Treppe. Sie haben angenommen, du wärst entweder abgehauen oder zu einem Kumpel gefahren. Ich fand das gleich merkwürdig. Wenn man bedenkt, dass du nicht gerade viele Freunde hast, und wenn du hättest abhauen wollen, würdest du wohl kaum deine Tasche hier und die Buchhandlung offen gelassen haben ... Und wenn es eine Entführung gewesen wäre, hätten die Kidnapper sicher die Situation ausgenutzt: Hier liegen eine Menge alte Bücher herum, die bestimmt viel Geld bringen. Aber offenbar war nichts gestohlen worden. Ich habe mir daher gesagt, dass du auf jeden Fall noch irgendwie, irgendwo im Haus sein musstest. Und da deine Tasche neben dem Kellereingang lag, dachte ich, dass man wohl am besten dort anfangen sollte.«

Sam konnte sich einen anerkennenden Pfiff nicht verkneifen: »Wow!«

»Die Sache ist nur, dass meine Mutter gestern Abend mit meinem Stiefvater zurückgekommen ist und dass dieser Idiot unbedingt die Nacht über bei Grandma bleiben wollte. Soll heißen, Mister-Ich-bin-schlauer-als-der-Rest-der-Welt wollte uns ›in diesen schweren Momenten beistehen, denn wir sind doch alle eine Familie‹. Der hatte uns gerade noch gefehlt!«, brummte sie. »Kurz, ich hatte nicht die Absicht, den ganzen Tag zuzuhören, wie der Schönling um meine Mutter herumscharwenzelt, und auch noch Beifall zu klatschen ... Ich habe ihnen gesagt, ich würde heute Nachmittag zu Jennifer gehen, habe mir deine Schlüssel geschnappt und mir selbst ein Bild von der Sache gemacht.«

Er war sprachlos.

»Das hast du für mich gemacht!?«

»Für dich?«, wehrte sie ab. »Wir wollen lieber nicht übertreiben. Ich habe es vor allem für die Großeltern getan. Wenn du wüsstest, was für eine Stimmung zu Hause herrscht! Übrigens«, fügte sie mit einem Blick auf ihre Armbanduhr hinzu, »sollten wir lieber sehen, dass wir nach Hause kommen. Morgen kommt die Polizei, um den Stein zu untersuchen, und sie wird sicher bald herausfinden, was dahinter steckt.«

»Auf keinen Fall! Wenn du die Polizei hierher schickst, werden sie alles beschlagnahmen, den Stein, das Buch, und es zum Untersuchen mit in ihr Labor schleppen. Dann wird mein Vater nie zurückkommen können.«

»Was?«

»Aber, Lili, verstehst du denn nicht? Mein Vater hat das alles hier eingerichtet. Von da unten ist er verschwunden, in ich weiß nicht welches Zeitalter! Wenn durch Zufall jemand den Stein beschädigt oder wegnimmt, sitzt er dort fest, in irgendeinem fernen Jahrhundert! Deshalb hat er ihn so gut versteckt.«

»Meinst du?«

»Das ist doch klar! Wir dürfen auf gar keinen Fall mit jemandem darüber sprechen!«

»Auch nicht mit Grandpa und Grandma?«

»Das würde sie nur noch mehr aufregen. Es kann ihm sowieso niemand helfen. Ich meine hier, in unserer Zeit ... Wir müssen warten, bis er zurückkommt, und unbedingt den Stein in Ruhe lassen. Es geht um Leben und Tod, verstehst du?«

Sein Ton war so eindringlich, dass Lili unwillkürlich einen Schritt zurückwich. In diesem Moment ertönte von der anderen Seite des Wandbehangs Musik: die Melodie von *Der Junge vom Strand*.

»Das ist für mich!«

Lili sprang auf. Samuel folgte ihr. Aus ihrer rosafarbenen Tasche kramte sie ein nagelneues Handy, das aufgeregt blinkte.

»Hallo? Ja ... ja, Mama. Nein, ich ... ich bin noch immer bei Jennifer. Ja, mach dir keine Sorgen, ich komme ... In zwanzig Minuten? In Ordnung ...«

»Klasse Klingelton«, lästerte Sam.

»Dir muss er ja nicht gefallen. Mein Stiefvater hat mir ein neues Handy aus Singapur mitgebracht. Angeblich ein Superding: Internet, Fotoapparat, Spiele in Farbe ... Aber wenn er glaubt, er könnte mich mit seinen teuren Geschenken kaufen, hat er sich geschnitten!«

»Was wollte deine Mutter?«

»Ich soll nach Hause kommen. Was sollen wir ihnen sagen?«

»Dass wir uns zufällig vor dem Haus getroffen haben.«

»Aber ... du?«

»Ich denk mir schon irgendwas aus. Schlimmer als die Geschichte mit den Wikingern kann es kaum werden, oder?«

Er hob prüfend Lilis Tasche an.

»Meinst du, wir können das Buch da reinstecken?«

Unglaublich! Fast hatte er vergessen, wie gut das alles schmeckte: Quarkröllchen ... Erdnüsse ... Limonade! Er hatte seit einer Ewigkeit keine Limonade getrunken! Viel besser als dieses Bier!

»Man könnte meinen, du hättest den ganzen Tag nichts zu essen bekommen«, schniefte Grandma lächelnd.

Sie hatte sich neben ihn gesetzt und legte immer wieder ihren Arm um seine Schultern, als wolle sie sichergehen, dass er wirklich wieder da war.

»Wir hatten solche Angst um dich!«

»Du hättest aber auch wirklich Bescheid sagen können«, mischte sich Tante Evelyn mit verkniffenem Mund ein. »Ist dir eigentlich klar, welchen Kummer du deinen Großeltern bereitet hast?«

Samuel saß mit gesenktem Kopf da und verschlang stumm die herrlich knusprigen Quarkröllchen und die wunderbar salzigen Erdnüsse. Schweigen ist Gold!

Mit am Tisch saßen außerdem Grandpa, der mit verlorenem Blick an die Decke starrte, und Rudolf, Lilis Stiefvater. Na ja, nicht ganz, noch war Lilis Mutter nicht mit ihm verheiratet. Sie waren schon seit ein paar Jahren zusammen, zunächst heimlich und erst seit sieben oder acht Monaten auch offiziell. Sam mochte Tante Evelyn nicht besonders. Als sie noch in dem großen Haus in Bel-Air gewohnt hatten, war sie oft gekommen, vor allem, um sich auszuheulen. Sam erinnerte sich noch an viele peinliche Gespräche, bei denen sie meist vor Selbstmitleid fast zerflossen war und ihrem Bruder Allan vorgeworfen hatte, er könne nicht verstehen, wie schwer es sei, allein ein Kind großzuziehen. Dann hatte sie Rudolf getroffen, und alles war anders geworden: Sie heulte jetzt weniger, dafür mäkelte sie umso mehr an ihrem Bruder herum. Nachdem er seine Frau verloren hatte, hielt sie ihm ständig Vorträge: Du solltest das Haus in Bel-Air nicht verkaufen, du solltest keine Buchhandlung kaufen, du solltest nicht immer noch Schwarz tragen. Du solltest deinen Sohn nicht die Schule wechseln lassen, du solltest ihn nicht zum Judo schicken, Hockeyspielen wäre viel besser und so weiter und so weiter.

Von Rudolf sah man nicht viel. Er hatte ein Import-Export-Geschäft und war ständig auf Reisen. Er verdiente sehr viel Geld und ließ sich keine Gelegenheit entgehen, um Lili mit den teuersten Geschenken zu überschütten. Jedoch ohne großen Erfolg: Lili hielt ihn für einen hirnlosen Angeber, der ihr ihre Mutter wegnahm, wenn er mit ihr durch die halbe Welt reiste. Sam hatte bislang noch gar keine Meinung zu ihm: Es war das erste Mal, dass er mit Rudolf an einem Tisch saß.

»Und was hast du in den zwei Tagen getrieben?«, fragte Tante Evelyn spitz.

»Ich bin spazieren gegangen«, antwortet Sam.

»Spazieren gegangen? Willst du uns auf den Arm nehmen? Deine Großmutter sitzt da und findet vor Angst keine Ruhe mehr, und du gehst spazieren?«

»Sei nicht so hart mit ihm«, unterbrach Grandma. »Du weißt doch, dass Sam in letzter Zeit etwas verstört war. Allan hat sich seit zehn Tagen nicht gemeldet, und das ist nicht leicht für ihn.«

»Was dieses Thema angeht«, schnappte Evelyn und stieß ein bösartiges, krampfhaftes Lachen aus, »wenn man auf mich gehört hätte, wär er schon längst gezwungen worden, zum Psychiater zu gehen. Das ist doch nicht normal: sich in seinen Büchern zu vergraben und nur noch alten Erinnerungen nachzuhängen. Es ist doch klar, dass Samuel aus dem Ruder läuft, nach all dem.«

Samuel entschied, darauf lieber nichts zu erwidern, obwohl er sich sonst gern über Tante Evelyn lustig machte. Die Packung Erdnüsse allerdings . . .

»Und wo hast du geschlafen?«, bohrte sie weiter.

»Am Bahnhof«, log Sam.

»Am Bahnhof? Aber du hättest überfallen werden können!«

»Im Depot war ein Zug, bei dem die Türen nicht ganz geschlossen waren. Da habe ich mich durchgezwängt.«

»Was für ein Zug?«, fragte Rudolf plötzlich dazwischen.

Samuel sah ihn an. Er war an die zehn Jahre älter als Evelyn – graue Schläfen, kantiges Kinn, ganz der sonnengebräunte Geschäftsmann, Anzug und Armbanduhr zehnmal so teuer wie der Monatslohn eines Arbeiters. Und was noch schlimmer war, er schien Sam seine Geschichte nicht abzukaufen.

»Ein ganz normaler Zug, mit Sitzbänken und Fenstern«, gab Sam zurück.

»Im Depot also? Die Stadt lässt es meines Wissens doch aber bewachen ... es hat im letzten Jahr ein paar üble Vorfälle gegeben. Hattest du keine Angst vor den Hunden?«

»Ich wollte schon immer einen haben«, gab Sam in leicht trotzigem Ton zurück.

»Jetzt hört euch diesen Flegel an!«, ereiferte sich Evelyn. »Hört ihr, wie er mit Rudolf redet? Das kommt davon, wenn man seinen Sohn nicht erzieht!«

»Schon gut, mein Schatz«, beschwichtigte Rudolf weltmännisch, »er kann doch nichts dafür. Was ihm fehlt, ist einfach eine härtere Hand, mehr Autorität. Hat Allan nie an ein Internat gedacht? Ich kenne da ein ausgezeichnetes in den USA, speziell für schwierige Kinder oder solche, die kein ordentliches Zuhause haben. Zwei Jahre dort, und sie gehen wieder in Reih und Glied.«

Sam stieß geräuschvoll seinen Stuhl zurück.

»Entschuldigt mich, ich lege mich hin. Auf diesen Sitzen im Zug schläft man nicht besonders gut.«

Rudolf hielt ihn im Vorbeigehen am Handgelenk fest und sah sich die Kratzer an seinem Arm an.

»Ein ganz harter Brocken, unser Sammy, was?«, rief er. »Und was ist das hier? Hast du dich geprügelt?«

Samuel riss sich mit einem Ruck los. Am liebsten hätte er ihn angegiftet, dass er sich an den Sträuchern beim Ramses-Tempel aufgeritzt hatte. Aber er war nicht sicher, ob Rudolf das gefressen hätte.

»In dem Waggon war eine Katze.«

Rudolf hielt seinem Blick stand. Es lag etwas Feindseliges in ihm. Dieser Typ war nicht nur ein hirnloser Angeber, sondern auch ein gefährlicher.

»Du nimmst nicht zufällig irgendwelche Drogen, Sammy? Es würde mich nicht wundern und würde immerhin einiges erklären.«

»Es ist nett, dass Sie sich um mich kümmern, Rudolf, aber ich kann Sie beruhigen, dafür habe ich schon einen Vater.«

Damit verließ er das Zimmer. In der folgenden Stille konnte man die Spannung förmlich in der Luft knistern hören. Kaum war Sam oben, als er hörte, wie Evelyn sich von Neuem ereiferte: »Aber Papa, hast du nicht diese Frechheiten gehört? Und da sagst du nichts? Dieser Junge dürfte einen schlechten Einfluss auf Lili ausüben!«

»Meine arme Evelyn«, seufzte Grandpa, »du wirst nie etwas von Kindern verstehen.«

Sam schlug die Tür hinter sich zu; er hatte genug gehört. Obwohl ihn Tante Evelyns Gerede im Grunde wenig interessierte. Es gab Wichtigeres.

Eigentlich wollte er sich sofort ins Bett legen – ihm fielen vor Müdigkeit die Augen zu –, stattdessen legte er jedoch das Album von Linkin Park ein, nahm die Kopfhörer und setzte sich an den Computer. Unter anderen Umständen hätte er sich bei seinem Lieblingsserver im Internet eingeloggt und online *Star Wars* gespielt. Es gab nichts Entspannenderes, als zwischendurch mal eine Stunde Raumschiffe abzuschießen . . . Aber an diesem Abend hatte er keine Lust zu spielen. Nein, er hatte das Bedürfnis, eine Verbindung zu den Welten herzustellen, die er vor Kurzem verlassen hatte. Wollte nach Spuren suchen, die ihm bewiesen, dass sie irgendwann wirklich existiert hatten, nicht nur in seiner Einbildung.

Er gab »Theben« in die Suchmaschine ein, dann »Setni« und »Ahmousis«. Die Fotos auf dem Bildschirm zeigten die Stadt, wie sie heute aussah, Überreste des Palastes am Westufer des Nils, die Ruinen der früheren Arbeitersiedlung – er hätte heulen können –, das ockerfarbene Steilufer mit den Grabhöhlen. Über Setni und Ahmousis fand er nichts Genaues, nur eine alte ägyptische Legende: Demnach war Setni ein Magier, der eines Tages das große Zauberbuch des Gottes Thot gestohlen und eine Serie von Unglücksfällen ausgelöst hatte. Handelte es sich hier um dieselbe Person? Der Schluss lag verlockend nahe.

Dann gab er »Festung von Souville« und »Erster Weltkrieg« ein und stieß auf einen ausführlichen Bericht über die Schlacht bei Verdun 1916. Die Kämpfe hatten monatelang in der Gegend gewütet und Hunderttausende an Todesopfern gefordert. Das Dorf Fleury war einer der meistumkämpften Orte an der Front gewesen und schlicht von der Landkarte radiert worden. Samuel fröstelte: Manchmal konnte auch das Internet eine Art Zeitreise sein.

Aber am meisten schockierte ihn die Seite über die Insel Iona. Nachdem er eine Weile herumgesucht hatte, um etwas über die Geschichte von Colum-Chill herauszufinden, stieß er auf Fotos, die die Insel genau so zeigten, wie er sie erlebt hatte: die Feuchtwiesen, die Steinmauern, den wechselhaften Himmel . . . Über weitere Links fand er schließlich außergewöhnliche Abbildungen der Evangeliensammlung, die die Bohnenstange ihm im Skriptorium gezeigt hatte. Die gleiche Schrift, die gleichen Bilder, die gleichen Farben! Als er den Text zu den Reproduktionen las, kamen ihm doch noch die Tränen. »Man vermutet, dass dieses Manuskript, eins der schönsten, das uns aus dem Mittelalter erhalten ist, um 800 von den Mönchen des Klosters auf Iona begonnen wurde. Nach einem verheerenden Angriff der Wikinger wurde es auf wundersame Weise gerettet und nach Irland gebracht, wo andere Mönche es vollendeten.«

Samuel weinte und lachte gleichzeitig. Das Wunder, das war er gewesen!

X.
Pressespiegel

Wie gut, dass er bald Ferien hatte: Nach nur einem Tag Schule hatte Samuel schon die Nase voll. Der Ärger fing gleich morgens um halb acht an, als Sam feststellte, dass er den Berg Matheaufgaben, den er schon die ganze letzte Woche vor sich hergeschoben hatte, zu diesem Montag fertig haben musste. Er hatte eigentlich vorgehabt, sich am Sonntag daranzusetzen, aber dort, wo er am Wochenende gewesen war, kannte man keine Taschenrechner . . .

Leider hatte Mrs Cubert, seine Mathelehrerin, einen sechsten Sinn für derartige Fälle. Sie hatte zunächst den Blick über die ganze Klasse schweifen lassen, die Nase in der Luft wie ein Spürhund, als wittere sie bereits die unerledigten Hausaufgaben. Dann hatte sie zielsicher auf Sam gezeigt: »Samuel, komm doch mal bitte nach vorne und demonstriere uns, in welchem Maße jedes Vorankommen in der Mathematik von regelmäßigen Bemühungen abhängt.«

Rätselhafte Formulierungen dieser Art gehörten zu ihren Spezialitäten und hatten zur Folge, dass man entweder wie angewurzelt sitzen blieb oder unverzüglich an die Tafel gerufen wurde. Für Sam hieß es offensichtlich: an die Tafel. Wenig begeistert stand er auf.

»Willst du deine Unterlagen nicht mitnehmen, Samuel? Ist das jetzt Mut oder Tollkühnheit?«

Während er sich ein halb bekritzeltes Blatt aus seinem Ordner schnappte, raunte sein Banknachbar Harold ihm zu: »Wir schicken dir einen Krankenwagen, Sam. Keine Sorge, ich sage deinen Eltern Bescheid.«

Tatsächlich erlebte er ungefähr die schlimmsten fünfzehn Minuten seines Lebens, während er mit einem Stück Kreide in der Hand gegen eine ganze Serie unverständlicher Gleichungen kämpfte und sich unter den Salven giftiger Bemerkungen duckte, mit denen ihn die geifernde Mrs Cubert beschoss. Mit einem Visier vor dem Helm und einem ein Meter fünfzig langen Schwert hätte sie einen ausgezeichneten Wikinger abgegeben. Es endete damit, dass Sam nicht nur das Ausmaß seines Unwissens demonstriert hatte, sondern mit einer niederschmetternden Fünf und drei zusätzlichen Aufgaben an seinen Platz zurückgeschickt wurde.

In der Pause nahm Harold ihn beiseite: »Und, ist dein Vater wieder da?«

»Nein.« Sam biss die Zähne zusammen.

Er brannte darauf, Harold alles zu erzählen, aber eine leise Alarmglocke in seinem Kopf hielt ihn zurück. Du weißt, was du riskierst, wenn du das machst ... Und wenn Harold dir nicht glaubt, bist du bis zum Ende des Jahres eine Lachnummer. Willst du das? Wieder einmal, auch wenn es ihn einige Kraft kostete, beschloss er, sich lieber in Schweigen zu hüllen. Harold war sowieso schon bei einem anderen Thema:

»Warum warst du nicht auf Maddys Party am Samstag?«

»Äh, ich ...«

»Sie hat mich gefragt, ob du krank seist ...«

»Ah ...«

Maddy war ein Mädchen aus seiner Klasse, das schon seit Anfang des Schuljahres um ihn herumschlich. Samuel fand sie ziemlich hübsch und nett, aber ... mehr auch nicht. Um ehrlich zu sein, hatte er sogar ein ziemliches Problem damit. In der Zeit, als sie noch in Bel-Air gewohnt hatten, war er vollkommen verrückt nach Alicia Todds gewesen, seiner Nachbarin. Damals – mit zehn oder elf – waren sie beide unzertrennlich und hatten sogar gelegentlich den Sommerurlaub im Ferienhaus der Todds am Meer verbracht. Alicia war hinreißend – blond, mit großen blauen Augen, heller Haut und einem Mund, der immer lachte. Sie überlegte ständig, wem sie als Nächstes einen ihrer Streiche spielen konnte. So stand eines Tages ein Mann vom Pizzaservice bei dem alten Brummbär Mister Roger vor der Tür, mit siebenmal »Sardellen/Speck«, siebenmal »doppelt Käse/Salami«, dazu sieben Dosen Bier, die er niemals bestellt hatte. Alicia hatte den denkwürdigen Moment mit ihrer Einwegkamera festgehalten, woraufhin sie sich später – als jemand das Foto entdeckt hatte – bei sämtlichen Pizzalieferanten von Bel-Air entschuldigen musste. Bei der Gelegenheit schaffte sie es immerhin, dass der Chef vom Pizzaservice ihr ein Eis ausgab – Alicia Todds' Charme konnte eben niemand widerstehen ...

Nachdem Sams Mutter gestorben war, war alles anders geworden. Samuel hatte sich plötzlich in seinem Schneckenhaus verkrochen und kaum noch mit Alicia reden wollen. Es war, als ob die Zeit der glücklichen Momente abrupt ein Ende gefunden hätte und jedes neue Glück die Erinnerung an seine Mutter beleidigen würde. Nichts sollte ihn von seinem Schmerz ablenken ... Keine gemeinsam verbrachten Nachmittage mehr, keine Verschwörungen auf dem Nachhauseweg, keine Kissenschlachten mehr am Samstagabend, keine Ferien am Meer. Nichts mehr. In den darauffolgenden Monaten waren die Faulkners dann umgezogen. Sam hatte die Schule gewechselt, und Alicia war aus seinem Leben verschwunden.

Aber nicht aus seinem Herzen. Wie oft hatte er sich gewünscht, nach Bel-Air zu fahren, an ihre Tür zu klopfen und ihr alles zu erklären: wie schuldig er sich fühlte, welche Vorwürfe er sich machte, dass er ihr so wehgetan hatte. Doch er hatte nie den Mut dazu aufgebracht. Seitdem waren mehr als drei Jahre vergangen. Ab und zu sah er Alicia in der Stadt. Sie war ein richtiges junges Mädchen geworden: schlank, hoch aufgeschossen. Die blonden Haare umrahmten ihr zartes Gesicht, ihr Gang war katzenhaft, elegant ... Jedes Mal versetzte es ihm einen Stich. Zwei- oder dreimal hatte er die Nummer der Todds gewählt, dann aber doch wieder aufgelegt. Falls sie noch manchmal an ihn dachte, verfluchte sie ihn sicher. Wie sie sich verändert hatte!

»Samuel, hörst du mir zu?«

»Hä?«

»Ich habe gerade gesagt, dass, wo du nicht da warst, Simon mit Maddy . . .«

»Ach, ja?«

Das Ende der Pause bewahrte Sam davor, Harold erklären zu müssen, warum er die ganze Zeit so abwesend war. Mr Maverick, der Naturwissenschaften unterrichtete, brachte ihn wieder auf den Boden der Tatsachen: Er gab ihm die letzte Klassenarbeit für dieses Jahr zurück, in der Sam nur mittelmäßig abgeschnitten hatte. Musste er sich langsam Sorgen um seine Versetzung machen? Das war zu befürchten. Seit sein Vater vor zehn Tagen verschwunden war, hatte er nicht viel für die Schule getan. Und jetzt bekam er die Quittung serviert, eine miese Note nach der anderen. Und offenkundig ohne eine Möglichkeit, es bis zum Ende des Schuljahres noch auszubügeln.

Aus den Augenwinkeln beobachtete er Maddy und Simon, die zwei Reihen vor ihm heimlich unter der Bank Händchen hielten. Maddy und Simon . . . die Party am Samstag . . . Sam spürte plötzlich, wie Eifersucht in ihm hochkroch: Warum passierte ihm so etwas nie?

Ohne zu überlegen, hob er die Hand, nur um Maddys Aufmerksamkeit auf sich zu lenken.

»Entschuldigen Sie, kann ich Ihnen eine Frage stellen?

Es hat nicht unbedingt etwas mit dem Unterricht zu tun, aber ...«

Maverick warf einen Blick auf seine Uhr, um zu sehen, wie viel Zeit er Sam schenken konnte, ohne seine Stunde zu gefährden.

»Frag nur, Faulkner.«

»Ist es möglich, die Zeit zurückzudrehen?«

Die anderen starrten Sam an. Sicher fragten sie sich, was ihn denn gebissen hatte. Maddy ließ sogar Simons Hand los.

»Nun, Faulkner, das ist eine interessante Frage ... Und sie hat tatsächlich überhaupt nichts mit dem Stoff für heute zu tun!«

Er grinste verschlagen: »Möchten Sie vielleicht gerne die letzte Woche zurückdrehen, damit Sie Ihre Aufgaben noch einmal überarbeiten können? Mir kam es auch so vor, dass Sie sich hätten besser vorbereiten sollen!«

Es waren einige Lacher zu vernehmen.

»Um es kurz zu machen: Gehen wir mal davon aus, dass es in der Theorie möglich ist, die Zeit zurückzudrehen. Zumindest für die Teilchen ... Stellen wir uns vor, du befindest dich auf der Erde und dein Freund Harold auf dem Mars. Wenn du ihm um elf Uhr morgens ein ausreichend starkes Lichtsignal sendest, braucht es ungefähr fünfundzwanzig Minuten, um den Mars zu erreichen. Um elf Uhr fünf kann man demzufolge feststellen, dass dieses Signal seit fünf Minuten deiner Vergangenheit angehört, obwohl es für deinen Nachbarn noch Zukunft ist, da er ja noch zwanzig Minuten warten muss, bis er es bekommt. Das zeigt uns nebenbei, dass Zeit ein relativer Begriff ist: Gegenwart, Vergangenheit, Zukunft sind für jeden von uns etwas anderes, abhängig davon, was wir sind und an welchem Ort wir uns befinden. Gut. Nehmen wir jetzt einmal an, Faulkner, du hättest eine Rakete, die doppelt so schnell fliegt wie dein Lichtsignal. Wenn du um fünf nach elf auf der Erde startest, wirst du mit größter Wahrscheinlichkeit dein Lichtsignal gegen zehn nach elf eingeholt haben. Anders ausgedrückt: Um zehn nach elf *hast du deine Vergangenheit eingeholt!* Und hättest in gewisser Weise die Zeit zurückgedreht . . . nach diesem Prinzip würde es funktionieren. Man müsste nur noch eine Rakete konstruieren, die schneller ist als das Lichtsignal, das hieße, die mit mehr als Lichtgeschwindigkeit fliegen kann. Wie du weißt, ist das die höchste Geschwindigkeit, die wir im Universum kennen. In die Praxis lässt sich unser Experiment also nicht umsetzen. Anders gesagt, Faulkner, da du die Zeit nicht um eine Woche zurückdrehen kannst, wirst du dich leider mit deiner Note zufriedengeben müssen!«

Samuel nickte, auch wenn er nicht alles bis ins Detail verstanden hatte. Vor allem verkniff er sich, Mr Maverick zu sagen, dass sich die besagte Rakete im Keller der Buchhandlung Faulkner befand und dass sie aussah wie ein prähistorischer Kaugummiautomat!

Nach dem Mittagessen konnte Samuel in Miss Delaunays Kunstkurs zwei entspannte Stunden genießen. Endlich ein Fach, in dem er sich wohlfühlte und das Gefühl hatte, etwas zu schaffen, das wirklich mit ihm selbst zu tun hatte . . . Einen Baum auf die Leinwand zeichnen, spüren, wie sich die Blätter unter seinem Kohlestift bewegten, sehen, wie die Rinde unter seinen Pinselstrichen immer dicker wurde, wie die Farben, geschmeidig und leuchtend, dem Material mit einem Mal Leben verliehen, das war genau das, was ihn glücklich machte!

»Nicht schlecht, Sam!«, lobte Miss Delaunay. »Nimm noch einen Tropfen mehr Terpentin, dann lässt sich die Farbe leichter verarbeiten. Aber du hast wirklich Talent!«

Das einzige Lob des ganzen Tages.

Die nächste Stunde, der Literaturunterricht, bestand aus einem einzigen geschwollenen Gefasel zu einem, offen gesagt, ziemlich platten Gedicht. Samuels Kopf war dicht vor dem Zerspringen. Er betete nur, dass sie es möglichst schnell hinter sich bringen würden – dass dieser Typ im Gedicht, anstatt weinerliche Verse über seine Angebetete abzusondern, vielleicht ins Kino oder zum Bowling ging, um auf andere Gedanken zu kommen.

Als es endlich zum Schulschluss klingelte, schnappte er sich sein Skateboard und stürzte zum Ausgang. Endlich Luft, Sauerstoff! Keine Mauern mehr, keine Fenster! Kein Simon mehr, keine Maddy!

Er ließ sich auf dem Gehweg Richtung Bushaltestelle rollen, ohne auf die Freunde zu achten, die ihn im Vorbeifahren grüßten. Er wollte allein sein.

Als er an der großen Kreuzung um die Ecke bog, brach ihm plötzlich der kalte Schweiß aus. Am Bushaltestellenschild lehnte Monk, zwei seiner Helfershelfer an der Seite.

Samuel wollte unversehens kehrtmachen, aber da war Monk bereits bei ihm.

»Faulkner!«, bellte er und sprang mit erstaunlicher Schnelligkeit auf ihn los. »Du kleine miese Ratte!«

Seine Hand, die mindestens zweimal so groß war wie Sams, hielt ihn umklammert wie ein Schraubstock.

»Auf dich habe ich gewartet, Faulkner!«

»Du hast auf mi... mich gewartet?«, stotterte Sam.

»Hast du meine zwanzig Dollar?«

»Deine was?«

»Meine zwanzig Dollar ... für die Platinen neulich.«

»Aber nein, aber ich ...«

Aus den Augenwinkeln heraus sah er Monks riesige, bedrohlich geballte Faust, die ungeduldig zuckte. Seine beiden Gehilfen musterten Sam genüsslich und warteten nur auf den Moment, in dem ihm dieser Fleischberg die Nase plätten würde.

»Dann wirst du eben mit deinen Zähnen bezahlen. Ich habe dich gewarnt ...«

Von den Passanten hinter ihnen machte niemand Anstalten einzugreifen, und die, die auf den Bus warteten, waren in ihre Zeitungen vertieft.

»Aber Monk«, wagte Sam einen Vorstoß, »das ... das wirst du doch nicht machen, oder? Denk an den Wettkampf nächsten Samstag! Wenn Meister Yaku erfährt, dass du mir außerhalb der Matte eine verpasst hast ...«

»Wer sollte ihm das denn erzählen, du etwa?«, konterte Monk hämisch und sah noch bedrohlicher aus.

»Nein, aber nehmen wir mal an, ich könnte nicht kommen und müsste meine Meldung zurückziehen. Wegen ... na, du weißt schon, ein Unfall ist schnell passiert! Er wird eine Erklärung von mir verlangen, und ... du verstehst schon, was er immer sagt: ›Niemals grundlose Gewalt, niemals die Selbstkontrolle verlieren! Setzt eure Energie nur auf der *tatami* ein!‹«

Samuel war sich nicht sicher, ob es funktionieren würde, aber es war die einzige Munition, die er hatte. Und Monk hatte schon immer grenzenlose Bewunderung für Meister Yaku an den Tag gelegt.

»Auf der *tatami*, soso?«, kam es etwas zögernd zwischen den dicken Lippen heraus.

Plötzlich löste sich der Stahlgriff, und ein verschlagenes Glitzern trat in Monks Blick.

»Okay, Ratte. Wir treffen uns Samstag beim Wettkampf. Ich werde dich vor versammelter Mannschaft wie eine Mücke zerquetschen. Und wehe dir, du kneifst ...«

Die Geste war eindeutig: Er würde ihn in zwei Teile brechen wie ein Streichholz.

»Klar komme ich!« Sam tat hocherfreut. »Um nichts in der Welt würde ich mir das entgehen lassen!«

Monk zupfte ihm verdächtig fürsorglich das T-Shirt zurecht, als wollte er sichergehen, dass sein Opfer bis zum großen Showdown keinen Schaden nahm.

»Also dann bis Samstag, Faulkner, und versuch nicht, mich reinzulegen ...«

»Auf keinen Fall, Monk!«

Tief in seinem Innern dachte Samuel, dass er sich lieber auf den Mond schießen lassen würde.

»Ist dir nicht gut, Sam? Du bist so blass . . .«

Grandpa setzte sich ihm gegenüber an den Küchentisch, während er lustlos an seinem zweiten Keks knabberte.

»Doch, doch . . .«

»Du machst dir Sorgen um deinen Vater, stimmt's? Das ist ganz normal, aber ich denke, man sollte sich nicht so schnell verrückt machen lassen. Es ist nicht das erste Mal, dass er plötzlich verschwindet.«

»Zwei oder drei Tage vielleicht, aber doch nicht zwölf!«

»Ich spreche nicht von der jüngsten Zeit. Sondern von früher, als du noch nicht geboren warst . . .«

Samuel verschluckte sich beinahe an seinem Keks.

»Das ist früher auch schon vorgekommen?«

»Ja, es ist ungefähr zwanzig Jahre her. Allan studierte damals noch Geschichte. In einem Sommer fuhr er für ein Praktikum drei Monate nach Ägypten. Mit einem berühmten Archäologen, Professor Chamblin oder Chamberlain, ich erinnere mich nicht mehr.«

Grandpa zwang sich zu einem Lächeln, als würde er irgendeine banale Anekdote erzählen. Aber Sam hatte das dumpfe Gefühl, dass mehr dahintersteckte. Ausgrabungen in Ägypten, das konnte doch nur ein Zufall sein . . .

»Du weißt doch, dass dein Vater schon immer alle möglichen Dinge gesammelt hat: Er hat da oben immer noch einen Ordner mit Notizen und Zeitungsausschnitten. Ich glaube, ich habe selbst auch ein paar Artikel ausgeschnitten.«

»Da oben? Auf dem Dachboden?«

»Ja, deine Großmutter muss alles in eine ihrer verdammten Truhen getan haben. Sie kann nämlich auch nichts wegschmeißen!«

»Und was genau ist damals passiert?«

»Genau kann ich es dir auch nicht sagen. Außer dass sie bei den Ausgrabungen auf irgendwelche Sachen gestoßen sind. Grabstätten, heilige Gegenstände ... Das steht alles in den Zeitungsausschnitten, wenn es dich interessiert. Aber darum geht es auch nicht, sondern darum, dass dein Vater uns zu Beginn seines Aufenthalts in Ägypten immer regelmäßig angerufen hat. Und dann gab es plötzlich kein Lebenszeichen mehr von ihm. Nichts mehr, von einem Tag auf den anderen! Du kannst dir die Angstzustände deiner Großmutter vorstellen! Es hätte ihm wer weiß was zugestoßen sein können! Nach einigem Hin und Her hatte ich endlich die Nummer des Ausgrabungslagers herausgefunden. Und da sagte man mir, Allan sei verschwunden ... Die anderen im Team waren davon ausgegangen, dass ihm die Ausgrabungen zu anstrengend geworden seien und er sich deshalb auf die Heimreise gemacht habe. Übrigens nicht allein, sondern mit einem anderen jungen Praktikanten in seinem Alter. Nur dass Allan uns nichts davon gesagt hatte ...«

Wie so oft starrte Grandpa verloren an die Decke. Er sprach wie zu sich selbst: »Das dauerte ungefähr zwei

Wochen, zwei schreckliche Wochen! Und dann, eines Morgens, rief Allan plötzlich an. Seine Erklärungen klangen ziemlich wirr; angeblich hatte er einen Ausflug in die Wüste machen wollen und die Möglichkeiten zu telefonieren seien häufig schlecht gewesen. Aber er wollte sein Praktikum bei den Ausgrabungen fortsetzen. Dann, fünf oder sechs Tage später, das gleiche Spiel: keine Nachricht mehr! Zwei Monate ging das so: Eine Woche war er da, in der nächsten verschwand er, dann tauchte er wieder auf, und so weiter. Beinahe wären deine Großmutter und ich selbst hingeflogen, um der Sache auf den Grund zu gehen. Aber mit unserem Geschäft war das natürlich nicht so leicht.«

Samuel verstand sehr gut, was für »Ausflüge« sein Vater unternommen hatte!

»Im Oktober war er schließlich wieder zurück«, schloss Grandpa.

»Habt ihr nie erfahren, was passiert war?«

Grandpa löste seinen Blick von der Decke und sah Sam an: »Nein, nie, stell dir vor. Es ging ihm nicht besonders gut, als er zurückkam. Er hatte irgendeinen seltenen Virus aufgeschnappt und dadurch zehn Kilo und einige Handvoll Haare verloren. Drei Monate war er zur Beobachtung in einem Institut für tropische Krankheiten.«

»Antike Krankheiten«, berichtigte Sam im Stillen.

»Danach haben deine Großmutter und ich es, ehrlich gesagt, nicht übers Herz gebracht, ihn auszufragen. Er war geheilt, er war bei uns, nur das zählte.«

»Und ist es danach noch häufiger passiert, dass er plötzlich verschwand?«

»Nicht, dass ich wüsste. Und wenn, dann immer nur sehr kurz . . . Zwei Jahre später hat er deine Mutter kennengelernt, und das hat ihn sehr viel vernünftiger werden lassen. Kurz danach haben sie geheiratet, und dann bist du gekommen.«

»Papa hat mir nie davon erzählt«, sagte Sam. Er musste sich regelrecht zwingen, sein Glas Orangensaft ruhig zu leeren und abzusetzen, obwohl es ihn vor Ungeduld kaum auf dem Stuhl hielt. »Ich darf mir also diesen Ordner mal ansehen?«

»Wenn du dich in dem ganzen Durcheinander zurechtfindest! Ich muss jetzt los und Grandma von ihrem Bridge-Club abholen. Wir können ja nachher weiterreden, wenn du willst.«

Sam konnte gar nicht schnell genug auf den Dachboden kommen. Er durchwühlte die Truhen und Kisten, den ganzen alten Krempel, den Grandma hier peinlich genau sortiert hatte. Ausrangierte Möbel, alte Kleider – darunter stapelweise Kittel mit der Aufschrift *Feinkost Faulkner*, aus der Zeit, bevor seine Großeltern aus den USA nach Kanada gezogen waren; Alben voller Schwarz-Weiß-Fotos, auf denen das alte Geschäft in Chicago zu sehen war mit Grandpas Vater; Allans Holzspielzeug, Schulhefte, Kinderkleidung, die berühmte Fingernagel-Sammlung und endlich der Ordner, auf den jemand mit schwarzem Filzstift »Ägypten« geschrieben hatte.

Samuel machte es sich unter dem Dachfenster bequem und fing an zu blättern. Insgesamt an die zwanzig Artikel, vergilbt und mehr oder weniger sorgfältig ausgeschnitten, die in chronologischer Reihenfolge in Klarsichthüllen steckten. Die meisten stammten aus Fachzeitschriften oder aus einer Kairoer Tageszeitung in englischer Sprache.

Archeologia, April 1985:
Ausgrabungspraktikum in Ägypten
Professor Chamberlain plant ein neues Ausgrabungsprojekt von Juni bis November 1985, beim Tal der Könige in Theben. Das Ziel: Offenlegung weiterer Grabstätten der XX. Dynastie. Wenn Sie Geschichte, Kunstgeschichte oder Archäologie studieren und in diesem Sommer noch nichts anderes vorhaben, lädt Prof. Chamberlain Sie ein, in seinem Team mitzuarbeiten und ein einzigartiges archäologisches Abenteuer mitzuerleben (Achtung: Für die Unterbringung ist gesorgt, die Anreise muss individuell geregelt werden). Schicken Sie Ihre Unterlagen und Ihr Bewerbungsschreiben an: Prof. Chamberlain, 7 Lower Street, Cambridge, Tel.: (01223) 2589734.

Mit dieser Anzeige, die sein Vater ausgeschnitten hatte, musste alles angefangen haben …

The Times of Cairo, 21. Juni 1985:
Prof. Chamberlains Hoffnung
Der hervorragende englische Archäologe, der zurzeit ein

großes Ausgrabungsvorhaben bei Theben leitet, rechnet damit, auf bisher unbekannte Gräber der XX. Dynastie zu stoßen. »Die Hügel, an deren Fuße die Tempel von Ramses III. und Königin Hatschepsut liegen, haben noch längst nicht all ihre Geheimnisse preisgegeben«, erklärte er gestern Abend gegenüber unserem Korrespondenten. »Bisher hat man sich vor allem für das Tal der Könige und die Pharaonengräber interessiert. Ich bin jedoch der Meinung, dass die Gräber anderer großer Persönlichkeiten, ebenso wie die der Menschen aus dem einfachen Volk, uns mindestens so viel über das Leben und die Gebräuche jener Zeit verraten.«

Sam überschlug fünf oder sechs Artikel zu diesem Thema und stieß auf folgende Nachricht:

The Times of Cairo, 2. August 1985:
Grab eines Priesters bei Theben entdeckt
Von unserem Korrespondenten vor Ort
Gestern gegen 17 Uhr gelang es Prof. Chamberlain und seinem Team zum ersten Mal, in das reich verzierte Grab eines Amonpriesters aus der XX. Dynastie (vor ungefähr 3200 Jahren) vorzudringen. Nach mehr als einem Monat Ausgrabungszeit in West-Theben konnte der Zugang zum Hauptkorridor der Grabstätte freigelegt werden. »Von unvorstellbarer Pracht«, kommentierte der englische Archäologe, der jedoch keinerlei Risiko eingehen und bei den weiteren Ausgrabungen nichts überstürzen will: »Wir werden uns zwei Wochen Zeit nehmen, um bis zur Grabkam-

mer vorzustoßen, um sicherzugehen, dass nichts beschädigt wird. Vom Zustand der beiden ersten Kammern ausgehend, bin ich guter Hoffnung, dass die gesamte Anlage in unversehrtem Zustand und das Grab von Plünderern verschont geblieben ist.« Wenn dies der Fall sein sollte, so hofft Prof. Chamberlain, auf ebensolche Schätze zu stoßen wie einst Howard Carter, als er das Grab des Tutenchamun öffnete!

In den darauf folgenden zwei Wochen hatten einige Wochenzeitungen die Nachricht über die Entdeckung aufgegriffen, doch wieder war es die Kairoer *Times*, die über genauere Details informiert war:

The Times of Cairo, 14. August 1985:
Exklusiv! Die Geheimnisse des Priesters Setni!
Wie wir bereits berichteten, ist es Prof. Chamberlain und seinem Team bei ihren Ausgrabungen gelungen, in die Grabkammer des Priesters Setni vorzudringen. Nachdem die Aufräumarbeiten beendet waren und die Entzifferung der Inschriften Aufschluss über die genaue Identität des Toten gab, scheint es ...

Sam verschlang die Beschreibung der Grabkammer regelrecht: Es war genau die, die er vor ein paar Tagen im Schein seiner Fackel gesehen hatte. Es war alles noch da, außer dass nun ein riesiger goldener Sarkophag den Platz in der Mitte eingenommen hatte. Wenn auch von einem Stein mit Inschriften keine Rede war, rätselte der Journalist doch über gewisse Gegenstände, die dem Toten beigegeben worden waren:

Das Unglaublichste bleibt jedoch der Fund verschiedener Münzen in einer Schale: römische Sesterzen, griechische Talente, Groschen aus dem Mittelalter und so weiter. Anders gesagt, Münzen, die erst viele Jahrhunderte nach dem Begräbnis des Priesters Setni in Umlauf waren! Auf die Frage nach diesem rätselhaften Fund vermutete Prof. Chamberlain, dass das Grab in nicht allzu ferner Vergangenheit schon einmal aufgebrochen worden sein muss, ohne dass die Besucher jedoch irgendetwas entwendet hätten. Diese Münzen waren wahrscheinlich zu Ehren des Priester Setni hinterlegt worden. Allerdings scheint diese Hypothese auch im näheren Umfeld des Professors umstritten zu sein ...

Danach gab es keine Ausschnitte aus der Kairoer Zeitung mehr, als ob Allan Faulkner keine Möglichkeit mehr gehabt hatte, sie zu bekommen. Hatten von diesem Datum an seine »Reisen« begonnen? Die folgenden Artikel, alle aus wissenschaftlichen Veröffentlichungen, gaben wenig weiteren Aufschluss. Abgesehen vielleicht von einem letzten Artikel in der Zeitschrift *Archeologia:*

Archeologia, Oktober 1985:
Gerüchte von der Grabungsstätte ...
Hartnäckige Gerüchte kommen nach wie vor aus dem Ausgrabungslager von Prof. Chamberlain in Theben. Es

geht dabei um das Verschwinden mehrerer Gegenstände, die bei der Freilegung des Priestergrabes von Setni (XX. Dynastie) gefunden worden waren. Darunter auch die besagten Münzen, angeblich römischen, griechischen und mittelalterlichen Ursprungs, also viel jünger als das Grab selbst. Mehrere zu diesem Thema befragte Wissenschaftler äußerten die Vermutung, dass es sich um einen Streich handelte und dass dessen Urheber die Münzen, die er selbst hineingebracht hatte, heimlich wieder entfernt habe, um nicht von der ägyptischen Justiz verfolgt zu werden. Auf jeden Fall wird das Ausgrabungslager seither polizeilich überwacht.

Damit endete die Sammlung im Ordner.

Hatte sein Vater die Münzen entwendet, um die Kräfte des Steins zu aktivieren? Die Vermutung lag nahe ... Aber sein Großvater hatte noch von einem anderen Praktikanten gesprochen, der zur selben Zeit unter denselben Umständen verschwunden war. Hatten sie den Stein zu zweit benutzt? Oder war dieser andere Praktikant für die Diebstähle verantwortlich? Er war gespannt, was Lili dazu sagen würde.

XI.
Eine neue Reise

Erst drei Tage später hatte Samuel Gelegenheit, einen Moment in Ruhe mit seiner Cousine zu reden. Offensichtlich hatte Tante Evelyn wegen ihrer ständigen Reisen ein schlechtes Gewissen ihrer Tochter gegenüber und schleppte sie in den folgenden Tagen überallhin: ins Kino, ins Schwimmbad, zum Einkaufen und so weiter. Unmöglich, einmal ernsthaft und ungestört mit Lili zu reden. Am Donnerstag endlich, irgendwann nach der Schule, kam sie in sein Zimmer, die Schultasche noch über der Schulter.

»Tut mir leid, Sammy, ich hatte schon Angst, meine Mutter lässt mich überhaupt nicht mehr los. Ich habe ungefähr eine Dreiviertelstunde, dann muss ich zum Tanzen. Wie geht's dir?«

Samuel machte die Tür hinter ihr zu und zeigte ihr den Ordner, den er zusammen mit dem dicken roten Buch in seinem Kleiderschrank versteckt hatte. In wenigen Worten fasste er zusammen, worum es in den Zeitungsausschnitten ging und welche Schlussfolgerungen er hinsichtlich seines Vaters, des rätselhaften zweiten Praktikanten und des Steins gezogen hatte. Lili runzelte angestrengt die Stirn, als hätte sie eine komplizierte Rechenaufgabe zu lösen.

»Dieser Professor Chamberlain, hast du etwas über ihn herausgefunden?«

»Ich habe im Internet recherchiert. Chamberlain war in den Jahren 1970 bis 1980 ein ziemlich bekannter Archäologe, aber diese Geschichte in Theben ist ihn teuer zu stehen gekommen. Einige seiner Kollegen hatten ihn in Verdacht, die Münzen selbst in die Grabkammer geschleust zu haben, um sich interessant zu machen ... Ich weiß nicht, ob das der Grund war, aber danach war kaum noch von ihm die Rede. Er ist 1995 an Krebs gestorben.«

»Und die Adresse in der Annonce für die Praktikantenstelle?«

»Ich habe versucht, dort anzurufen, aber der Anschluss existiert nicht mehr.«

»Schade, sonst hätte uns jemand eine Liste der Teilnehmer geben können und ...«

Sie wurde von dem albernen Junge-vom-Strand-Gedudel ihres Handys unterbrochen.

»Mama? Ich bin zu Hause, ja ... Ich packe gerade meine Sachen. Um halb sechs. Nein, nein, ich komme nicht zu spät ... heute Abend? In Ordnung, ich komme schon klar. Okay, Küsschen.«

Sie legte auf und verzog das Gesicht.

»Ich bin doch kein kleines Kind mehr! Was mache ich wohl, wenn sie nicht da ist?«

»Was wollte sie denn?«

»Rudolf hat für heute Abend zwei Opernkarten. Er will vorher mit ihr essen gehen, deswegen kann sie mich nicht vom Tanzen abholen.«

»Ich begleite dich, wenn du willst ...«

»Zum Tanzen? Warum nicht.« Sie schien geschmeichelt. »Obwohl ... ich habe dir etwas aus der Bibliothek mitgebracht, vielleicht willst du lieber das lesen.«

»Was ist es denn?«

»Gleich. Lass uns lieber erst die Artikel durchgehen. Du glaubst, dein Vater hat diesen Stein in Theben gefunden und ihn dort zum ersten Mal ausprobiert?«

»Hast du eine andere Idee?«

»Und dann soll er zwanzig Jahre lang nicht mehr ›verreist‹ sein, wie du sagst?«

»Vergiss nicht, der Stein befindet sich in den Tiefen einer Grabkammer in Ägypten und wird bestimmt streng bewacht, rund um die Uhr.«

»Er musste also einen Ersatzstein finden, den aus dem Buchladen, wie es aussieht. Deshalb ist er bestimmt auch in dieses seltsame Viertel gezogen. Entweder war der Stein schon vorher da, oder er brauchte das Haus, um ihn zu benutzen.«

»Das sehe ich auch so.« Sam war höchst beeindruckt von der Kombinationsgabe seiner Cousine.

»Das würde bedeuten«, setzte sie den Gedanken fort,

»dass er vor zwei Jahren, nachdem er den Buchladen eröffnet hatte, wieder mit dem ›Reisen‹ begonnen hat. Hast du dir schon mal die Frage gestellt, warum?«

Natürlich hatte Sam sich genau dies gefragt. Und die Antwort darauf war nicht besonders angenehm.

»Angenommen, er hat etwas mit dem Diebstahl der Münzen aus dem Grab von Setni zu tun«, überlegte er düster. »Dann gibt es viele Möglichkeiten. Dass er den Stein benutzt, um alte Manuskripte zu beschaffen, zum Beispiel. Seltene und sehr teure Exemplare.«

Das Eingeständnis kostete ihn einiges, doch er spürte deutlich, dass ihm nur die Wahrheit helfen würde, seinen Vater zurückzuholen.

»Das glaube ich auch, Sammy. Obwohl ich mir bei deinem Vater kaum vorstellen kann, dass er Bibliotheken plündert. Aber gut, gehen wir im Moment davon aus, dass er den Stein benutzt, um an wertvolle alte Bücher heranzukommen. Das wirft gleich zwei Fragen auf: Erstens, wie schafft er es, genau zu bestimmen, wohin der Stein ihn bringen soll? Denn das kann er ja schlecht dem Zufall überlassen! Zweitens, wie schafft er es, die Bücher anschließend zu sich nach Hause zu bringen?«

»Er muss sich mit der Funktionsweise des Steins besser auskennen als wir. Vielleicht gibt es etwas, womit man die Zeit auswählen kann, in die man reisen möchte?«

Lili blickte seufzend auf ihre Uhr.

»Also, halten wir diesen Punkt für nachher fest. Was das rote Buch betrifft«, fügte sie mit einem seltsamen Gesichtsausdruck hinzu. »Hast du über das nachgedacht, wonach ich dich neulich gefragt habe? Nämlich ob die Seiten alle identisch waren, als du das Buch zum ersten Mal aufgeschlagen hast?«

»Ich habe dir doch schon gesagt, dass ich in dem Moment nicht darauf geachtet habe. Aber mir ist was anderes eingefallen: Auf der Insel Iona, in der Grotte, wo die Mönche ihre Bücher versteckt hatten, gab es ein kleines Heft mit einem Ring und zwanzig identischen Seiten. Die Zeichnung einer Insel, gut möglich, dass es sich um Iona handelte. Und das ist noch nicht alles ... In einer der Kammern von Setnis Grab habe ich einen Stapel Papyrusblätter gesehen, die auf jeder Seite die gleichen Schriftzeichen trugen.«

»Und dort, wo Krieg war?«

»Da ist mir nichts aufgefallen. Aber es ging alles viel zu schnell, rundherum war alles zerstört und ...«

Lili setzte sich neben ihn und legte das dicke Buch auf ihren Schoß.

»Willst du wissen, was ich denke, Sammy?«

Ihre Augen blitzten, und Sam verstand allmählich, warum seine Cousine in der Schule alle Preise absahnte. Sie war einfach schlauer als andere!

»Schieß los ...«

»Ich glaube, dieses Buch könnte man auch ›Buch der Zeit‹ nennen. Es zeigt immer die Epoche an, in der sich die Reisenden gerade befinden. Als ich es im Keller entdeckt habe, war von Theben und Ramses die Rede, weil du gerade in dieser Zeit unterwegs warst. Wenn ich es ein paar Stunden eher angeschaut hätte, hätte es sicher von dem Kloster auf Iona oder vom Ersten Weltkrieg gehandelt.«

Natürlich! Das war es! Das rote Buch war eine Art Navigationssystem oder Kompass, das sich auf die Epoche einstellte, in der die Reisenden landeten! Ein Buch der Zeit!

»Aber mein Vater wäre dann ...«, begann er.

Lili zog eine kleine Broschüre aus ihrer Tasche, auf deren Umschlag ein furchterregendes Gesicht prangte.

»Der Name, den du mir am Sonntag genannt hast, den du in dem Buch gelesen hast, war das nicht Vlad Tepes?«

Samuel nickte und nahm das kleine Heft, das sie ihm zögernd reichte. Über dem Porträt des Mannes mit der grässlichen Fratze stand der Titel: *Vlad Tepes, auch Dracula genannt, Mythos und Wirklichkeit.*

»Soll ... soll das ein Witz sein?«, stieß er hervor, obwohl er die Antwort bereits kannte.

»Ich habe es auf dem Nachhauseweg durchgeblättert. Vlad Tepes ist alles andere als ein Witz. Auf seinem Leben basiert die Geschichte von Dracula. Er hat im 14. Jahrhundert gelebt.«

Samuel schlug die erste Seite auf: »Vlad Tepes, Sohn von Vlad Dracul, auch bekannt als Vlad der Pfähler oder Dracula, 1428?–1476.« Es folgte eine Biografie von Vlad Tepes mit zahlreichen Reproduktionen und Kopien zeitgenössischer Radierungen. Die Broschüre war offenkundig am Computer entstanden und sicher die Arbeit eines Schülers. Man erfuhr gleich in den ersten Zeilen, dass Vlad Tepes der Prinz der Walachei gewesen war und dass seine blutigen Taten Bram Stoker zu seiner Figur des Dracula inspiriert hatten.

»Nach dem, was da drin steht, war Vlad Tepes überhaupt kein Vampir. Er war ein grausamer Kerl, dem es Spaß machte, andere umzubringen, und der seine Feinde reihenweise massakrierte.«

Sam zitterte leicht.

»Als ich das rote Buch aufgeschlagen habe, stand auf der Seite ›Verbrechen und Folter unter der Herrschaft von Vlad Tepes‹. Meinst du, dass ... dass mein Vater da unten ist?«

Lili antwortete nicht sofort, doch ihr Schweigen sprach Bände.

»Das Dumme ist, dass sich seit deiner Rückkehr im Buch der Zeit nichts verändert hat.«

»Was willst du damit sagen?«

»Wenn dein Vater inzwischen in eine andere Zeit gereist wäre, hätte das Buch uns das wahrscheinlich angezeigt: Ein neues Kapitel wäre aufgetaucht.«

»Du meinst, er sitzt dort fest?« Sam brachte kaum einen Ton heraus.

»Das ... das ist doch denkbar, oder? Erinnerst du dich noch, was sonst auf der Doppelseite stand, außer der Überschrift?«

»Ich weiß nicht ...« Sam versuchte, sich zu konzentrieren. »Ich konnte ja nicht wissen, dass es so wichtig sein würde! Da war von Foltern und Verbrechen die Rede, aber ...«

»Gab es nicht irgendeine Abbildung?«

»Doch, jetzt wo du es sagst ... Eine Radierung von einem Schloss, glaube ich. Ja, genau, ein Weg, der sich hinter einem Schloss entlangschlängelte.«

»Dort also befindet sich dein Vater«, stellte Lili düster fest.

»Als Gefangener von Vlad Tepes?«

»Wenn wir uns nicht von Anfang an geirrt haben, sind die Chancen groß ...«

Sam stiegen vor Wut die Tränen in die Augen, und er schleuderte das Heft auf sein Kopfkissen.

»Wir haben uns geirrt, bestimmt haben wir das! Warum sollte mein Vater Gefangener von diesem ... diesem Dracula sein? Außerdem ist es möglich, dass das ›Buch der Zeit‹ hier nicht funktioniert. Vielleicht muss man es immer dort lassen, neben dem Stein!«

Er starrte auf das Handy seiner Cousine, das auf dem Bett lag, und plötzlich schoss ihm eine Idee durch den Kopf.

»Max! Bestimmt weiß Max etwas darüber!«

»Max?«

»Er wohnt neben dem Buchladen. Mein Vater hat mit ihm telefoniert, kurz bevor er verschwand. Vielleicht hat er ihm gesagt, was er vorhatte? Oder einen Hinweis hinterlassen oder ich weiß nicht was! Wir müssen mit ihm reden ... Bei der Gelegenheit können wir noch einmal in den Keller gehen, um zu sehen, ob das Buch der Zeit nicht vielleicht etwas Neues zeigt.«

Samuel sprang auf und packte Lilis Arm.
»Komm!«
»Aber ... mein Tanzen?«
»Ich brauche dich, Lili. Es geht um meinen Vater!«

Die Barnboimstraße war genauso einladend und lebendig wie immer – kein Auto, kein Fußgänger, nicht einmal eine streunende Katze weit und breit. Samuel drückte bereits zum dritten Mal ausdauernd auf den Klingelknopf.
»Max! Maaax!«
»Er ist vielleicht nicht zu Hause«, meinte Lili.
»Hast du eine Ahnung! Er ist nur stocktaub! Maaaax!«
Als sich die Tür endlich öffnete, blinzelte Max ihnen völlig verschlafen im fadenscheinigen Nachthemd mit zerzaustem Schnurrbart entgegen.
»Samuel Faulkner, potz Blitz! Und wer ist diese junge Dame?«
»Das ist meine Cousine.«
»Deine Freundin? Na, Glückwunsch, mein Junge, sie sieht ziemlich nett aus!«
»Nein, nicht meine Freundin, meine Cousine«, berichtigte Sam.
»Flotte Biene, ja, ja, das sieht man ... Und wie heißt sie?«
»LILI!«, brüllte sie aus vollem Hals, rot wie eine Tomate.
»Lili! Passt genau, dieser Name, Lili. Aber du brauchst nicht zu schreien, ich bin ja nicht taub! Wollt ihr nicht was trinken? Das muss doch gefeiert werden!«

Sie folgten Max in die Küche, wo sich seit mindestens vierzig Jahren nichts verändert hatte: Tisch und Stühle aus Formica, ein weißer Kühlschrank mit abgerundeten Ecken, ein angestoßenes Emaillespülbecken mit einem Wasserhahn aus Kupfer, an der Wand eine Tellersammlung – ein ganzer Satz, den er an einer Tankstelle gewonnen hatte – und auf den Regalen vergilbtes Gemüse aus Plastik.

»Mögt ihr *Freshh!?*«

Das war immer der heikelste Moment, wenn man Max besuchte. Vor zwanzig Jahren musste er einmal mehrere Kisten *Freshh!* gekauft haben, eine aromatisierte Limonade, die inzwischen glücklicherweise aus den Regalen verschwunden war. Er war bestimmt der einzige Mensch auf der ganzen Welt, der noch ein paar Flaschen davon besaß – und sie immer wieder hartnäckig seinen Besuchern anbot! Leider rührte er selbst das Zeug nie an: »Ich nehme lieber einen Whiskey«, entschuldigte er sich jedes Mal, »diese Kohlensäure ist nichts für mich.« Allerdings war durch das jahrzehntelange Stehen davon ohnehin nichts mehr übrig. Und da er außer Sam nie andere Kinder zu Besuch hatte ...

Max holte drei Gläser aus dem Schrank und stellte sie auf den Tisch.

»Ich glaube, ich nehme lieber doch einen Whiskey«, überlegte er laut. »Diese Limonade ...«

Er füllte ihre Gläser großzügig mit einer gelben Flüssigkeit, in der Zuckerkristalle herumschwammen, während er sich selbst einen guten Schluck Whiskey genehmigte.

Samuel machte Lili ein Zeichen, dass sie zumindestens so tun sollte, als würde sie trinken.

»Ach, übrigens, Sam, der Buchladen ist jetzt schon eine ganze Weile geschlossen. Ist dein Vater noch nicht aus dem Urlaub zurück?«

»Nein, leider nicht, Max, genau darüber wollten wir mit Ihnen sprechen. Wir haben seit dreizehn Tagen nichts von ihm gehört.«

»Seit dreizehn Tagen gestört? Der Fernsehempfang? Das ist sicher ärgerlich, mein Junge, aber ich sehe nicht, was das mit deinem Vater zu tun hat?«

»Er ist vor dreizehn Tagen verschwunden«, brüllte Sam. »Deswegen wollten wir mit Ihnen sprechen.«

»Langsam, langsam, mein Junge, kein Grund, sich so aufzuregen! Ich weiß ja, dass ich in letzter Zeit etwas auf den Ohren sitze, aber ... Wartet mal ...«

Er ging ins Wohnzimmer. Samuel nutzte die Gelegenheit und leerte schnell ihre Gläser in den Ausguss. Der gab ein merkwürdiges Geräusch von sich, als wollte das Abflussrohr mit lautem Geglucker protestieren.

»Das schmeckt ja widerlich!«, flüsterte Lili.

»Aber es ist ein guter Rohrreiniger!«

Max kehrte mit einer kleinen Holzschatulle zurück. »Erinnerung an Acadia« stand auf dem Deckel.

»Habe ich aus Rustico mitgebracht. Wir haben dort eine Woche verbracht, 1947, mit meinem Bruder. Die schönsten Ferien meines Lebens.«

Er nahm ein gebogenes Kupferrohr heraus, das an einem

Ende geformt war wie eine Trompetenöffnung, und hielt es sich ans Ohr.

»Schieß los, mein Junge, jetzt müsste es besser gehen.«

»Mein Vater ist seit nunmehr beinahe zwei Wochen weg. Ich weiß, dass er kurz vorher mit Ihnen telefoniert hat. Hat er Ihnen vielleicht gesagt, wohin er wollte?«

»Potz Blitz!«, rief Max. »Vor zwei Wochen? Natürlich war er bei mir! An dem Tag hat er mir von diesem Urlaub erzählt. Er wollte wegen irgendeiner geschäftlichen Angelegenheit in die USA, wohin genau weiß ich nicht.«

Lili und Sam wechselten einen Blick.

»›Und Samuel‹, habe ich ihn gefragt, ›fährt er mit?‹ – ›Nein, er muss in die Schule. Aber ich habe eine Überraschung für ihn . . . Sollte er bei Ihnen vorbeikommen, geben Sie ihm bitte das hier. Das kann ihm nützlich sein, während er auf meine Rückkehr wartet.‹«

Max tauchte in eine Truhe, die mit einer blau-weiß-roten Fahne mit gelbem Stern in der Mitte ausgekleidet war. Er brachte einen kleinen Geldbeutel aus Stoff zum Vorschein und reichte ihn Sam.

»›Aber nur, wenn Samuel von sich aus zu Ihnen kommt, Max‹, hat er extra noch gesagt. ›Wenn Samuel sich nicht meldet, ist es nicht nötig.‹«

Sam löste ungeschickt das Lederband, mit dem der Beutel verschlossen war, und schüttete den Inhalt in seine Hand: eine Münze und ein Jeton, beide hatten in der Mitte ein Loch.

»Bingo!«, stieß Sam hervor.

Er untersuchte den Jeton, der aus irgendeinem synthetischen blauen Material war, Harz oder Plastik, wie die Jetons beim Pokerspiel. Die Münze war alt und abgenutzt, vom vielen Gebrauch fast schwarz geworden, aber man erkannte noch gut eine Art Schlange, die sich um das Loch in der Mitte wand. Samuel reichte beides an Lili weiter.

»Sonst hat er Ihnen nichts gesagt?«

»Tja«, Max kratzte sich am Kopf, »jedenfalls nichts Wichtiges. Was sind das für Dinger?«

»Ach . . . die sind für eine Sammlung, die ich gerade angefangen habe. Kam er Ihnen an dem Tag . . . normal vor?«

»Normal? So richtig normal war dein Vater noch nie, Sam, und genau deshalb mag ich ihn! Aber, nein, er wirkte wie immer, vielleicht ein bisschen müde, sonst nichts. Er ist also immer noch nicht zurück? Habt ihr die Polizei benachrichtigt?«

»Ja, die ist informiert.«

»Verschwunden«, wiederholte Max und machte plötzlich ein finsteres Gesicht. »Ich habe gleich gewusst, dass das mit diesem Haus keine gute Idee war . . .«

»Dieses Haus? *Unser* Haus? Warum war das keine gute Idee, Max?«

»Dein Vater wollte nicht, dass ich mit dir darüber spreche, weder mit dir noch mit deiner Großmutter – eine gute Frau übrigens. Aber als er hierherkam, habe ich ihm davon abgeraten, das Haus zu kaufen.«

»Sie haben ihm abgeraten? Warum?«

»Er hat dir nichts erzählt? Das dachte ich mir! In der

Stadt hat das Viertel hier sowieso schon einen schlechten Ruf, also ... Deswegen wohnen hier nur noch ein paar verrückte Alte und haben die Geschäfte alle dichtgemacht. Aber in diesem Haus, dem Barnboimschen Haus, würden nicht viele Leute wohnen wollen, das kannst du mir glauben!«

»Unser Haus, das Barnboimsche Haus?«, fragte Sam erstaunt. »Wie der Name der Straße? Wer war dieser Barnboim?«

»Ein komischer Typ, der vor ungefähr hundert Jahren gelebt hat. Er wohnte da mit einer ganzen Bande seltsamer Gestalten, die dort Tag und Nacht ein und aus gingen, noch dazu in den merkwürdigsten Gewändern. Ständig kamen welche, andere wiederum verließen das Haus, und es waren nie dieselben . . . Wie auf dem Jahrmarkt! Die Barnboim-Bande, so hat man sie genannt. Sie waren nicht böse, aber irgendwie fanden die Nachbarn sie beunruhigend. Manchmal soll es auch Schlägereien gegeben haben, und der alte Barnboim soll selbst ein wahrer Raufbold gewesen zu sein. Zumindest erzählt man sich das. Auf jeden Fall hat man am Ende die Straße nach ihm benannt.«

»Wissen Sie noch mehr über diesen Barnboim?«

»Nicht viel.« Max leerte sein Glas. »Das ist ja auch schon eine halbe Ewigkeit her! Das Einzige ist noch, dass die Leute behaupten, dieses Haus habe den bösen Blick.«

»Und wer hat vor meinem Vater darin gewohnt?«

»Eine Verrückte, Martha Calloway. Sie hat da drin gehaust wie eine Einsiedlerin, ihr Gewehr stets griffbereit.

Nicht mal der Postbote hat es gewagt, bei ihr zu klingeln. Als sie vor zwei Jahren gestorben ist, stank es im ganzen Haus wie die Pest! Mindestens fünfzehn Hunde hatte sie da drin! Es war ganz schön mutig von deinem Vater, an so einem Ort einen Buchladen einzurichten!«

Diese kleinen Details hatte Allan Faulkner seiner Familie natürlich nicht erzählt. Offenbar wollte er dieses Haus um jeden Preis haben. Weil es dem Stein Schutz bot!

»Ich danke Ihnen, Max, diese beiden Münzen haben wirklich in meiner Sammlung gefehlt! Wenn ich etwas von Papa höre, lasse ich es Sie wissen.«

Sie verzichteten höflich auf ein zweites Glas *Freshh* und machten sich auf den Weg zum Buchladen.

Aber ach, noch immer kein Hinweis darauf, dass Sams Vater zurück war! Samuel wollte Lili die rätselhafte Nachricht auf dem Anrufbeantworter vorspielen – »Okay, ich wollte dich nur warnen ...« – aber das Band war offenbar gelöscht und mit irgendwelchen unwichtigen Nachrichten überspielt worden.

»Grandpa muss die Kassette zurückgespult haben«, vermutete Lili, »für den Fall, dass dein Vater anrufen sollte.«

»Macht nichts«, seufzte Sam, »diese Nachricht hatte vielleicht auch gar nichts damit zu tun. Nimm schon mal das ›Buch der Zeit‹, ich bin in zwei Sekunden bei dir.«

Während Lili in den Keller ging, lief Sam nach oben, in das Zimmer seines Vaters. Als er das letzte Mal in den Schränken nachgeschaut hatte, war ihm ein Stapel weißer

Kleidungsstücke aufgefallen, die ihm rückblickend nützlich sein konnten. Ganz schlichte Hemden und grobe Baumwollhosen, die nur mit einem Stoffgürtel gebunden wurden.

Fünf Minuten später schlüpfte er hinter dem Wandbehang mit dem Einhorn hindurch. Lili stieß einen überraschten Schrei aus: »Was soll dieser Schlafanzug? Willst du ins Bett gehen?«

»Das ist kein Schlafanzug, das sind die Sachen von meinem Vater. Alles aus Naturfasern, um besser zu reisen.«

»Ich versteh kein Wort ...«

»Es ist nur eine Vermutung, aber ich stelle mir vor, dass man mit unseren modernen Stoffen nicht durch die Zeit reisen kann. Alles Künstliche, Synthetische, was weiß ich ... Deshalb sind meine Jeans und mein T-Shirt neulich hier geblieben. Man braucht Stoffe, die in die Zeit passen. Mein Vater hat sich die Sachen vorsorglich anfertigen lassen. Sie sind mir noch ein bisschen zu groß, aber wenn ich die Ärmel umschlage ...«

Lili traute ihren Ohren nicht.

»Sammy, du willst doch nicht etwa sagen, dass du vorhast, wieder zu verschwinden!«

»Ich habe keine Wahl, Lili. Er ist dort gefangen, Gott weiß, wie lange schon! Wenn ich mich nicht beeile, kann sonst was passieren! Vielleicht ist es sogar schon zu spät!«

»Aber wie willst du das anstellen? Wer sagt dir, dass du am richtigen Ort landest, in der richtigen Zeit?«

»Die Münze«, behauptete Sam und gab sich zuversichtlicher, als er in Wahrheit war. »Papa hat sie Max gegeben, damit ich ihn finden kann, falls ihm etwas zustößt . . .«

Er hielt das runde Metallstück mit der Schlange hoch.

»Ich bin sicher, dass sie aus der Zeit von Vlad Tepes stammt und dass sie mich direkt zu seinem Schloss führen wird. Das hast du doch eben selbst gesagt, oder nicht?«

»Sicher«, räumte Lili kleinlaut ein. »Aber wenn du dann dort bist? Du hast doch keinerlei Chance! Dieser Typ ist ein Wahnsinniger!«

»Ich werde eben improvisieren. Immerhin bin ich schon den Wikingern entkommen und habe ein Komplott im Tempel des Ramses aufgedeckt. Das war doch nicht schlecht für den Anfang!«

»Und wie . . . wie willst du zurückkommen?«

»Dafür brauche ich deine Hilfe, Lili. Du musst so oft, wie es geht, an mich denken. Ich weiß nicht, welcher Zauber da im Spiel ist, aber das hat mich beim letzten Mal zurückgebracht. Ja, glaub mir, nur dir verdanke ich, dass ich zurückgekommen bin! Du musst nur das Buch bei dir behalten und . . . Übrigens, gibt es etwas Neues?«

Lili drehte das aufgeschlagene Buch zu ihm: »Theben, die Stadt der hundert Tore«. Es hatte sich nichts getan.

»Das beweist nur, dass er dort festsitzt«, behauptete Sam. »Ich kann ihn jetzt nicht im Stich lassen.«

Er umklammerte fest die Münze und machte einen entschlossenen Schritt auf den Stein zu. Wenn er jetzt nicht handelte, würde er es sich im letzten Moment wahrscheinlich noch anders überlegen.

»Und ich?«, fragte Lili ängstlich. »Was soll ich den anderen sagen?«

»Nichts, du weißt von nichts. Wenn man dich fragt, spielst du die Unschuldige. Bitte, leuchte mir mal mit der Taschenlampe, ja?«

»Aber Grandpa? Und Grandma?«

»Es gibt keine andere Lösung, Lili. Wenn ich versuchen würde, es ihnen zu erklären, würden sie mich niemals gehen lassen. Oder noch schlimmer, sie würden die Polizei einschalten. Niemand darf davon erfahren.«

Er kniete vor dem Stein nieder, während Lili vorsichtig nähertrat.

»Ist das ... ist das eine Sonne?« Sie leuchtete mit der Taschenlampe auf den Kreis und die Vertiefungen.

»Eine Art Sonne, ja. Es muss etwas mit der ägyptischen Religion zu haben.«

»Und dieses Loch da unten? Soll man da vielleicht etwas hineinlegen? Einen Gegenstand, oder ...«

»Ich weiß es nicht«, flüsterte Sam, der spürte, wie ihn allmählich der Mut verließ. »Sei jetzt still und komm nicht zu nah.«

Das Metall in seiner Hand erwärmte sich, und die Stimme seiner Cousine klang wie aus weiter Ferne. Er konzentrierte sich auf den Stein und platzierte die Münze vorsichtig in der Mitte der Sonne. Das gleiche Grummeln ertönte, und das gleiche Zittern war zu spüren wie beim ersten Mal.

»Sammy? Sammy, hörst du mich?«, rief Lili wie von der anderen Seite der Mauer. Man müsste versuchen ...

Samuel legte die Hand auf die Rundung des Steins, und nach ein paar Sekunden durchfuhr eine teuflische Hitze seinen Körper.

XII.
Die Gilde der Bildermacher

Samuel hob langsam den Kopf und unterdrückte nur mit Mühe einen Schluckauf. Die Kellerwände waren verschwunden, stattdessen fand er sich inmitten eines Friedhofs wieder, zu Füßen eines grauen Grabmals, das von einer dicken Schneeschicht bedeckt war. Es gab keine Inschrift auf dem Grabstein, doch in den abgerundeten Sockel des Kreuzes waren vertraute Zeichen geritzt: die Sonne, die Einkerbungen, die Nische ...

»Lili«, murmelte er und wischte sich über den Mund, »Lili hatte recht!«

In der Mitte der Vertiefung prangte das Handy seiner Cousine! Sie musste nach dem Erstbesten gegriffen und es dort hineingelegt haben. Samuel nahm es vorsichtig heraus: Offenbar hatte es die Hitze unbeschadet überstanden. Das Display leuchtete und zeigte das Datum an: Donnerstag, 10. Juni, 17:42. Dem grauen Himmel, dem Schnee und dem eisigen Wind nach zu urteilen, herrschte dort, wo Sam gelandet war, eher Winter. Demnach hatte sich die ursprüngliche Einstellung des Telefons nicht verändert. Am liebsten hätte Sam irgendeine Nummer gewählt, doch es blinkte das Symbol »kein Netz«. Auf jeden Fall war damit bewiesen, dass Lili mit ihrer Vermutung richtig gelegen hatte: Die Vertiefung diente dazu, Dinge zu transportieren. Und sein Vater hatte sie wahrscheinlich benutzt, um seine Bücher mitzubringen!

Samuel kam auf die Beine. Der Friedhof schien verlassen. Er war nicht sehr groß, knapp hundert Gräber vielleicht, von einer hohen Mauer und einer kleinen Kapelle abgegrenzt. Hinter den verschneiten Bäumen erkannte man eine leicht wellige Kette kleiner Hügel, die aussahen wie halb zerflossene Vanilleeiskugeln. Doch vom Schloss des Vlad Tepes gab es weit und breit keine Spur. Sollte die Münze mit der Schlange ihn an den falschen Ort gebracht haben?

Fröstelnd ging Samuel auf die kleine Kapelle zu. Im Vorbeigehen wischte er den Schnee von ein paar Grabsteinen: *Gustav Veken, 1389–1427*; *Petrus van Hoot, 1368–1411*; *Marga Waagen, 1359–1429*, und so weiter. Fremd klingende Namen, obwohl er natürlich nicht beurteilen konnte, ob das »Walachisch« war oder nicht . . . Das jüngste Grab war von 1429, und wenn er sich richtig erinnerte, war dieser Vlad Tepes 1429 geboren. Es war schwer, daraus schlau zu werden . . .

Gerade wollte er, in der Hoffnung, sich dort drinnen etwas aufwärmen zu können, die Tür zur Kapelle öffnen, als er ein ersticktes Geräusch hörte, das wie ein Schluchzen klang. Schnell versteckte er sich hinter dem nächsten Grabstein. Ein ältlicher Mann und ein junges Mädchen kamen hinter der Kapelle vor. Die Spuren, die der Schnee auf ihren langen Pelzmänteln hinterlassen hatte, legten die Vermutung nahe, dass sie vor einem der Gräber im Schnee gekniet hatten. Der Mann blickte sehr ernst drein, und das Mädchen hatte das Gesicht in einem Taschentuch vergraben. Als sie es beiseitenahm, spürte Sam, wie sein Herz aussetzte, so unglaublich schön war sie. Große schwarze Augen, blasse Haut, eine fein geschnittene Nase, geschwungene Lippen ... Sam wurde beinahe schwindelig: Obwohl sie älter war und man ihre Gestalt unter dem langen Mantel schlecht erkennen konnte, hatte sie unglaubliche Ähnlichkeit mit Alicia Todds! Seiner Alicia!

Der Mann – wahrscheinlich ihr Vater – legte ihr beruhigend seine Hand auf den Rücken.

»Weine nicht, Yser, es war Gottes Wille.«

Samuel beobachtete, wie die beiden auf das eiserne Tor zugingen, und überlegte, wie er sich verhalten sollte. Ihnen gegenübertreten? Sie fragen, in welcher Zeit und an welchem Ort er sich befand? Wo das Schloss von Vlad Tepes war? Allerdings war er in seinem schlafanzugartigen Gewand denkbar unpassend gekleidet, noch dazu bei diesen Temperaturen! Vielleicht sollte er ihnen lieber in einigem Abstand folgen und auf eine Gelegenheit warten, sie anzusprechen?

In diesem Augenblick ertönte aus dem kleinen Wäldchen am Rande des Friedhofs lautes Geschrei: »Los! Auf sie! Los!«

Das junge Mädchen stieß einen Schrei aus, und ihr Vater schimpfte laut: »Verfluchte Bande!«

Banditen? Räuber?

Samuel überlegte nicht lange. Er sprang auf, hob einen Stein vom Weg auf und eilte ihnen zu Hilfe. Drei Jungen, ungefähr in seinem Alter, stürzten sich auf den alten Mann und traktierten ihn mit Stöcken.

»Dir werden wir es zeigen, Alter! Hier! Hier!«

In zwei Sätzen war Samuel hinter dem ersten und versetzte ihm einen gezielten Schlag ins Genick. Der Junge sackte zusammen und ließ seinen Knüppel fallen. Die beiden anderen drehten sich zu ihm um.

»Aus welchem Loch kommt denn diese Schmeißfliege? Ich werde dich verrecken lassen wie einen Hund!«

Der Größere – auch wenn er Sam kaum bis zur Schulter reichte – stürzte sich unter wüsten Beschimpfungen auf ihn. Offensichtlich hatte er von den goldenen Regeln eines Meister Yaku noch nie etwas gehört, denn er warf seinen Körper nach vorn, ohne mit einer Abwehrreaktion seines Gegners zu rechnen. Dabei bestand die wesentliche Technik beim Judo doch gerade darin, die Energie und die Kraft des Angreifers zu nutzen und gegen ihn zu wenden. Samuel hob zur Abwehr den Arm und, anstatt zurückzuweichen, drückte er schnell seine Hüfte nach vorn. Überrascht stolperte der Rüpel über sein Bein und machte einen Purzelbaum in den Schnee, wobei Sam ihm nachträglich einen Tritt ins Kreuz versetzte. Ohne die Reaktion des Dritten abzuwarten, hob er den Stock auf und ließ ihn windmühlenflügelähnlich über dem Kopf kreisen, wie er es einmal bei Meister Yaku beim Kendo-Training gesehen hatte. Der Jüngste aus der Bande wich einen Schritt zurück und starrte fassungslos auf die weiße Erscheinung, deren Stock pfeifend die Luft durchschnitt. Dann machte er auf dem Absatz kehrt und flüchtete zurück in den Wald, wenig später gefolgt von dem Größeren. Zurück blieb der dritte Dieb, der noch immer mit der Nase im Schnee lag.

»Vater!«, schrie Yser und rannte zu ihm.

»Mein Handgelenk!«, stöhnte er. »Sie haben mir das Handgelenk gebrochen!«

Sie half ihm aufzustehen, während Sam überprüfte, ob der Bandit noch atmete. Er war nur bewusstlos und würde ein paar Tage lang mit saftigen Kopfschmerzen zu rechnen haben.

»Miese kleine Banditen«, schimpfte der Alte. »Ohne Euch, mein Junge ...«

Mit einer Mischung aus Anerkennung und Erstaunen musterte er Sam von Kopf bis Fuß.

»Gott in seiner Güte muss Euch auf unseren Weg geschickt haben! Aber darf man angesichts dessen, dass Ihr fast nichts anhabt, fragen, was Euch widerfahren ist?«

»Ich ... ich bin auch überfallen worden«, log Sam. »Sie waren in der Überzahl und haben mir meine Kleider genommen.«

»Haltet Euch doch schadlos an diesem Früchtchen hier, das wäre nur gerecht!«

»Es ist kalt«, gab Sam zu bedenken, der seine Zehen langsam taub werden spürte. »Wenn ich ihm seine Kleider nehme ...«

»Nur keine Skrupel, mein Junge! Sicher warten seine Kumpanen irgendwo hinter den Bäumen auf ihn. Sobald wir weg sind, werden sie sich bestimmt um ihn kümmern.«

Sam zögerte kurz, dann ließ er sich von den Argumenten des alten Mannes überzeugen. Er zog dem Räuber die Stiefel aus und die wollene Jacke, ließ ihm jedoch seine Hose und die dicke Strickjacke.

»Ja, so ist es sicher vernünftiger«, stimmte der Mann im Pelzmantel zu. »Leider kann ich Euch nicht die Hand geben, aber erlaubt, dass ich mich vorstelle: Baltus, Hans Baltus, von der Gilde der Bildermacher. Von nun an stets Euer Diener ... Und das ist meine Tochter Yser.«

Das junge Mädchen neigte leicht den Kopf zum Gruß, während sie ihren Vater stützte. Von Nahem war sie sogar noch hübscher, mit einem schalkhaften Glitzern in den Augen. Ein paar vorwitzige blonde Locken blitzten unter ihrem Hut hervor. Doch sie hielt den Blick gesenkt, wahrscheinlich schickte es sich in jener Zeit für ein Mädchen nicht, Fremden direkt in die Augen zu sehen. Baltus war Sams leichte Verwirrung offenbar nicht verborgen geblieben, denn er fuhr in lauterem Ton fort: »Lasst uns nicht länger hier verharren, junger Freund. Es könnte sein, dass diese Nichtsnutze Verstärkung holen. Seid Ihr auf dem Weg in die Stadt?«

»Äh ... in die Stadt, ja ...«

»Schön, dann wird es uns eine Freude sein, Euch zum Abendessen einzuladen! Mindestens das sind wir Euch schuldig, nicht wahr?«

Sie ließen den Räuber liegen und folgten dem schmalen Schlammpfad, der sich durch den Wald schlängelte. Hans Baltus hatte seine linke Hand in eine Schlinge gelegt und wetterte weiter gegen all diese Wegelagerer.

»Sobald man sich außerhalb der Stadtmauern bewegt, ist man sich seines Lebens nicht mehr sicher! Schuld daran ist auch diese Hochzeit. Ich sollte mich eigentlich nicht darüber beklagen, aber ... es gibt in Brügge so viele bewaffnete Wachen, dass das ganze Gesindel das Weite gesucht hat. Jetzt rotten sie sich auf dem Land zusammen und überfallen den erstbesten Reisenden aus dem Hinterhalt.«

Brügge? Sam überlegte, der Name sagte ihm nichts. Lag das Schloss von Vlad Tepes in Brügge? Er atmete tief ein: Die Luft kam ihm beinahe salzig vor.

»Ihr werdet jetzt sicher fragen, warum wir uns trotzdem außerhalb der Stadtmauern herumtreiben?«, fuhr Baltus fort. »Dieser Friedhof liegt sehr weit draußen, das ist richtig. Aber meine arme Frau war diesem Ort sehr verbunden. Sie kam oft hierher als Kind; ihre Großmutter war dort begraben. Und sie selbst ... Sie ruht jetzt seit gut einem Jahr dort.«

Seine Stimme erstarb in einem tiefen Seufzer, und Yser vergrub ihr Gesicht erneut in ihrem Taschentuch.

»Das tut mir leid«, murmelte Sam.

»Aber Ihr selbst? Kamt Ihr, um einen Eurer Verstorbenen zu besuchen?«

»Nun ja, in gewisser Weise schon.«

»In gewisser Weise?«

Sam war solche Fragen mittlerweile gewohnt. Das Beste war, sich eine Geschichte auszudenken, die vage genug war, um möglicherweise etwas Mitleid zu erregen, ohne jedoch verdächtig zu erscheinen.

»Eigentlich habe ich sie nicht richtig gekannt. Marga Waagen ist eine entfernte Cousine meines Vaters. (Der Name war ihm gerade noch rechtzeitig eingefallen, er hatte ihn auf einem der Grabsteine gelesen.) Ich habe keine Familie mehr, also bin ich nach Brügge gekommen, um sie zu besuchen.«

»Die alte Marga? Aber sie ist schon vor ein paar Monaten gestorben! Habt Ihr das nicht gewusst?«

»Ich habe es erst heute herausgefunden.«

»Soviel ich weiß«, fügte Hans hinzu, »lebte sie allein und war nicht besonders vermögend. Verwandtschaft von ihr werdet Ihr hier nicht finden. Sie stammte aus dem Osten, aus Malines, glaube ich. Ist es nicht so?«

»Aus ... aus Malines, genau. Ich selbst komme auch von dort.«

»Ihr kommt den ganzen Weg von Malines hierher, müsst erfahren, dass Eure Tante nicht mehr ist, und dann werdet ihr auch noch überfallen! Welch eine Verkettung trauriger Umstände!«

Sie erreichten den Waldrand, wo sich auf einmal in blendender Helligkeit vor Sams Augen die Stadt erhob: ein steinerner Dampfer, so kam es ihm vor, überragt von tausend verschneiten Dächern, umgeben von Wasser und Mühlen, die zwischen dem immer dunkler werdenden Himmel und der Erde zu schweben schienen, dahinter der Horizont, der schon das Meer erahnen ließ. Zwei große rundliche Schiffe mit rechteckigen Segeln schienen, umschwärmt von kreisenden Möwen, direkt auf die Stadtmauern zuzugleiten. Farbige Stoffe hingen von den Brüstungen herab, und riesige Fackeln beleuchteten den vorderen Hafen, in dem geschäftiges Treiben herrschte: Fässer wurden ausgeladen und Körbe mit Lebensmitteln. Das Eigenartigste war, dass sich das Ganze fast ohne einen Laut abspielte, als ob die dicke weiße Decke jedes Geräusch verschluckte. Eine Fata Morgana im Winter, dachte Sam.

Doch als sie sich der ersten Brücke näherten, nahmen auch die Geräusche zu und schwollen zu einem lebendigen Durcheinander an. Sie passierten ein gewaltiges Tor und kniffen im hellen Schein der Fackeln die Augen zusammen. Mehr als zehn Männer waren gerade dabei, mithilfe von Seilen die Ladung eines Holzschiffes auf kleinere Boote zu verladen. Sie erledigten ihre Arbeit mit spärlichen knappen Zurufen und sparsamen Gesten. Nur ein paar Vorarbeiter hörte man lauter rufen: »Schneller, Männer! Der Graf will das Wild um acht in seiner Küche haben! Heute Abend ist das Hochzeitsbankett!«

»Meine Heringe, ihr Tölpel, kippt mir meine Heringe nicht aus!«

»Hier sind dreißig Ballen Stoff zu entladen, dreißig! Ich brauche zehn Träger!«

Sie schlängelten sich zwischen Fässern und verschnürten Paketen hindurch bis zu einer langen Barke, die gerade ablegen wollte. Baltus rief dem Schiffer zu: »He, Steuermann! Ich bin Hans Baltus von der Gilde der Bildermacher. Ich brauche jemanden, der mich und die Meinen am Sankt-Anna-Kai absetzt. Liegt das auf Eurer Route?«

»Die Bildermacher haben meine volle Hochachtung! Steigt ein, ich bringe Euch nach Sankt Anna«, erwiderte der andere mit einer Verbeugung.

Sie suchten sich, so gut es ging, einen Platz zwischen der Ladung, während der Schiffer und sein Sohn ihre Staken ins Wasser tauchten und auf den Kanal zusteuerten. Baltus setzte sich auf eins der Fässer und flüsterte Sam ins Ohr: »Ich glaube, Ihr habt mir noch nicht Euren Namen genannt.«

»Samuel ... Samuel Waagen.«

»Seid Ihr zum ersten Mal in Brügge, Samuel?«

»Ich hoffte, bei meiner Tante unterzukommen.«

»Demnach kennt Ihr sonst niemanden in der Stadt?«

Samuel ergriff kurzerhand die Gelegenheit und antwortete: »Kurz vor seinem Dahinscheiden erwähnte mein Vater einen gewissen Vlad Tepes. Er soll hier in der Nähe wohnen, aber ich weiß nicht, wo ...«

»Vlad Tepes? Nie gehört. Obwohl es an Fremden bei uns nicht gerade mangelt: Engländer, die uns ihre Wolle liefern, Italiener, die sie wiederum kaufen, Deutsche, die mit allem Möglichen handeln, Franzosen und Spanier, die sich auf unseren Märkten niedergelassen haben, und natürlich Burgunder, die zum Gefolge des Grafen gehören. Aber Vlad Tepes, der Name sagt mir überhaupt nichts.«

Samuel sackte auf seinem Fass in sich zusammen. Er hatte es bereits geahnt, und Baltus bestätigte nur seine Befürchtungen: Er war weder in der richtigen Zeit noch am richtigen Ort. Brügge lag eindeutig im Westen Europas, während die Walachei sich viel weiter im Osten befand. Und selbst wenn er durch ein Wunder dorthin kommen sollte, wäre er immer noch fünfundzwanzig bis dreißig Jahre zu früh und Vlad Tepes ein Säugling!

»Mein Haus steht Euch offen, wenn Ihr es wünscht«, bot der alte Mann an. »Bis Ihr entschieden habt, wie es weitergehen soll. Hier gibt es Arbeit, und für einen beherzten jungen Mann allemal. Besonders bei den anstehenden Festlichkeiten. Ihr wisst doch sicher, dass Graf Philippe in Brügge weilt und dass er sich vermählt hat?«

»Nun, ich ... habe dem wenig Aufmerksamkeit geschenkt.«

»Mit Isabella von Portugal ... Die Verbindung wurde letzte Woche geschlossen, und seitdem feiert die ganze Stadt. Wenn Ihr bleibt, könnt Ihr an den Turnieren und den Lebensmittelschenkungen teilhaben. Eine freie Unterkunft, fürchte ich jedoch, werdet Ihr im Umkreis von fünf Meilen nicht finden. Da wäret Ihr also besser bei mir untergebracht.«

Auf dem Weg den Kanal hinauf fuhr die Barke an einem

zweiten Befestigungsring entlang, aus dem Musik und Lachen drang.

»Dort, auf den großen Plätzen im Zentrum der Stadt, spielt sich alles ab«, bemerkte der alte Mann. »Zu viele Menschen, zu viel Lärm ... Meine Tochter und ich wohnen glücklicherweise etwas abseits. Kommt, wir sind da.«

»Sankt-Anna!«, kündigte der Schiffer an.

Sie gingen den rutschigen, schwach beleuchteten Kai entlang. Hans befühlte sein Handgelenk und schimpfte: »Diese Halunken haben mich fast eine Hand gekostet! Dabei ist jetzt wirklich nicht der Zeitpunkt dafür! Beeilen wir uns, ein wärmendes Feuer wird uns guttun.«

Sie gingen schnellen Schrittes durch eine kalte Gasse, bis zu Baltus' Wohnhaus, wo ihnen eine Dienerin öffnete, eine stattliche Gestalt, die den gesamten Türrahmen ausfüllte. Sie war offensichtlich wenig erfreut über den unverhofften Gast und brachte kaum ein »Guten Abend!« heraus. Sam war überrascht von dem starken Geruch, der ihm entgegenströmte: Kampfer oder Eukalyptus? Auf jeden Fall erinnerte er ihn stark an Grandmas Hustensalbe ...

»Magd, bereite das Bett neben der Werkstatt für diesen jungen Mann.«

»Ist das ein neuer Lehrling?«, wollte sie wissen. Ihre Verärgerung war nicht zu überhören.

»Betrachte ihn als solchen. Aber zuerst servierst du uns das Abendessen vor dem Kamin, wir sind vollkommen durchgefroren. Und bringe mir eine Bandage für meinen Arm, bevor er zu sehr anschwillt.«

Yser ging mit der Magd zur Treppe und erzählte von der üblen Begegnung auf dem Friedhof und dass sie ohne Sam ... und so weiter.

»Hier entlang, mein Junge. Ich werde Euch Euer Nest zeigen. Es ist zwar nicht groß, aber immer noch besser, als auf der Straße zu nächtigen.«

Er ging ihm voraus durch den Flur bis zu einer Tür, über der ein Wappenschild hing. Er zeigte drei Männer, die mit gesenkten Köpfen vor einem vierten niederknieten, der seine Hand über sie hielt.

»Das ist das Wappen der Bildermacher-Gilde«, erklärte Baltus. »Die Figur rechts ist der heilige Lukas, unser Schutzpatron. Er segnet drei Vertreter unserer Zunft: den Spiegelfabrikanten, den Illuminator und den Maler. Die Gegenstände unten auf dem Boden sind leicht zu erkennen: ein Spiegel, ein illustriertes Buch und Pinsel. Ich für meinen Teil«, fügte er stolz hinzu, »gehöre zur dritten und edelsten Gruppe, der der Maler.«

Samuel, der durchgefroren war bis auf die Knochen, spürte, wie ihm auf einmal warm wurde. Die Gilde der Bildermacher! Er war bei einem Maler gelandet!

»Das ist ja hervorragend«, entfuhr es ihm.

»Nicht wahr?« Baltus räusperte sich. »Schätzt Ihr die Malerei?«

»Ich ... ja, sehr!«

»Dann lasst uns hineingehen!«

Er stieß die Tür auf, und der Geruch, den Sam schon bei seiner Ankunft bemerkt hatte, verstärkte sich. Auf einem großen Tisch befanden sich Becher, Pinsel und Mörser, um Farben anzumischen, und verschiedene Werkzeuge, die der Vorbereitung der Leinwände dienten. Zu beiden Seiten des hohen Fensters gab es zwei Staffeleien. Auf der einen lehnte ein unvollendetes Porträt von Yser. Weiter rechts, dort wo der Geruch am stärksten war, standen auf einem kleinen Ofen Kessel von unterschiedlichster Größe, gefüllt mit schwarzen, zähen Flüssigkeiten.

»Das sind meine Lacke«, erklärte Hans, »wenn es Euch interessiert, kann ich Euch die genaue Rezeptur geben. Und das Bild dort drüben, an dem ich gerade arbeite, ist ein Porträt meiner Tochter. Der Graf hat einen Wettbewerb ausgeschrieben, um innerhalb der Gilde denjenigen auszuwählen, dem er die Ehre zuteil lassen wird, das Porträt seiner jungen Gemahlin anzufertigen. Ich wage zu hoffen, mein bescheidenes Werk findet seine Aufmerksamkeit.«

»Sie ist wundervoll anzusehen«, hauchte Sam, wobei er allerdings eher das Modell selbst meinte als dessen bildliche Darstellung.

»Umso besser, umso besser. Zumal eine hübsche Summe in Aussicht steht, die meinen Geschäften gut zupass käme. Ich muss es allerdings schaffen, rechtzeitig fertig zu werden. So, da sind wir!«, fuhr er fort und ging auf den hinteren Bereich des Ateliers zu.

Er öffnete die Tür zu einem kleinen Raum, der als Abstellkammer diente. In ihm befanden sich aufeinandergestapelte Möbelstücke und, direkt unter einem Dachfenster, das die Form eines Bullauges hatte, ein Bett.

»Die Magd wird es für Euch herrichten, keine Sorge. Hier habe ich immer meine Lehrjungen untergebracht, als das Atelier noch bessere Zeiten kannte. Aber ach, seit dem Tod meiner Frau kann ich mich nicht mehr dazu aufraffen, junge Leute auszubilden. Oft neige ich mehr dazu, mit meinen Pigmenten und meinen Ölen zu experimentieren, als mich an meine Staffelei zu setzen! Deshalb ist der Wettbewerb auch so wichtig: Ich muss beweisen, dass Hans Baltus nicht am Ende ist! Nicht zuletzt auch mir selbst! Und ich bin mir meines Erfolges so gut wie sicher«, versicherte er mit verschwörerischer Miene.

Sie wurden von Yser unterbrochen, die mit einem Steintopf und Verbandsmaterial hereinkam.

»Ihr Arm, Papa ... ich habe auch Balsam mitgebracht für die Muskeln.«

Samuel beobachtete, wie sie ihren Vater versorgte, immer noch fasziniert von ihrer Schönheit und der verwirrenden Ähnlichkeit mit Alicia Todds. Yser hatte ihren Hut abgenommen, das blonde Haar fiel in Wellen bis auf ihre Schultern. Sie hatte eine etwas andere Gesichtsform, und ihre Augen waren weniger mandelförmig, aber der Rest, ihre Augenfarbe, die fein geschnittene Nase, ihr lächelnder Mund und diese strahlend weißen Zähne ... Ganz schwindelig konnte einem werden!

Beim dann folgenden Abendessen – gekochtes Lammfleisch, dazu Karotten und ein dunkles Landbrot – blieb Sam schweigsam. Vor allem aus Vorsicht, denn er wollte sich nicht verraten, aber auch, weil er so das junge Mädchen in Ruhe beobachten konnte. Sie selbst sagte auch nicht viel, sondern nickte nur ab und an zu den Geschichten, die ihr Vater erzählte, wobei sie es sorgsam vermied, sich direkt an Sam zu wenden. Gegen Ende der Mahlzeit stellte dieser dann die Frage, die ihm auf der Seele lag, seit ihm klar geworden war, dass er so schnell wie möglich in seine Zeit zurückkehren musste: »Ihr habt vorhin von Arbeit gesprochen. Habt Ihr auch eine Idee, wo ich welche finden könnte?«

»Mit Sicherheit im Weinhafen. Dort gibt es immer reichlich Fässer zu verladen. Wenn Ihr wünscht, zeige ich Euch morgen, wo das ist.«

»Zahlen sie denn auch gut? Ich meine, in guten Münzen?«

»Gut, gut . . . Sie bezahlen Euch eben wie einen Träger und abhängig davon, wie viel Ihr schafft! Aber ich muss Euch warnen, die Arbeit dort beginnt morgens um sechs, und wenn Ihr die Anwerbung nicht verpassen wollt, solltet Ihr früh schlafen gehen. Ich werde Euch bei Morgengrauen wecken, wenn es Euch recht ist. In meinem Alter ist man morgens ohnehin sehr früh auf den Beinen.«

Samuel dankte Baltus und verabschiedete sich von Yser mit einem besonders warmherzigen Lächeln. In seiner Kammer schlüpfte er in die alten Nachtgewänder, die die Magd ihm bereitgelegt hatte – natürlich nicht ohne ihm deutlich zu machen, dass seine Anwesenheit für sie nur zusätzliche Arbeit bedeutete. Als er im Bett lag, überlegte er angestrengt, wie er sich auf dem schnellsten Weg die geeignete Münze beschaffen konnte, die ihn wieder nach Hause bringen würde. Bereits auf den ersten Blick machte Brügge den Eindruck einer bedeutenden Stadt, ganz im Gegensatz zur Insel Iona oder der Arbeitersiedlung Set-Maat. Es ging also darum, die berühmte Nadel im Heuhaufen zu suchen ... Wenn man es allerdings näher bedachte, so war auf jeder seiner Reisen die Münze immer in der Nähe des Steins zu finden gewesen: Auf Iona hatte sie sich in einer natürlichen Höhle verborgen, nur wenige hundert Meter von der Bucht von Colum-Chill. In Fleury war Korporal Chartrel nur ein paar Häuser von dem Stein entfernt verletzt worden. Und Ahmousis, Setnis Sohn, hatte das Grab seines Vaters – mit dem Skarabäus am Finger – gerade in dem Moment besichtigt, als Sam dort aufgetaucht war. Konnte man daraus schließen, dass die Münze – die Medaille, der Ring – immer in der Nähe des Steins sein musste, um diesen zu aktivieren? Dass, wenn beide nicht in ein und demselben Umkreis zusammentrafen, der Zugang zu der jeweiligen Epoche nicht möglich war? Es war zwar nur eine Hypothese ... Doch würde dies bedeuten, dass die Münze, die er benötigte, irgendwo in der Nähe des Friedhofs zu finden wäre. Oder in der Nähe des Räuberlochs. Oder von Baltus und seiner Tochter ... Aber das war alles andere als sicher. Vielleicht hatten ja in Brügge alle Münzen ein Loch in der Mitte? Oder wenigstens ein paar? Morgen würde er Gewissheit haben.

Sam wollte gerade seine Kerze auspusten und sich schlafen legen, als ihm Lilis Handy einfiel. Er kramte es aus den tiefen Taschen seiner Hose, in denen er es vorsichtshalber vergraben hatte. Auf dem Display stand jetzt: *Donnerstag 10. Juni, 18:37*. Kaum eine Stunde war vergangen in seiner Zeit, während er in Brügge schon mindestens sechs oder sieben Stunden verbracht hatte. Das Telefon war also immer noch auf Originalzeit eingestellt.

Er blätterte in den verschiedenen Menüs, um zu sehen, ob es nicht vielleicht noch andere Überraschungen barg. Internet, Spiele, Fotografiermodus, Klingeltöne, Nachrichten, Taschenrechner, Kalender, GPS – Rudolf musste ein kleines Vermögen für dieses Spielzeug bezahlt haben. Sam probierte das GPS aus – es würde ihm vielleicht seine genaue Position anzeigen können –, aber es funktionierte nicht. Immerhin würde es noch sechshundert Jahre dauern, bis die ersten Satelliten erfunden werden sollten! Bei seinen Experimenten im Menü des Telefons löste er aus Versehen den Klingelton aus - *Er ist so schön/Er ist so süß/Ein Blick aus seinen Augen und ich zerfließ . . .* – woraufhin er es schnell unter die Decke schob. Es fehlte noch, dass Baltus hereinschneite und ihn nach dem Namen der Gruppe und dem Titel der Single fragte! Der Text des Liedes klang seltsam in seinen Ohren nach, als ob ihm seine Muttersprache fremd geworden war. Sein Gehirn hatte sich bereits auf die Sprache eingestellt, die er den ganzen Nachmittag gehört hatte: *kerk, brugge, zwyn* und so weiter. Eins der zahlreichen Rätsel des ägyptischen Zaubers.

Er klickte sich durch die Fotos, die auf dem Handy gespeichert waren. Sicher war das sehr indiskret von ihm, aber die Umstände verlangten es. Auf den meisten war das Lieblingskuscheltier seiner Cousine zu sehen, eine Art Hündchen mit kurz geschorenem grauem Fell, das sie Zan getauft und in allen Lebenslagen fotografiert hatte: Zan mit dem Kopf nach unten und herabhängenden Ohren; Zan mit einer Plastiktüte und einem Regenhut bekleidet; Zan auf der Toilette ... Er musste unwillkürlich grinsen. In dieser Sekunde hätte er viel dafür gegeben, das Tier im Arm zu halten. Dann gab es noch zwei Selbstporträts von Lili, aus zu großer Nähe aufgenommen und schlecht zentriert, was Gesicht und Nase unnatürlich rundlich erscheinen ließ. Sam spürte, wie ihm die Tränen in die Augen stiegen. Lili ...

Er schaltete das Handy aus – lieber jetzt nicht sentimental werden. Außerdem hatte er von der Eingangstür her ein Geräusch vernommen. Er stand auf und schlich auf Zehenspitzen durchs Atelier, die Kerze in der Hand. Es musste nach Mitternacht sein, eigentlich sollten alle schlafen ... Er trat in den Flur und hielt den Atem an. Nichts Verdächtiges. Er schlich weiter bis zur Eingangstür. Der Riegel war beiseitegeschoben. Um jemandem Zugang zu verschaffen oder das Hinausgehen zu ermöglichen? Zu dieser Stunde und bei dem Schnee ... Samuel drückte vorsichtig die Klinke herunter und warf einen Blick nach draußen. Fußspuren führten vom Haus weg und verloren sich auf der verlassenen Straße.

XIII.
Die Hamster von Brügge

Samuel ... Samuel Waagen!«

Samuel vernahm im Tiefschlaf, wie aus weiter Ferne jemand seinen Namen rief. Seine Lider waren schwer wie Blei, und nur unter Aufbietung aller Kräfte gelang es ihm, die Augen einen Spaltbreit zu öffnen.

»Es ist Zeit, mein Junge!«

Er brauchte einige Sekunden, um im Schein einer Kerze das Gesicht zu erkennen, das sich über sein Bett neigte. Baltus ... Yser ... Brügge ...

»Auf, auf! Ihr werdet sonst noch die Anwerbung versäumen!«

Samuel hatte ein pelziges Gefühl im Mund, steife Muskeln, und seine grauen Zellen schienen im Zeitlupentempo zu arbeiten.

»Die Anwerbung«, wiederholte er mechanisch.

Endlich schaffte er es, sich hochzuraffen und sich anzuziehen. Der alte Mann erwartete ihn bereits im halbdunklen Speisezimmer. Ein dampfender Topf stand auf dem

Tisch, dazu einige Scheiben getrockneter Schinken, Käse und ein Laib Weißbrot. Im Kamin flackerte bereits ein Feuer, und Baltus schenkte, ohne zu fragen, eine schwarze aromatische Flüssigkeit in einen metallenen Becher.

»Trinkt das, es wird Euch aufwärmen.«

Samuel nahm einen Schluck. Es schmeckte nach gebrühtem Kaffee – mit einem Nachgeschmack von Zimt. Seltsam, aber nicht unangenehm.

»Wie geht es Eurem Handgelenk?«

Baltus schüttelte seine bandagierte Hand.

»Es schmerzt immer noch sehr; ich hoffe, es ist nicht gebrochen. Ich werde Euch in die Stadt begleiten und auf dem Weg meinen Arzt aufsuchen.«

»Werdet Ihr weitermalen können?«, fragte Sam, während er etwas Schinken und Käse zwischen zwei Brotscheiben legte.

»Das werde ich unbedingt! Ich muss das Porträt meiner Tochter fertigstellen, der Wettbewerb ist in zwei Tagen! Ihr habt eine seltsame Art zu essen, Samuel Waagen«, fügte er hinzu, als er sah, wie Sam in sein improvisiertes Sandwich biss.

»Das ist ... das ist eine Angewohnheit, die ich in Malines angenommen habe«, erklärte Sam zwischen zwei Bissen. »Etwas erscheint mir allerdings merkwürdig an der Sache ... mit den Wegelagerern gestern ... Worauf genau waren sie eigentlich aus?«

»Nun, sie wollten mich berauben, nehme ich an. Was sonst sollten Räuber im Sinn haben?«

»Nach dem, was ich verstanden habe, suchten die, die mich gestern Nachmittag überfallen haben, etwas ganz Bestimmtes. Eine Münze oder ein Schmuckstück, glaube ich, mit einem Loch in der Mitte.«

Er war gespannt, wie Baltus reagieren würde, doch der zeigte sich eher amüsiert als interessiert: »Ein Loch in der Mitte? Dann kann es sich um kein besonders wertvolles Stück handeln, wenn der Künstler so an Material und Mühe gespart hat! Außerdem haben sie Euch doch nur die Kleider genommen, nicht wahr? Manchmal kommt es auch vor, dass sie sich ihres Opfers entledigen, wisst Ihr? Deshalb sollten wir uns nicht allzu sehr beklagen, weder Ihr noch ich.«

Samuel nickte nur. Baltus schien nichts von einer Münze mit Loch zu wissen. Es sei denn, er war ein guter Schauspieler. Der alte Mann mahnte zur Eile. Sam verschlang den Rest seines Sandwichs und beeilte sich, den Mantel mit dem Pelzkragen überzuziehen, den der Maler für seine Lehrlinge bereithielt. Er folgte ihm hinaus auf die verschneite Straße, wo die ersten frühen Sonnenstrahlen nur schwach durch die grauen Wolken drangen. Alles schien kalt und erstarrt, wie die Kulisse eines fantastischen Films. Es sah aus wie die detailgetreue Rekonstruktion eines mittelalterlichen Dorfes: die hohen schmalen Häuser, die schiefen Dächer, die gotischen Stilelemente, die schräg durch die Außenmauern verlaufenden Holzbalken. Sie kamen über eine Brücke mit zwei Bögen, unter der ein paar Schwäne schliefen, die Schnäbel tief im Gefieder vergraben. Die Brücke führte durch die innere Stadtmauer von Brügge, hinein ins Herz der Stadt, das noch dichter bebaut war als das Viertel von Sankt Anna. Die Häuser drängten sich dicht aneinander und schienen sich leicht nach vorn zu neigen, um ihr Spiegelbild im Wasser des Kanals zu bewundern. Die trutzigen Umrisse des Belfrieds, Brügges ganzem Stolz, erhoben sich über den weißen Dächern wie ein aufmerksamer Wachposten. Baltus erzählte ausführlich die Geschichte seiner Erbauung, doch Samuel war so fasziniert von allem, was er sah, dass er ihm kaum Aufmerksamkeit schenkte. Sie setzten ihren Weg durch eine Reihe einsamer Gassen fort, umrundeten einen Platz, auf dem zahlreiche Zelte – für die Bediensteten aus dem Gefolge des Grafen – aufgebaut waren, und kamen schließlich zum Weinhafen. Während sich die übrigen Bewohner von Brügge noch von den nächtlichen Festlichkeiten erholten, waren Händler und Träger bereits vollauf mit der Versorgung für die Vergnügungen des anbrechenden Tages beschäftigt. Etwa zehn Barken lagen am Kai vor Anker, und rund um die Fässer wurde heftig debattiert. Baltus trat zu einem Mann mit roter Mütze, der wild mit seinem Gehstock gestikulierte.

»*Holà*, Hafenmeister! Ich bringe Euch hier einen meiner Lehrjungen, der etwas Beschäftigung sucht. Hättet Ihr für die Tage der Hochzeitsvorbereitungen vielleicht Arbeit für ihn?«

Der Hafenmeister musterte Sam mit erfahrenem Blick.

»Er ist für diese Lasten nicht gebaut, Euer Lehrling. Er

ist so schmächtig, als hätte er die ganze Woche nichts gegessen. Versuch mal, dieses Fass da zu heben ...«

Er zeigte auf ein Fässchen, das ein stämmiger Bursche soeben über das Kopfsteinpflaster herbeigerollt hatte. Samuel ging in die Knie, legte beide Arme in gespielter Leichtigkeit um das Fass und wollte es anheben. Er war schnell kuriert: Es war schwer wie ein toter Esel und ließ sich nicht mal einen Zentimeter vom Boden lösen. Die anderen Lastträger, die einen Kreis um sie gebildet hatten, lachten aus vollem Hals.

»Man könnte meinen, Euer Lehrling schafft es kaum, den Kopf auf seinen Schultern zu halten, mein Freund!«, höhnte der Mann mit der roten Mütze. »Aber wenn er es nicht in den Armen hat, so hat er es vielleicht in den Beinen? Mir fehlt ein *kranekind*, ein Junge für den Kran. Der Lohn ist zwar geringer, die Arbeit aber dafür eher für ihn geeignet.«

Samuel musterte die seltsame Bretterkonstruktion, die an der linken Seite des Kais hochragte und die er auf den ersten Blick für ein Gerüst gehalten hatte. Sie sah aus wie ein Huhn ohne Kopf, mit aufgeblähtem Bauch und einem Hals, der nach oben hin immer schmaler zulief. In Wirklichkeit handelte es sich um einen hölzernen Kran, dessen Taue in die Schiffe hinabtauchten, um die Ladung heraufzuholen. Angetrieben wurde er von einer großen Trommel, die von zwei Jungen betätigt wurde, die im Inneren im Kreis liefen.

»Wie viel gebt Ihr?«, fragte Baltus.

»Fünf Denar für den halben Tag, wenn er nicht zu faul ist.«

Baltus warf Sam einen fragenden Blick zu. Der hatte keine Ahnung, wie viel fünf Denar wert waren, doch um nicht als Feigling dazustehen, nickte er.

»Abgemacht, für den halben Tag«, schloss Baltus. »Wenn ihm die Arbeit zusagt, wird er heute Nachmittag wiederkommen. Ich denke, Ihr findet den Weg zu unserem Haus, Waagen?«

Wieder nickte Sam und lauschte aufmerksam den Anweisungen des Hafenmeisters: Die drei Jungen, so erklärte er, mussten nur im Gleichschritt im Inneren der Trommel gehen und darauf achten, dass sie sich weder von der Geschwindigkeit mitreißen ließen, noch beim Abbremsen aus dem Gleichgewicht kamen. Wenn er seine Sache gut machte, wäre er für die ganze Woche eingestellt.

Samuel wartete, bis der Kran anhielt, und schlüpfte von der Seite in den Zylinder. Seine beiden Kollegen begrüßten ihn mit einem Brummen, und Sam stellte fest, dass sie trotz der Kälte schweißgebadet waren. Auf das Zeichen des Meisters hin fingen die drei im Gleichschritt an zu laufen und trieben das Rad allein mit ihren Füßen an.

»Gut so, Jungs! Alle zusammen!«, schrie der Mann mit der roten Mütze.

Anfangs schien es eine leichte Sache zu sein: Samuel musste lediglich seinen Rhythmus dem der beiden anderen *kranekinders* anpassen, das Laufen funktionierte so gut wie bei den anderen. Nach etwa einer Viertelstunde erregte der Mechanismus der Maschine seine Aufmerksamkeit, ein kompliziertes Zusammenspiel von Seilen und Rollen, die über ihren Köpfen mit ohrenbetäubendem Lärm arbeiteten. Sein Schuh geriet zwischen zwei Bretter, er merkte, wie ihm der Boden unter den Füßen davonglitt und dann wurde er hin- und hergeworfen wie ein Bündel Wäsche in der Waschmaschine. Glücklicherweise rief der Hafenmeister in diesem Moment zu einer Pause, weil das Hin- und Hermanövrieren der Barken seine Zeit brauchte. Seine beiden Kollegen schnauften, und Sam rappelte sich mühsam hoch.

»He, du drehst wohl zum ersten Mal, was?«, fragte ihn einer der Jungen, dessen Augenlid leicht herunterhing – eine Verletzung, ein Geburtsfehler?

»Stimmt genau«, sagte Sam und massierte sich den Rücken.

»Du solltest besser aufpassen, wenn du nicht willst, dass wir auch deinen Lohn einkassieren.«

»Jap«, stimmte der andere zu, »mit Melchior war das was anderes. Der konnte sich zumindest auf den Beinen halten!«

Der Erste zuckte die Schultern.

»Nach dem, was er auf den Kopf gekriegt hat, wird der bestimmt nicht wiederkommen. Das Loch soll faustgroß sein, und es heißt, man kann ihm ins Gehirn sehen!«

Samuel wurde hellhörig: »Ein Loch im Kopf? Wie ist das passiert?«

»Er hat sich geprügelt, jedenfalls behauptet er das. Ist

wohl eher angegriffen worden, von hinten, mit einem Stein.«

»Mit einem Stein«, wiederholte Sam verblüfft.

»Glaub mir, wenn wir das Schwein erwischen ... Er hat nämlich Freunde, unser Melchior, viele Freunde!«

»Ich verstehe!« Sam versuchte, möglichst unbeteiligt zu klingen. »Und ... ist er jetzt im Krankenhaus?«

»Im Krankenhaus? Melchior? Warum nicht gleich bei den Stadtwachen, wenn du schon dabei bist! Nein, wie gesagt, er hat viele Freunde.«

Der mit dem verletzten Auge warf ihm einen feindseligen Blick zu – einen halben Blick.

»Willst du ihm vielleicht auch ins Gehirn gucken?«

»Äh, nein, bestimmt nicht«, wehrte Sam ab. »Ich wollte mich nur unterhalten.«

»Dann spar dir lieber deinen Atem, es gibt wieder eine Ladung zu löschen.«

Der Hafenmeister schnippte mit den Fingern, und die drei *kranekinders* nahmen ihren absurden, endlosen Marsch im Innern der Trommel wieder auf. Die Hamster von Brügge!

Nach drei oder vier Stunden – seine Zehen und Beine fühlten sich an wie Wackelpudding – konnte Sam dem teuflischen Rad endlich entkommen: Die Arbeit des Vormittags war so gut wie erledigt, es gab nur noch ein Schiff zu entladen, und sämtliche Fässerladungen hatten ihre Abnehmer gefunden. Er ließ seinen beiden Mitstreitern bei der Lohnauszahlung den Vortritt und trat als Letzter vor den Mann mit der roten Mütze. Der verzog das Gesicht.

»Du hast Glück, dass die beiden da ihr Geschäft verstehen, sonst hätte ich dich nicht behalten. Du bist zu langsam und zu tollpatschig! Zur Belohnung habe ich Ihnen einen Denar extra gegeben. Du kriegst natürlich nur einen!«

Seine Hand verschwand in der Hosentasche und holte drei armselige runde Metallstücke hervor. Sam war über sein unglückliches Los viel weniger enttäuscht als über die Tatsache, dass keine der Münzen ein Loch in der Mitte hatte.

»Wartet, Herr! Wenn ich heute Nachmittag wiederkomme, könnte ich dann eine andere Münze bekommen? Eine mit einem Loch zum Beispiel? Ich würde auch mehrere Tage dafür arbeiten.«

Der Hafenmeister sah ihn ungläubig an.

»Eine Münze mit einem Loch? Warum denn das? Du bist wohl nicht von hier, scheint mir. Weder der Sol noch der Denar hat hier in Brügge jemals ein Loch gehabt! Geschweige denn das Pfund! Wenn du fremdes Handelsgeld suchst, solltest du zu den Wechslern gehen. Diese Leute arbeiten mit allen möglichen Münzen, darunter mitunter höchst seltsame Exemplare!«

»Die Wechsler?«

»Ja, die Wechsler, auf dem Platz der Börse! Du willst doch wohl nicht behaupten, dass du nicht weißt, wer die Wechsler sind?«

Er musterte Sam misstrauisch.

»Die Wechsler, na klar! Der Platz der Börse! Wie dumm von mir!«

Der Hafenmeister seufzte und wandte sich zu einem der Träger. Sam überlegte kurz, ob er versuchen sollte, die beiden *kranekinders* einzuholen und sie weiter über besagten Melchior auszufragen – zweifellos der Junge, den er auf dem Friedhof bewusstlos geschlagen hatte –, doch das Risiko wollte er lieber nicht eingehen. Am Ende hätten sie noch Verdacht geschöpft und sich auf ihn gestürzt.

Also machte sich Samuel auf den Weg, indem er sich grob am alles überragenden Belfried – der zu jeder Viertelstunde schlug – orientierte. Unterwegs fragte er eine alte Dame, die in eine Art Sack vermummt war, nach dem Weg zum Platz der Börse. Mittlerweile war die ganze Stadt auf den Beinen. In den Straßen herrschte dichtes Gedränge aus Menschen, Hunden, Pferden, in dem man nur schubweise vorwärtskam, je nachdem, wie oft die Karren hielten und wie ausgiebig die Lieferanten sich untereinander austauschten. Trotz der Eiseskälte schienen alle bester Laune; die Passanten berichteten begeistert von den Banketten und Turnierkämpfen, an denen sie am Vorabend teilgenommen hatten, und freuten sich auf die Verteilung von Brot und Fleisch, die im Laufe des Tages vorgesehen war. Von Weitem erkannte er die von Palisaden umgebene, mit bunten Fahnen geschmückte Arena, in der die Turniere stattfanden. Leider war dort gerade kein einziger Ritter in voller Rüstung zu sehen ...

Im Viertel der Wechsler war das Treiben nicht weniger

geschäftig. Der rechteckige Platz der Börse war umgeben von imposanten Gebäuden mit vergitterten Fenstern und Zinnen auf den Dächern. Vor jeder Fassade waren Holztische aufgebaut, beschirmt von kleinen Vordächern zum Schutz vor Regen. Zu beiden Seiten der Tische wurde lautstark verhandelt, und Sam brauchte eine Weile, um zu begreifen, worum es ging: Brügge war ein wichtiges Handelszentrum, das Kaufleute aus allen Winkeln Europas anzog, von denen jeder eine andere Währung benutzte. Die Aufgabe der Wechsler bestand darin, die fremden Münzen in Brügger Pfund, Sol und Denar umzurechnen, damit die Geschäfte getätigt werden konnten. Das Problem war dabei, dass man sich zuerst auf den genauen Wert einer Münze einigen musste. Die Händler verlangten immer mehr, die Wechsler boten immer weniger. Daher das zuweilen lautstarke Feilschen, das einem von allen Seiten an die Ohren drang. Einer der Wechsler – er sprach mit einem sehr starken Akzent, bewies ein besonderes schauspielerisches Talent: »Mit diesem Preis, Cortez, treibst du mich in den Ruin! Hast du dabei an meine Kinder gedacht?«

»An deine nicht, aber an andere, Bartolomeo«, gab besagter Cortez zurück. »Du bist der fetteste Bankier hier auf dem Platz. Entweder du gibst mir, was ich verlange, oder ich gehe woanders hin!«

»Ach, Cortez, du reißt mir das Herz aus dem Leib! Aber wirklich nur, weil du mein Freund bist und ich dir einen Gefallen tun möchte! Aber ich bin so gut wie tot! Sieh nur, wie mir das Blut aus den Adern rinnt und wie meine Tränen fließen!«

Er wandte sich an den jungen Mann, der hinter ihm saß, ein Brett mit Jetons auf den Knien.

»Enzo! Rechne bitte: 15 625 geteilt durch 125 minus 5 Kommission plus 3 Rabatt für Cortez.«

Offenbar war Enzo nicht der Schnellste und brauchte eine ganze Weile, um zu seinem Ergebnis zu kommen, weshalb sein Chef ihn herunterputzte: »*Ma Enzo!* Du bist von allen Dummköpfen der Stadt wirklich der allerdümmste! Du bist eine Strafe für die ganze Familie, mein lieber Neffe!«

Als Enzo schließlich eine Zahl nannte, öffnete der Wechsler eine Schatulle zu seinen Füßen und zählte die genannte Summe nach. Es ging zu schnell, als dass Samuel hätte genauer hineinsehen können; er bekam nur so viel mit, dass die Geldkassette in zahlreiche Fächer unterteilt war, um Münzen in den verschiedensten Größen zu sortieren. Wenn er nur einen Blick hätte hineinwerfen können! Entschlossen machte er einen Schritt auf den Tisch des Wechslers zu, doch es war bereits zu spät: Bartolomeo schob die wertvolle Schatulle wieder unter seine Bank. Sam ging mit gleichgültiger Miene an ihm vorbei und postierte sich ein Stück weiter hinter einem Pfeiler. Eine ganze Weile noch ließ er den Stand des Wechslers nicht aus den Augen. Irgendeine Möglichkeit musste es doch geben, die Kassette zu durchsuchen!

XIV.
Van Eycks Geheimnis

Erst als die Uhr vom Belfried am Nachmittag drei schlug, beschloss Sam, in das Viertel von Sankt Anna zurückzukehren. In der Zwischenzeit hatte er von einer der Verteilungen von Äpfeln und kleinen runden Broten profitiert und bei einem fliegenden Händler ein Stück geräucherten Hering gekauft, der unvorstellbar salzig geschmeckt hatte. Jetzt hatte er einen solchen Durst, dass er den ganzen Kanal hätte austrinken können ...

Die Magd öffnete ihm mit unfreundlicher Miene.

»Dass Ihr ja keinen Lärm macht, der Herr empfängt gerade den Vogt.«

»Vogt?«

»Ja, der Oberste der Stadtwache, wenn Euch das lieber ist. Er ist wegen des Überfalls gestern hier. Macht, dass Ihr auf Euer Zimmer kommt, damit er Euch nicht sieht!«

Doch Baltus musste etwas gehört haben, denn er rief aus dem Salon: »Magd? Ist der junge Mann zurück?«

»Gerade in diesem Augenblick, Herr.«

»Fein! Bring ihn her, ich möchte ihn dem Écoutète vorstellen.«

Die Magd fügte sich widerwillig. Kurz darauf wurde Sam einer – der goldbestickten Jacke und dem kunstvoll gestutzten Bart nach zu urteilen – höchst wichtigen Persönlichkeit vorgestellt. Und von ihr mit scharfem Blick gemustert.

»Das ist also der Junge, der Euch gerettet hat, Meister Baltus?«, fragte er mit dröhnender Stimme.

»Wenn er nicht wie durch ein Wunder aufgetaucht wäre, so würde ich jetzt nicht hier vor Euch stehen, gnädiger Herr!«

»Wie durch ein Wunder, so, so!«, wiederholte der Vogt mit einem seltsamen Lächeln. »Und was führte Euch auf den Friedhof beim Alten Wald, junger Mann?«

»Ich besuchte das Grab meiner Tante, Marga Waagen.«

»Ah, die alte Marga! Kurz vor ihrem Tod habe ich noch auf dem Fischmarkt mit ihr gesprochen. Sie war auf einem Ohr taub und hatte die Hälfte ihrer Zähne verloren, wusstet Ihr das?«

Samuel witterte die Falle.

»Leider kenne ich sie nur dem Namen nach. Sie war eine Verwandte meines Vaters, und ich hatte sie nie gesehen. Ich bin jetzt Waise und wollte in Brügge mein Glück versuchen.«

»Waise, wie praktisch«, bemerkte der Vogt. »Wie auch immer, mir scheint, Ihr seid gerade im rechten Moment gekommen! Diese Räuber, alle Achtung, welcher Wagemut! Kennt Ihr die Geschichte vom Müller Martens, Hans?«

Der alte Mann schüttelte den Kopf.

»Es ist acht oder neun Monate her, wenn ich mich recht erinnere. Stellt Euch vor, Martens ist ein ähnliches Unglück widerfahren wie Euch. Eines Abends, als er von seiner Mühle kommt, wird er von Wegelagerern überfallen. Durch einen glücklichen Zufall kommt gerade in dem Moment ein Reisender des Weges, dem es gelingt, die Räuber in die Flucht zu schlagen. Natürlich ist ihm unser Martens unendlich dankbar und will sich ihm erkenntlich zeigen, nimmt ihn in sein Haus auf, und im Laufe des Gesprächs werden die beiden beste Freunde. Nun, ob Ihr mir glaubt oder nicht, Hans, drei Tage später hat unser Müller kaum das Haus verlassen, als sein sogenannter Retter den Wegelagerern die Mühle öffnet und sie diese vollständig ausrauben!«

Er warf Sam einen eingehenden Blick zu.

»Ja, man kann heutzutage wirklich niemandem mehr vertrauen!«

Baltus schien die Anspielung entgangen zu sein. Er bot seinem Gast ein Glas von seinem deutschen Wein an, was dieser jedoch ablehnte: »Vielen Dank, Hans, aber ich wollte nur kurz bei Euch vorbeischauen und bei der Gelegenheit Eurer Tochter dieses bescheidene Geschenk von mir überreichen. Ich hätte es ihr gern selbst gegeben, aber ...«

»Wie ich schon sagte, sie ist zu Besuch bei ihrer Cousine. Doch sie müsste jeden Augenblick zurück sein.«

»Leider erwartet mich der Graf, um die Festlichkeiten heute Abend zu regeln. Richtet doch bitte Fräulein Yser meine untertänigsten Grüße aus, und sie möchte mich bitte wissen lassen, wie ihr mein Geschenk gefallen hat.«

Er erhob sich, schlug militärisch die Hacken zusammen und verabschiedete sich von Baltus. Sam übersah er geflissentlich.

»Ein rechtschaffener Mann, der Vogt«, schwärmte Baltus, nachdem der andere gegangen war. »Er gäbe einen ausgezeichneten Ehemann für Yser ab.«

»Ehemann?« Sam verschluckte sich fast. »Aber er ist mindestens doppelt so alt wie sie!«

»Natürlich, warum auch nicht? Er ist seit drei Jahren Witwer, er ist wohlhabend, besitzt eine schöne Wohnung im Prinsenhof, dem neuen Palais, das Graf Philippe sich in der Stadt bauen ließ, was will man mehr? Yser ist siebzehn, ein Alter, in dem sie langsam an ihre Zukunft denken sollte. Wie ich Euch gesagt habe, meine Geschäfte stehen nicht zum Besten, und ich fürchte, auf das Geld vom Wettbewerb darf ich nicht mehr hoffen: Mein verletztes Handgelenk erlaubt mir nicht mehr, den Pinsel zu halten. Diese Verbindung würde ihr ein sicheres, annehmliches Leben bescheren, sie müsste sich um nichts mehr sorgen.«

»Aber sie, ist sie damit einverstanden?«

»Der Vogt ist doch noch ein recht ansehnlicher Mann, findet Ihr nicht? Und noch dazu sehr aufmerksam. Seht nur, was er mit seinen eigenen Händen für sie gemacht hat!«

Er wies auf einen schmiedeeisernen Kerzenleuchter, der mehr oder weniger die Form eines Baumes hatte und auf seinen geschwungenen Ästen drei Kerzen tragen konnte. Umwerfend!

»Und er ist auf seine Art nicht nur ein Künstler«, fuhr Baltus fort, »sondern auch ein Gelehrter. Sobald ihm seine Aufgaben bei der Stadtverwaltung etwas Zeit lassen, beschäftigt er sich eingehend mit Alchemie. Er hofft, eines Tages vielleicht Gold herstellen zu können! Die Alchemisten sind sehr gebildete Leute, wisst Ihr, interessieren sich für die Wissenschaften und dafür, wie die Welt funktioniert! Und wenn Yser seine Frau werden sollte, so hat er angedeutet, würde er sie gern an seiner Arbeit teilhaben lassen. Ist es nicht besser, einen Ehemann zu haben, der seiner Frau den Horizont der Wissenschaften eröffnet, als einen jungen Dummkopf, der nur darauf aus ist, ihr Kinder zu machen? Nein, der Vogt wäre eine ausgezeichnete Partie und . . .«

Ein Geruch nach Verbranntem drang plötzlich aus dem Flur, und Baltus schlug sich vor die Stirn.

»Heiliger Himmel, mein Öl!«

Er stürzte zum Atelier und riss die Tür auf. Schwarzer Rauch stieg über dem kleinen Ofen auf und verbreitete sich im ganzen Raum.

»Das Fenster! Schnell! Frische Luft!«

Samuel rannte zum Fenster und riss es – nachdem er eine Weile mit dem Mechanismus gekämpft hatte – auf, sodass ein kräftiger Durchzug entstand.

»Mein verfluchter Kopf!«, schrie Baltus. »Ich habe mein Experiment vollkommen vergessen! Ich bin zu nichts mehr zu gebrauchen, weder zum Malen noch zum Experimentieren!«

Er nahm den Kessel mit einem Lappen, trug ihn weit von sich gestreckt zum Fenster und schleuderte ihn nach draußen auf den Hof. Es roch nach verbrannten alten Socken und der Salbe, die man sich bei Bronchitis auf die Brust schmierte.

»Dabei war ich kurz davor! Ich bin sicher, dass ich kurz davor war!«

»War . . . war es denn so wichtig?«, fragte Samuel vorsichtig.

»Seit zwei Jahren, mein Junge, seit zwei Jahren schon versuche ich, van Eycks Geheimnis zu lüften! Wenn es mir gelänge, ein solches Öl herzustellen wie er, würden sich meine Bilder um einiges besser verkaufen!«

Samuel konnte seine Überraschung kaum verbergen.

»Van Eyck, der Maler?«

Miss Delaunay hatte ihnen irgendwann von van Eyck erzählt, ein einziges Mal. Aber Sam hatte ihn nie mit Brügge in Verbindung gebracht.

»Der Maler, ja, wer sonst? Er ist der Lieblingsmaler von Graf Philippe; der schleppt ihn überall mit hin. Vor Kurzem hat er eine neue Technik entwickelt, um seine Farben noch strahlender und leuchtender zu machen. Es sieht aus, als würde das Licht direkt aus dem Gemälde strahlen! Die Wirkung ist faszinierend, und seine Porträts werden von aller Welt bewundert. Jedes seiner Werke erzielt den zwanzigfachen Preis der meinen!«

Samuel verkniff sich die Bemerkung, dass van Eyck vielleicht auch zwanzigmal so viel Talent besaß. Immerhin war er laut seiner Kunstlehrerin einer der größten Künstler des Mittelalters.

»Im letzten Jahr«, fuhr der alte Mann fort, »habe ich durch eine Unachtsamkeit seiner Leute zufällig erfahren, dass er, um diese einzigartigen Farben zu erhalten, seinen Pigmenten und seinem Öl eine geheime Substanz zusetzt. Seither versuche ich alles, um herauszufinden, um welche Substanz es sich handeln könnte ... Glaubt mir, ich habe ganze Nächte vor meinem Öfchen verbracht und alle möglichen Rezepturen ausprobiert! Heute waren es Gewürznelken, und ich hatte das sichere Gefühl, auf der richtigen Spur zu sein. Aber durch ein solches Missgeschick ist nun alles verdorben! Schuld daran ist van Eyck! Warum muss er ein solches Geheimnis darum machen, anstatt seine Erkenntnisse an die Gilde weiterzugeben!«

Baltus war außer sich und merkte gar nicht, wie blass Sam auf einmal geworden war. Van Eycks Geheimnis ... Er wusste es, er kannte van Eycks Geheimnis! Miss Delaunay hatte ihnen erklärt, dass van Eyck zwar die Ölmalerei nicht erfunden, aber ihre Technik revolutioniert hatte: sowohl den zerstoßenen Pigmenten, die die Farbtöne bestimmten, als auch dem Öl, mit dem sie vermischt wurden, setzte er eine Substanz zu, die die Leuchtkraft der Farben verstärkte und bewirkte, dass sie leichter zu bearbeiten waren. Und diese geheimnisvolle Substanz ...

Zum ersten Mal bei einer seiner »Reisen« befand Sam

sich in einem Gewissenskonflikt: Durfte er Baltus van Eycks Geheimnis verraten? Riskierte er damit nicht, in den Lauf der Geschichte einzugreifen? Er hatte schon eine Menge Filme gesehen, in denen die Veränderung eines winzigen Details der Vergangenheit unkalkulierbare Folgen für die Zukunft gehabt hatte. Wäre das hier auch der Fall? Samuel zögerte ... Natürlich wäre es eine ganz andere Sache, wenn Baltus vor van Eyck gelebt hätte. Ihm die Geheimnisse des großen Malers zu verraten, bevor dieser sie überhaupt erfunden hätte, wäre sicher ein schwerwiegender Fehler gewesen. Doch Baltus und van Eyck lebten zur selben Zeit in der selben Stadt ... Außerdem hatte sich Baltus Sam gegenüber sehr großzügig erwiesen. Ihm bei seinen Forschungen zu helfen, bedeutete, sich auf diese Weise bei ihm zu bedanken. Trotzdem musste er mit großer Vorsicht vorgehen ...

»Habt Ihr es schon mit Terpentin-Essenz probiert?«

Baltus starrte ihn an.

»Womit?«

»Terpentin-Essenz.«

»Ihr meint das Terpentin aus Venedig?«

»Äh, ja. Mein ... mein Großvater sagte immer Terpentin-Essenz dazu.«

»Was hat Euer Großvater damit zu tun?«

Das fragte Sam sich auch gerade.

»Also ... zufällig war mein Großvater auch so etwas wie ein Maler.«

»Euer Großvater war Maler?«

»Nun, nicht direkt. Er . . .«

Samuels Blick blieb an einem Tontopf hängen, in dem ein paar Pinsel steckten.

»Er bemalte Töpfe.«

»Töpfe?«

»Oder besser gesagt, Vasen. Ja, er bemalte Vasen.«

»Seltsame Vorstellung, aber warum nicht. Aber was hat das mit dem Terpentin aus Venedig zu tun?«

»Mein Großvater sagte immer: ›Verstehst du, Samuel, damit die Farben leuchten, musst du immer etwas Terpentin-Essenz hineingeben.‹«

»Terpentin aus Venedig«, überlegte Baltus. »Warum eigentlich nicht? Das ist ein edles Harz, das sich bestimmt ausgesprochen gut mit den Farben vermischen lässt. Natürlich müsste man die genaue Temperatur feststellen, auf die man es erhitzen muss, aber wenn man es dem Öl und den Pigmenten beimischte, würde es ihnen Geschmeidigkeit und eine gewisse Transparenz verleihen . . . Terpentin aus Venedig! Ich muss zugeben, darauf wäre ich nie gekommen!«

Die Tür zur Straße fiel ins Schloss, und Yser, durch den Rauch und den Geruch alarmiert, rief erschrocken: »Papa? Papa, geht es dir gut?«

»Ich bin im Atelier, mein Schatz!«

Das junge Mädchen kam im Laufschritt herein, die Wangen noch rosig vor Kälte.

»Papa, was . . .?«

»Es ist nichts«, beruhigte Baltus sie, »mir ist nur etwas

angebrannt. Aber unser Freund hier hat mir soeben einen äußerst bedeutenden Vorschlag gemacht! Ich muss sofort zum Krämer am Großen Platz gehen, ein paar Dinge besorgen. Derweil . . .«

Sein Blick wanderte zwischen Sam und seiner Tochter hin und her.

»Ihr liebt die Malerei, habt Ihr gesagt, Herr Waagen? Ihr könnt mit dem Pinsel umgehen? Wäret Ihr in der Lage, dieses Gemälde fertigzustellen?«

Er wies auf Ysers Porträt auf der Staffelei.

»Ich?«

»Ja, Ihr! Was haben wir zu verlieren? Ich könnte es selbst erst in einigen Tagen schaffen, und dann wird es zu spät sein! Das Gesicht ist so gut wie abgeschlossen, der Hals und der Hut ebenfalls, bleiben noch die Hände und der Faltenwurf des Kleides. Im schlimmsten Fall, wenn es zu schlecht sein sollte, behalten wir es selbst. Und wenn es akzeptabel ist, versuchen wir unser Glück. Wer weiß, vielleicht habt Ihr etwas vom Talent Eures Großvaters geerbt?«

Samuel konnte es immer noch nicht fassen. Er sollte wirklich malen! Noch dazu mit Yser als Modell!

»Ich bin nicht sicher, ob ich . . .«

»Nun lasst Euch doch nicht so bitten! Ihr würdet mir einen großen Dienst erweisen! Yser, meine Hübsche, lass den jungen Mann nicht warten und zieh schnell dein Kleid an. Meine Farben sind bereits auf der Palette, seht Ihr, ich habe sie vorhin vorbereitet. Sie müssen nur ein

Er brauchte ein tiefes Schwarz, das gleichzeitig den samtigen Stoff des Kleides wiedergab. Ein etwas dickflüssiges Schwarz mit leichtem Hang zum Violett wäre ideal.

»Werdet Ihr lange bei uns bleiben?«, fragte Yser nach einer Weile.

»Nicht sehr lange, keine Sorge. Nur bis ... bis ich etwas Geld verdient habe.«

»Indem Ihr den Kran dreht?«

»Wenn ich keine andere Möglichkeit habe ...«

»Man sagt, die *kranekinders* wären keine besonders gute Gesellschaft. Einige von ihnen sollen nichts weiter als kleine Diebe sein.«

Auch sie hielt ihn für einen Komplizen der Banditen auf dem Friedhof! Das schien eine fixe Idee zu sein!

»Darf ich Euch daran erinnern, dass es Euer Vater war, der vorschlug, am Hafen Arbeit zu suchen? Ich bin gerade erst in Brügge angekommen, ich kenne hier niemanden. Und vor allem nicht die, die Euch gestern überfallen haben, falls es das ist, worauf Ihr hinauswollt.«

Yser schien einen Moment nachzudenken.

»Das will ich Euch gern glauben, Samuel«, sagte sie schließlich.

Baltus befand sich in hellster Aufregung: Seit dem Abendessen wirbelte er bereits gut drei Stunden um sein Öfchen herum, legte hier etwas Holz nach, gab dort ein wenig Öl und Terpentin hinzu und rührte wie der Chefkoch höchstpersönlich in seiner Mixtur. Diese strömte mittlerweile einen Geruch aus, bei dem einem übel werden konnte, weshalb sie gezwungen waren, trotz der eisigen Temperaturen die Fenster weit geöffnet zu lassen. Sam hatte bereits steife Finger vor Kälte und den Kragen bis zur Nasenspitze hochgeschlagen. Er gab sich alle Mühe, aufmerksam zu erscheinen, obwohl er nur einen Wunsch hatte: zu schlafen. Doch er hatte noch eine letzte Aufgabe zu erfüllen, und es wäre unhöflich gewesen, seine Ungeduld zu zeigen.

»Wir haben es geschafft!«, rief Baltus begeistert. »Seht nur die Farbe dieser Masse! Und die Öligkeit! Ich glaube, ich bin kurz vor dem Ziel! Bringt mir den Glasbehälter, bitte.«

Samuel gehorchte wie ein ferngesteuertes Wesen. Der alte Mann stellte das flaschenähnliche Gefäß auf die Ecke des Ofens und steckte einen Trichter in die Öffnung. Dann goss er vorsichtig den Inhalt des Topfes hinein, eine bernsteinfarbene Flüssigkeit, deren Dämpfe in den Augen brannten.

»Fertig! Jetzt lassen wir alles bis morgen abkühlen. Ich werde es durch ein kleines Sieb filtern und ein zweites Mal erhitzen. Dann ...«

Er strahlte wie ein kleines Kind.

»Und dann werde ich einen ersten Versuch mit der Farbe machen. Und so Gott will ... Aber ich habe Euch für heute genug belästigt, mein Junge, es wird Zeit, dass wir uns schlafen legen.«

Er deckte den Glasflacon mit einem feuchten Tuch ab

und löschte die Kerzen, während Sam das Fenster zumachte.

»Gute Nacht, Samuel Waagen, und danke für das Terpentin aus Venedig!«

Samuel tat so, als ginge er direkt in seine Kammer, doch sobald das Licht des alten Mannes im oberen Stockwerk verschwunden war, machte er kehrt. Er brauchte ein Werkzeug, mit dem man Stoff oder Leder schneiden konnte. Eine Schere fand er zwar nicht, dafür aber zwei scharfe Messer. In der Dunkelheit hatte Ysers Porträt etwas Unheimliches, aber Samuel war dennoch stolz auf die Hände des Mädchens: Fast hätte man meinen können, Baltus hätte sie gemalt. Fast ...

In seiner Kammer holte er das Handy aus seinem Versteck über einem Balken und sah auf das Datum: Donnerstag 10. Juni, 23:11. Ungefähr vor sechs Stunden hatte er seine eigene Zeit verlassen ... Das ging gerade noch, obwohl Grandma bestimmt schon vor Angst im Dreieck sprang und Lili sich zweifelsohne auch langsam Sorgen machte. Hauptsache, sie hörte nicht auf, an ihn zu denken!

Samuel konzentrierte sich auf die verschiedenen Funktionen des Handys. Er hatte sich für den nächsten Tag einiges vorgenommen: Als Erstes, Fotos von der Stadt zu machen. Das verschneite Brügge um 1430 auf einer Fotografie, unfassbar! Aber dabei würde er natürlich äußerst diskret vorgehen müssen. Wenn man ihn mit diesem Gerät erwischte, landete er mit Sicherheit entweder im Gefängnis oder auf dem Scheiterhaufen.

Er zog seine Sachen aus und untersuchte die Jacke, die er sich am Tag vorher von einem der Wegelagerer »geliehen« hatte – Melchior, nach dem, was die beiden *kranekinders* erzählt hatten. Es war eine Lederjacke mit eingenähtem Wollfutter. Vielleicht konnte er eine kleine Tasche hineinschneiden und das Handy hineinstecken, dazu eine kleine Öffnung, um es unbemerkt zu bedienen? Wenn nötig, könnte er die Magd gleich morgen früh um Nadel und Faden bitten.

Sam untersuchte die Innenseite der Jacke nach einer geeigneten Stelle. Er stieß auf ein kaum sichtbares Loch unter dem linken Ärmel: Die Jacke hatte bereits eine Tasche! Er steckte zwei Finger in das dicke Futter: Da war auf jeden Fall genug Platz für ein Handy, wenn er den oberen Teil etwas erweiterte und ... Plötzlich fühlte er Papier zwischen den Fingern. Ein sorgfältig zusammengerolltes Stück Papier ... Er zog es ans Licht und faltete es auseinander. Die Schrift war kaum zu lesen, und erst nach mehreren Anläufen hatte er sie entziffert:

Im Namen des Herrn, Amen. Brügge, den 7. Januar. Der Überbringer erhält auf mein Konto beim Bankier Grimaldi 3 Pfund und 12 Sol, auszuzahlen ab dem 11. Ohne Bezeugung meinerseits und gemäß guter Ausführung der Mission. Gott schütze Euch.

Es gab auch eine Unterschrift, die aber noch unleserlicher war als der Rest. Was bedeutete dieser Text? Es war von

Geld die Rede, von einem Bankier namens Grimaldi, von einem Überbringer, einer Bezeugung, einer Mission ... Alles offenbar in Bezug auf ein Ereignis in diesen Tagen.

Hatte besagter Melchior das Papier einem seiner Opfer gestohlen, in der Hoffnung, ein paar Münzen dabei herauszuschlagen? Samuel hatte ohnehin vorgehabt, am nächsten Tag noch einmal zum Platz der Börse zu gehen. Wenn ein Bankier in die Geschichte verwickelt sein sollte, so könnte er dort womöglich mehr darüber herausfinden. Und dann hatte er noch eine andere Idee ...

Samuel gähnte so herzhaft, dass er sich um ein Haar den Kiefer ausgerenkt hätte. Dieses Loch kam ihm wie gerufen, es hatte ihm viel Zeit erspart. Mit dem schärferen der beiden Messer schnitt er ins Leder ein etwa vier mal vier Zentimeter großes Fenster, das ihm erlauben würde, unauffällig ein paar Fotos zu machen. Und wenn die Aufnahmen nichts taugten, konnte er sie immer noch löschen und noch einmal von vorn anfangen. Das waren die Zauberkunststücke des XXI. Jahrhunderts!

Zufrieden kuschelte er sich unter seine Decken. Endlich schlafen! Ihm war, als hörte er von der Eingangstür her ein Geräusch, aber er war zu erschöpft, um auch nur ein Auge zu öffnen.

XV.
Drei Pfund und zwölf Sol

»Was sein muss, muss sein«, machte Sam sich selbst Mut und holte tief Luft.

Entschlossenen Schrittes überquerte er den Platz der Börse und mischte sich unter die Menge der Händler und Passanten. Es war etwas wärmer geworden, und der Schnee auf dem Kopfsteinpflaster begann zu schmelzen, wurde von den unzähligen Schuhen und Stiefeln zu einem schmutzig braunen Brei gestampft. Es herrschte immer noch ein aufgeregtes Treiben in der Stadt, und Sam hatte endlich Gelegenheit, auf dem Turnierplatz die Ritter in ihren Rüstungen zu bestaunen, umgeben von Knappen und Herolden, die die Heldentaten der Kämpfer priesen und vor jedem Auftritt eine Fanfare auf ihrer Trompete anstimmten. Helme und farbenprächtige Wappenschilde leuchteten in der hellen Mittagssonne. Sam war beeindruckt von den Panzern und der Größe der Turnierpferde: Sie sahen aus wie richtige Kriegsmaschinen. Die Zusammenstöße waren spektakulär. Unter dem Beifall der Menge zerbarsten die Lanzen unter bedrohlichem Krachen, die Kämpfer stürzten zu Boden und wirbelten Wolken von Staub und Matsch auf. Sam gelang es trotz des Gedränges, ein paar Fotos zu machen, indem er die Schöße seines Mantels auseinanderklappte. Lange hatte er sich jedoch nicht damit aufgehalten, er hatte Wichtigeres zu tun.

Als er schließlich bei den Ständen vor der Börse ankam, erkannte er den Wechsler mit Namen Bartolomeo sofort wieder: Es war der, der am lautesten palaverte. Zu seiner Linken saß wieder der Neffe und beugte sich über sein Rechenbrett. Sam wartete, bis ein neuer Kunde an den Tisch trat, ließ seine Hand in die Tasche gleiten und klickte auf die Taschenrechnerfunktion des Handys. Ein Teil seiner Zukunft würde sich jetzt entscheiden.

Nach einigen Höflichkeitsfloskeln begannen die beiden Männer zu verhandeln. Der Händler, ein kleiner rundlicher Glatzkopf, war nach Brügge gekommen, um Stoffe einzukaufen. Er wollte 642 venezianische Dukaten in Brügger Pfund und Sol umtauschen. Nach seinen gestrigen Beobachtungen und Baltus' Erklärungen wusste Sam, dass ein Pfund so viel war wie zwanzig Sol, und ein Sol zwölf Denar, demnach entsprach ein Pfund 240 Denar. Nicht ganz unkompliziert für jemanden, der an das Dezimalsystem gewöhnt war, aber er hatte ein wenig geübt.

»Ein Sol und fünf Denar für eine Dukate«, schlug Bartolomeo vor.

»Ein Sol und sieben Denar«, konterte der andere.

»Gabriel, willst du, dass ich mein Geschäft zumachen

muss? Dass ich bis zum nächsten Mal bankrott bin? Ein Sol und sechs Denar, weiter kann ich nicht gehen.«

»Einverstanden«, brummte der andere.

»Enzo, bitte! 642 Dukaten, für einen Sol und sechs Denar die Dukate.«

Der Neffe begann, die Jetons hin und her zu schieben, während Sam, das Gesicht halb in seinem Mantel verborgen – dem beleuchteten Display sei Dank, wild drauflostippte: 1 Sol entspricht zwölf Denar, überlegte er, also 1 Sol und 6 Denar = 1,5 Sol. 642 Dukaten x 1,5 Sol = 963 Sol. Ein Pfund ist 20 Sol wert, also: 963/20 = 48,15 Pfund in 642 Dukaten. Ich nehme 48 in den Speicher. Bleiben 0,15 Pfund in Sol umzurechnen. 1 Pfund = 20 Sol, also 0,15 Pfund = 0,15 x 20 Sol = 3 Sol – auf diese Art von Rechensport hatte er sich vorbereitet. Wie viel Pfund noch gleich? Speichertaste: 48.

»48 Pfund und 3 Sol«, verkündete er laut und deutlich.

Er hatte im Ganzen vielleicht vierzig Sekunden gebraucht.

Enzo, angesichts der unerwarteten Konkurrenz ziemlich verwirrt, musste zwei Mal nachrechnen, bis er mindestens zwei Minuten später bestätigen konnte: »Äh, ja, Onkel. 48 Pfund und 3 Sol, stimmt.«

Bartolomeo warf Sam einen stummen Blick zu und zahlte den Stoffhändler aus, nachdem er hastig seine Kassette unter der Bank hervorgezogen hatte. Da kam auch schon der nächste Händler, der 300 Real in Brügger Münzen tauschen wollte. Die Auseinandersetzung war noch erbitterter als die vorherige – diesmal drohte Bartolomeo damit, sich die Pulsadern aufzuschneiden –, bis die beiden Herren sich auf den Wechselkurs geeinigt hatten: 1 Real für 35 Denar.

»Enzo: 300 Real für 35 Denar den Real«, wies Bartolomeo seinen Neffen an, während er Sam aus den Augenwinkeln beobachtete.

Samuel verlor keine Sekunde. 300 Real x 35 Denar = 10 500 Denar. 1 Pfund entspricht 240 Denar, 10 500 Denar sind demnach: 10 500/240 = 43,75 Pfund. Die gleiche Rechnung wie eben für die Dezimale: 1 Pfund = 20 Sol, als 0,75 Pfund = 0,76 x 20 Sols = 15 Sol.

»43 Pfund und 15 Sol«, erklärte er stolz.

Der arme Enzo kam ganz schön ins Schwitzen und brauchte eine halbe Ewigkeit, bis er zum selben Ergebnis gelangte. Als der Kunde gegangen war, wandte Bartolomeo sich an Sam: »Was willst du eigentlich, Kleiner?«

»Arbeit«, antwortete Sam wie aus der Pistole geschossen.

»Du meinst, du willst rechnen?«

»Genau.«

»*Ma*, du hast ein Geheimnis, nicht?«

Mit dieser Frage hatte Sam gerechnet: Er zeigte ihm die Innenseite seiner Jacke, wo er mit einem Kohlestift vorsorglich ein Gitter mit beliebigen Zahlen aufgezeichnet hatte.

»Ich habe mein eigenes System. Ich rechne mit den Fingern und hiermit.«

»Wie viel ist 543 mal 956?«

Samuel wiederholte das Spiel von vorhin und versteckte sich in seiner Jacke: »519 108«, kam beinahe postwendend die Antwort.

Bartolomeo betrachtete ihn nachdenklich. Dann war seine Entscheidung gefallen.

»Enzo, warum gehst du nicht und schaust dir die Turniere an? Dort sind heute Ritter aus Italien ... Wenn es fünf schlägt, kommst du zurück, *capito?*«

Der Neffe ließ sich nicht lange bitten. Als er Sam seinen Platz überließ, raunte er ihm zu: »Danke! Meinetwegen könnt Ihr jeden Nachmittag kommen, wenn Ihr wollt.«

Samuel setzte sich vor den Tisch mit Jetons, sodass er sich von der Seite an die Mauer lehnen konnte, um das Handy vor fremden Blicken zu schützen. Die erste Hürde war genommen.

»Enzo ist mein Neffe. Er ist ein guter Rechner, aber er ist langsam wie eine Schnecke! Und ich habe nicht mehr so gute Augen wie vor zwanzig Jahren, ich brauche Hilfe. Wenn ich jemanden wie dich jeden Tag hier hätte ...«

Er senkte die Stimme, damit nicht alle mithören konnten: »Wie viel verlangst du, Kleiner?«

»Es ist so ...«, begann Sam. »Ich suche eine spezielle Münze. Eine mit einem Loch in der Mitte. Hättet Ihr vielleicht so eine?«

Bartolomeo kratzte sich am Kopf: Das schien wirklich ein seltsames Kerlchen zu sein! Er beugte sich über seine Kassette und kramte einen Augenblick darin herum.

»Ich glaube, ich habe ein oder zwei von einem Pelzhändler bekommen. Ich hatte wohl gerade meinen gutmütigen Tag, aber hinterher hätte ich mich in den Hintern beißen mögen: Niemand will diese ungarischen Münzen, oder aus welcher entlegenen Gegend sie auch immer stammen, haben.«

Er hielt zwei schmutzig gelbe, stumpfe, runde Metallstücke hoch – aus Kupfer? Sie schienen die richtige Größe zu haben, und vor allem hatten sie ein Loch in der Mitte. Bingo!

»Wenn du deine Sache gut machst, kannst du beide haben, Kleiner.«

Samuel schauderte vor Aufregung. Er hatte es gleich gewusst: Die Münzen waren beim Geldwechsler zu finden! Nur noch ein paar Rechenaufgaben, und dann ...

Da kam auch schon der nächste Kunde mit einem ledernen Geldbeutel, den er auf den Tresen leerte.

»Ich habe 1000 Gulden für dich, Bartolomeo. Mach mir einen guten Preis, aber schnell, bevor die Stoffhalle schließt!«

An die hundert Multiplikationen, ebenso viele Divisionen, zig Additionen und Subtraktionen, dazu noch einige Prozentrechnungen – Mrs Cubert wäre stolz auf ihn gewesen. Noch nie hatte Samuel in Mathematik solchen Eifer an den Tag gelegt! Ein- oder zweimal hatte er leichte Schwierigkeiten gehabt – etwa mit dem Gros aus Straßburg –, aber Bartolomeo hatte sich geduldig gezeigt, schließlich sei

Rom auch nicht an einem Tag erbaut worden. Samuels Rechenkünste hatten sogar ein paar Schaulustige angelockt, die seine schnellen Ergebnisse mit begeistertem Applaus quittierten. Sicher hätte Sam als »Kalkulator« eine steile Karriere vor sich gehabt, zumindest solange der Akku des Handys durchhielte. Irgendwann begann der Strom der Händler jedoch abzuebben, und Bartolomeo entschied, für den Tag Schluss zu machen. Er schlug Sam vor, doch am nächsten Tag wieder zu kommen, und zeigte ihm noch weitere seltene Münzen – die er wahrscheinlich gern loswerden wollte –, doch Sam reagierte ausweichend. Sobald er die beiden runden Metallstücke in der Hand hielt und sich überzeugt hatte, dass sie – ungefähr – den richtigen Durchmesser hatten, bat er den Wechsler noch um einen Gefallen: »Dieses Papier möchte ich Euch gern noch zeigen, Herr Bartolomeo. Man hat es mir gegeben, aber ich habe nicht alles verstanden.«

Er reichte ihm den Zettel, den er in Melchiors Geheimtasche entdeckt hatte. Bartolomeo rückte sein Lorgnon auf der Nase zurecht und begann zu lesen: »›Brügge, den 7. Januar. Der Überbringer erhält auf mein Konto beim Bankier Grimaldi 3 Pfund und 12 Sol, auszuzahlen ab dem 11. Ohne Bezeugung meinerseits und gemäß guter Ausführung der Mission. Gott schütze Euch.‹ Das ist ein Orderwechsel.«

»Ein Orderwechsel?«

»*Si*. Derjenige, der den Wechsel ausgestellt hat, hat ein Konto beim Bankier Grimaldi, und der, dem er das Papier gegeben hat, kann damit drei Pfund und zwölf Sol abholen.«

»Und der Überbringer?«

»Der Überbringer? *Ma*, das bist du! Du überbringst doch den Wechsel, oder nicht?«

»Heißt das, wenn ich damit zu Grimaldi gehe, bekomme ich diese Summe?«

»*Si*, *ma* es gibt eine Bedingung: Derjenige, der den Wechsel unterschrieben hat, darf nicht in der Zwischenzeit die Anweisung zurückgezogen haben, und die Mission muss erfüllt sein, die man dir aufgetragen hat.«

»Die Mission?«

»Die Mission, natürlich! In dem Brief steht doch: ›gemäß guter Ausführung der Mission‹. Der Bankier zahlt das Geld aus, wenn der Auftrag ausgeführt wurde und der Auftraggeber seine Anweisung nicht geändert hat. Wenn du deine Arbeit nicht gut gemacht hast, wird der Auftraggeber Grimaldi anweisen, nicht zu zahlen. War das nicht so besprochen?«

»Äh, doch, natürlich. Aber es ist ein bisschen kompliziert für mich.«

»Und die Arbeit, was war das?«

»Rechnungen ... sehr viel Rechnungen. Aber warum bezahlt er mit so einer Art Brief, anstatt mit Münzen?«

»Diese Orderwechsel werden hier viel benutzt. Damit kann der Händler die Leute auch bezahlen, wenn er nicht vor Ort ist. Ich schreibe den Wechsel in Rom aus, schicke ihn dir, und du lässt dir das Geld in Brügge auszahlen. So braucht man nicht das Geld hin und her zu schicken, sondern nur das Papier. Das ist sicherer.«

»Und wo finde ich diesen Bankier Grimaldi?«

»Direkt gegenüber!«

Samuel bedankte sich und überquerte den Platz. Die beiden Münzen hielt er fest in der Hand. Nur noch ein kleiner Umweg, dann ginge es wieder nach Hause ... Dreißig Meter weiter trat er an einen Stand, an dem sich ein vertrockneter alter Mann hinter Stapeln von dicken Büchern verschanzt hatte.

»Der junge Mann wünscht?«, fragte Grimaldi mit einem gezwungenen Lächeln.

Samuel legte den Wechsel vor ihn auf den Tisch. Je weniger er dazu sagte, desto weniger Ärger würde er sich einhandeln. Die langen, mit pergamentartiger, faltiger Haut überzogenen und mit Flecken übersäten Finger schnappten nach dem Zettel. Der Bankier überflog ihn mit misstrauischem Blick. Als er die Unterschrift las, flackerte plötzlich Interesse in seinen Augen auf.

»Ah, Ihr kommt also von Meister Klugg, sehr schön!«

Klugg – Sam hatte den Namen zwar noch nie gehört, aber das hielt ihn nicht davon ab, heftig mit dem Kopf zu nicken. Doch als der Bankier mit kritischer Miene den Brief eingehender beäugte, sah Sam bereits seine Felle davonschwimmen.

»Drei Pfund und zwölf Sol«, murmelte er in wenig überzeugendem Tonfall. »Ja, ja, alles in bester Ordnung. Ich gehe sie Euch holen.«

Er erhob sich und ging auf den Eingang des kleinen Ladens hinter ihm zu.

»Rührt Euch nicht vom Fleck, ich hole das Geld.«

Samuel sah ihn in der Tür verschwinden, dann tauchte sein Schatten hinter einem der Fenster des Bankgebäudes wieder auf. Grimaldi gestikulierte wild mit den Armen, als riefe er seine Bediensteten herbei. Tatsächlich tauchten zwei Gestalten neben ihm auf, denen er Anweisungen zu geben schien, wobei er immer wieder nach draußen zeigte. Au, dachte Sam, das ist sicher meinetwegen ... Hatte M. Klugg den Bankier darüber informiert, dass man ihm sein Papier gestohlen hatte? Sollte das der Fall sein, würde Grimaldi die Polizei rufen. Das war jetzt der denkbar schlechteste Moment dafür, falls es für so etwas überhaupt jemals einen guten Moment gab ...

Sam wartete nicht, bis jemand herausgerannt kam und »Haltet den Dieb« schrie, sondern stahl sich im Schutz der Vordächer davon. Am anderen Ende des Platzes fing er an zu laufen und tauchte in der Menge unter. Man sollte eben doch nicht zu neugierig sein!

Die Münzen hatten nicht funktioniert ... DIE MÜNZEN HATTEN NICHT FUNKTIONIERT! Er hatte sie noch so viel drehen und wenden können, der Stein wollte von ihnen nichts wissen. Dabei hatten sie die richtige Größe, nur dass ihre Ränder leicht unregelmäßig waren. Nichts zu machen: kein Anzeichen von Wärme, kein Zittern. Der Stein war kalt und tot geblieben wie alle anderen hier auf dem Friedhof! Vor lauter Wut hatte Sam die Münzen in einen Graben geschleudert. Er saß hier in Brügge fest!

Überflüssig zu erwähnen, dass er den Abend in ziemlich niedergedrückter Stimmung verbracht hatte. Yser hatte ihn gefragt, womit der den langen Nachmittag verbracht hatte, aber Sam hatte nur sehr ausweichend etwas von der Notwendigkeit, Geld zu verdienen, gemurmelt. Baltus dagegen war aus doppeltem Grund überaus aufgekratzt: Zum einen konnte er es kaum erwarten, am nächsten Tag sein Gemälde beim Wettbewerb zu präsentieren, zum anderen war er davon überzeugt, das Geheimnis von van Eyck so gut wie gelüftet zu haben.

»Ich bin ganz nah dran, ich fühle es! Das Öl ist noch zu zähflüssig, um es mit der Farbe zu vermischen, aber es fehlt nicht mehr viel! Bald schon wird mich die Gilde zum Meister ernennen!«

Er schien ganz vergessen zu haben, welche Rolle Sam bei seinen spektakulären Fortschritten gespielt hatte ... Und das Schönste war, dass die Magd ihm immer noch so liebenswürdig begegnete wie am Anfang. Sie servierte ihm nur halb so viel von der fetten Brühe wie allen anderen oder legte ihm als Fleisch ein Stück Knochen auf den Teller. Aber er hatte sowieso keinen Hunger.

Mittlerweile war es nach Mitternacht, und Sam lag unter seiner Decke und starrte in die Dunkelheit. Er war sich so schlau vorgekommen bei der Geschichte mit dem Geldwechsler, dabei hatte er nur wertvolle Zeit verloren. In welcher Richtung sollte er jetzt weitersuchen? Die Friedhofskapelle war fest verriegelt gewesen, und im Alten Wald hatte er nichts gefunden. Wo also war die Münze? Und sein Vater? Wie sollte er seinem Vater Rettung zukommen lassen, wenn er nicht einmal in der Lage war, sich selbst zu retten?

Das Einzige, was ihm gelungen war: die Fotos. Zwar nicht unbedingt die vom Turnier, die waren zu unscharf und schlecht belichtet, und die Ritter sahen aus, als trügen sie Faschingskostüme – dafür aber die Stadtansichten von Brügge, die er vom Friedhof aus aufgenommen hatte: die Stadtmauern, der Belfried, die Kirchtürme, das ganze Panorama ... das war immerhin etwas.

Ein leises Knacken auf dem Flur. Wieder die Eingangstür! Dieses Mal war Sam überhaupt nicht müde. Schnell schlüpfte er in seine Sachen und verließ auf Zehenspitzen das Atelier. Der Schlüssel war herumgedreht, der Riegel zurückgeschoben. Der Vorplatz draußen war statt mit Schnee mit einer dünnen schwarz glänzenden Schlammschicht bedeckt. Die Fußspuren bogen nach rechts ab. Was hatte er zu verlieren? Noch während er die Jacke zuknöpfte, lief er auf die Straße. Der rätselhafte Spaziergänger war anscheinend Richtung Kanal unterwegs. Samuel folgte der Spur, und nachdem er drei oder vier kleine Straßen überquert hatte, kam er zu der Brücke über die Reie. Weit und breit war niemand mehr zu sehen ...

Plötzlich versetzte ihm jemand von hinten einen harten Schlag.

»Da ist ja der kleine Spitzel!«

Mit eisernem Griff wurde sein Arm gepackt, und jemand riss ihn herum. Ein großer junger Mann mit blondem Haarschopf stand ihm gegenüber und sah ihn böse an.

»Ich wusste gleich, dass er in der Sache mit drinsteckt! Baltus lässt sich von ihm an der Nase herumführen!«

Hinter seinen breiten Schultern und seiner zerzausten Löwenmähne erblickte Sam eine Gestalt mit tief ins Gesicht gezogener Kapuze. Yser!

»Du bist ihr wohl gefolgt, was?«

»Nein«, erwiderte Sam und versuchte, sich aus seinem Griff zu befreien. »Ich wusste nicht, dass sie es war! Es war bereits das dritte Mal, dass jemand nachts das Haus verließ und ...«

»Natürlich bist du ihr gefolgt! Genau so wie du zu der Bande gehörst, die die beiden überfallen hat! Jetzt werde ich dir eine entsprechende Lektion erteilen!«

»Warte, Friedrich!«, fiel Yser ihm ins Wort. »Vielleicht sagt er doch die Wahrheit. Vielleicht ist es nur ein Zufall.«

»Zufall? Er soll aus dem Nichts aufgetaucht sein, einfach so, um euch zu helfen? Und dann nistet er sich auch noch bei euch ein! Ich sage dir, er ist ein Spion des Vogts! Und alles, was er verdient, ist eine gehörige Tracht Prügel!«

»Nicht so laut, Friedrich, um Himmels willen! Wenn mein Vater erfährt, dass ...«

»Ich kann schreien, wenn Euch das lieber ist, dann hat die ganze Nachbarschaft etwas davon!«

»Lass ihn los, Friedrich!«, drängte Yser. »Wenn wir das ganze Viertel alarmieren, macht es die Sache auch nicht besser!«

Widerstrebend ließ der junge Mann Sams Arm los.

»Vielleicht könntet Ihr mir das alles hier erklären«, schlug Sam vor. »Ich habe Euch gestern schon gesagt, dass der Vogt nicht mein Freund ist. Auch er hält mich für einen der Banditen!«

»Das würde mich aber wundern«, brummte Friedrich. »Schließlich hat er sie geschickt.«

»Er soll sie geschickt haben?«

»Friedrich ist davon felsenfest überzeugt«, bestätigte Yser. »Er war von Anfang an der Meinung, dass der Vogt sie engagiert hat, um uns zu überfallen.«

»Euch zu überfallen? Aber er hat doch vor, Euch zu heiraten!«

»Er ist ein hinterhältiger Schurke«, zischte Friedrich. »Er wollte Baltus den Arm brechen, damit er nicht mehr malen kann. Kein Gemälde, kein Preisgeld beim Wettbewerb.«

»Und kein Preisgeld bedeutet eine größere Chance, mich zu heiraten. Er weiß genau, dass mein Vater dieser Heirat nicht abgeneigt ist, weil er vor allem möchte, dass es mir an nichts fehlt. Wenn wieder mehr Geld ins Haus käme, würde er eher ins Zögern geraten.«

Demnach hatte der Vogt Baltus in eine Falle gelockt, um seine Teilnahme an dem Wettbewerb zu verhindern ... Also deshalb war er von Sams Auftauchen so wenig begeistert gewesen! Sam war der Eindringling, der beinahe alles verdorben hätte!

»Abgesehen davon«, fügte Friedrich hinzu, »geht er

selbst höchst unchristlichen Geschäften nach. Ich bin schon öfter in seinen Laboratorien gewesen. Die reinste Hexerei, da drin! Lauter seltsame Puder, alte Zauberbücher, Gläser mit toten Tieren ... Man darf nicht zulassen, dass Yser dahinein gerät, er wird sie in den Wahnsinn treiben.«

»Ihr habt Zugang zu seinem Laboratorium?«

»Ich bin Diener im Prinsenhof, dem Palast, in dem er wohnt. Manchmal bediene ich ihn, wenn er im Turm isst. Und wenn er an seinen verflixten Metallen arbeitet, qualmt es, als wolle er das ganze Haus abbrennen!«

»Dort im Prinsenhof haben wir uns auch kennengelernt«, erklärte Yser. »Seit ... Seitdem lieben wir uns.«

Sam hatte es sich schon gedacht.

»Und Ihr trefft Euch nachts?«

»Mein Vater will von dieser Heirat nicht wissen. Friedrich ist vielleicht nicht wohlhabend«, fügte sie bitter hinzu, »aber er ist aufrichtig und mutig. Nicht wie dieser aufgeblasene Klugg, auch wenn er zehnmal Vogt ist!«

»Klugg?«, wiederholte Sam erstaunt. »Der Vogt heißt Klugg!«

»Natürlich, warum?«

»Klugg! Aber ... aber dann habt Ihr recht! Er ist es! Es ist der Vogt! Er hat die Wegelagerer bezahlt, ich habe den Beweis!«

Friedrich sah Sam an, als fürchte er, dieser sei von der Tarantel gestochen.

»Will er sich jetzt über uns lustig machen?«

»Yser, erinnert Euch! Die Jacke, die ich an jenem Nachmittag dem Räuber abgenommen habe ... In der Innenseite ist eine Tasche, und in der habe ich einen mit dem Namen Klugg unterzeichneten Wechsel gefunden. Klugg, wie der Vogt! Er versprach drei Pfund und zwölf Sol für die Ausführung einer bestimmten Mission. Und dieser Auftrag war, Euren Vater zu überfallen!«

»Dieser dreckige Hund! Man sollte ihn ...«

»Nicht so laut, Friedrich, ich bitte dich! Und dieser Wechsel«, fragte Yser hoffnungsvoll, »habt Ihr ihn behalten? Wenn wir ihn meinem Vater zeigen, wird es ihm die Augen öffnen!«

»Den habe ich leider dem Bankier Grimaldi gegeben«, gestand Sam. »Ich konnte nicht ahnen, dass er so wichtig werden würde.«

Die Antwort war betretenes Schweigen. Die beiden Verliebten ließen enttäuscht die Köpfe hängen. Sie waren so nahe daran gewesen, den Vogt loszuwerden!

»Ich habe eine Idee«, sagte Sam.

Allmählich gelang es ihm, Klarheit in seine Gedanken zu bringen. Wenn Klugg hinter der ganzen Sache steckte, hatte er sich womöglich im Wald versteckt gehalten, um zu beobachten, ob sein Plan aufginge. Und wenn Sams Theorie richtig war, musste sich die Münze in der Nähe des Steins befinden, damit er funktionierte. Oder zumindest nicht allzu weit ... Hatte Klugg an jenem Tag die Münze womöglich bei sich getragen?

»Er bearbeitet Metalle, nicht wahr? Ich habe den Kerzenständer gesehen, den er für Euch gemacht hat ... Wisst Ihr, ob er gelegentlich auch Münzen herstellt?«

»Münzen? Das ist verboten«, antwortete Friedrich. »Aber ich habe in seinem Laboratorium allerlei platte Metallteile gesehen, Medaillen und viele andere Gegenstände.«

Medaillen ...

»Was habt Ihr vor?«, fragte Yser.

»Ihr braucht einen Beweis gegen den Vogt, um diese Heirat zu verhindern, nicht wahr? Ich werde ihn direkt in seinem Laboratorium suchen. Friedrich wird mich hinführen.«

XVI.
Der Alchemist

Pssst!«

Samuel drehte sich um. Friedrich stand am anderen Ende des Raumes im Türrahmen und gab ihm mit der Hand ein Zeichen. Keiner der dreihundert Gäste, die sich in dem riesigen Gewölbe-Saal des Prinsenhofs versammelt hatten, beachtete die beiden. Für den Wettbewerb waren an die dreißig Porträts eingereicht worden, die man ringsherum an den Wänden ausgestellt hatte. Die Mehrzahl der Gäste allerdings drängten sich vor einem langen Tisch, an dem (in den Farben des Grafen) grau-weiß gekleidete Diener gewürzten Glühwein ausschenkten. Plötzlich ging ein Raunen durch die Menge: Philipp der Gute, in rot schimmerndem Mantel, hielt inmitten seiner Berater majestätisch Einzug – darunter in der dritten Reihe auch der Vogt.

»Jetzt!«, flüsterte Yser.

Samuel tat so, als ob er die Gemälde betrachte, und bewegte sich dabei zielsicher zum anderen Ende des Saales, den heißen Glühweinbecher in der Hand.

»Liebe Freunde«, verkündete der Graf mit liebenswürdiger Stimme, »seid willkommen im Prinsenhof! Ich bin sicher, die Bildermacher von Brügge haben wahre Wunder vollbracht. Lasst uns also die Porträts anschauen. Der Wettbewerb beginne!«

Seine Worte wurden mit lautem Beifall aufgenommen. Sam nutzte den Moment, um durch die halb geöffnete Tür zu schlüpfen.

»Die sind jetzt eine Weile beschäftigt«, wisperte Friedrich. »Komm!«

Sie folgten einer Reihe von Gängen, die den Domestiken vorbehalten waren, bis sie an dem Turm waren, der eine Ecke des Palastes bildete.

»Hier wohnt der Vogt«, erklärte Friedrich. »Die Treppe nach unten führt in die Küchen, die nach oben zu den Wohnungen und zum Laboratorium.«

»Wird uns auch niemand begegnen?«

»Alle sind mit dem Empfang beschäftigt, selbst der Vogt.«

»Und wie kommen wir ins Laboratorium?«

Friedrich hielt einen eisernen Ring hoch, an dem ein ziemlich großer Schlüssel hing.

»Großartig! Du bleibst am besten hier, um mich zu warnen, falls Gefahr droht«, schlug Sam vor.

»Soll ich nicht lieber mitkommen?«

»Wenn sie uns beide erwischen, nützt uns das auch nichts! Es ist besser, wenn du hier Wache stehst, das ist sicherer. Gibt es einen Ort, wo wir uns verstecken können, wenn etwas dazwischenkommt?«

»Das Stockwerk über dem Laboratorium, in der Turmspitze.«

»Gut. Wenn jemand auftaucht, läufst du so schnell wie möglich zu mir, und wir verstecken uns da oben. Wenn wir Glück haben, wird uns niemand bemerken.«

»Und wie willst du das mit dem Beweis anstellen?«

»Das schaffe ich schon, außerdem muss ich mir selbst auch etwas wiederholen.«

Samuel huschte die Treppe hinauf. Auf dem zweiten Absatz steckte er den Schlüssel in das große Schloss, das die Form eines Wolfsmauls hatte. Laut knarrend schwang die Tür auf. Der Raum war nicht so dunkel, wie er es sich vorgestellt hatte. Durch zwei relativ große Fensteröffnungen fiel das Tageslicht herein. In dem runden Turmzimmer herrschte ein unbeschreibliches Durcheinander von Büchern, Glasflaschen, vor Pergamenten überquellenden Tischen, ausgestopften Vögeln, seltsamen Holzschnitten. Metallinstrumente hingen wie verrostete Würste von der Decke, und über allem lag ein durchdringender verbrannter Geruch – das war aber auch die einzige Gemeinsamkeit mit Baltus' Atelier. Gegenüber dem Kamin befand sich ein Ofen, an dem Klugg vermutlich seine Experimente durchführte. In den Regalen standen eine Art Destillierapparat, Töpfe mit Kräutern und Pudern und Glasgefäße mit kleinen, getrockneten oder in eine grünliche Flüssigkeit eingelegten Tieren – Mäuse und Eidechsen. Sam versuchte, sein mageres Wissen über Alchemie hervorzukramen: Er hatte vom Stein der Weisen gehört – dank Harry Potter –, von der

Herstellung von Gold aus Blei oder Quecksilber – so genau wusste er das nicht mehr – das war aber auch schon alles. Er würde sich auf seinen Instinkt verlassen müssen ...

Der etwa hüfthohe, aus Ziegelsteinen gemauerte Ofen strahlte eine angenehme Wärme aus. Der untere Teil war noch rot von der heißen Glut, und im oberen Teil, einer Art Keramikbecken, fand sich ein ovales Gefäß, das beinahe unter der heißen Asche verschwand. Wurde so Gold hergestellt? Obwohl im ganzen Labor nichts davon zu sehen war ... Er öffnete eine große Truhe unter dem ersten Fenster und stieß auf den Vorrat an Metallstücken und Medaillen, von dem Friedrich erzählt hatte. Anscheinend handelte es sich um Originalentwürfe von mehr oder weniger vollendeter Form, an denen man die verschiedenen Stadien von Kluggs Versuchen in der Metallurgie ablesen konnte. Er erkannte sogar die gewundenen Äste, die als Vorlage für Ysers Kerzenständer gedient hatten. Aber keine einzige Münze.

Also setzte er seine Suche auf dem Schreibtisch neben dem zweiten Fenster fort. Mit einem Mal merkte er, wie sich sein Pulsschlag beschleunigte: Nachlässig über den Büchern verstreut lag ein Haufen Skizzen des Sonnensteins! Grobe Zeichnungen des Grabsteins aus unterschiedlichen Perspektiven und auf einem der Pergamente die Sonne mit ihren sechs Strahlen, um die herum Zahlen notiert waren. Ein maßstabgerechter Plan! Der Vogt versuchte, dem Geheimnis des Sonnensteins auf die Spur zu kommen, so viel stand fest!

Mit zitternden Knien ging Sam um den Schreibtisch herum und setzte sich in den Sessel vor dem aufgeschlagenen alten Zauberbuch, mit dem Klugg gerade arbeiten musste. Die Seiten waren voller unverständlicher Symbole, zeigten unter anderem aber auch ungefähr ein Dutzend Skizzen von dem Stein – an unterschiedlichen Orten: an einem Tempel – griechisch? –, neben einem Baumstumpf, einem Felsen an der Flanke eines Hügels, am Fuß einer Statue im Stile derer auf den Osterinseln und so weiter. Ein ganzer Katalog von Sonnensteinen! Samuel holte tief Luft und versuchte, Ordnung in seine Gedanken zu bringen. Er überflog das Blatt vor ihm, auf dem ein paar Worte in Großbuchstaben notiert waren. Eine lateinische Übersetzung, vermutete er, eine Passage aus dem alten Zauberbuch:

SI QUIS SEPTEM CALCULOS COLLEGERIT, SOLIS POTIETUR.
SI EFFECERIT UT SEX RADII FULGEANT, COR EIUS TEMPUS RESOLVET.
TUM PERPETUUM AESTUM COGNOSCET.

Die rote Tinte war noch frisch – der Vogt musste eben erst seine Arbeit unterbrochen haben, um am Empfang teilzunehmen. Samuel verfluchte den Simultandolmetscher in seinem Kopf, der ihm nur erlaubte, die Sprache in Brügge zu verstehen. Er hätte Lilis Beispiel folgen sollen, die sich von ihrer Mutter hatte überreden lassen, Latein zu nehmen – noch eine Marotte seiner Tante. Wie dem auch sei, der Text schien wichtig zu sein: Er nahm das Blatt und ließ es in seiner Jacke verschwinden, um es sich später genauer anzusehen. Dann blätterte er in dem alten Zauberbuch. Darin ging es nicht nur um den Sonnenstein, sondern auch um Monster und geheimnisvolle Gegenstände, die man, den Abbildungen nach zu schließen, in jener Zeit anscheinend für magische Rituale benutzte: eine Fledermaus mit dem Gesicht eines Kindes, ein ausgestopfter Vogel, der mit den Flügeln schlug, ein Ofen wie der im Laboratorium. Ein mit Edelsteinen besetzter knotiger Stock ...

»Lehrreich, nicht wahr?«

Die Frage platzte in seine Gedanken, als hätte jemand in seinem Nacken einen Knallkörper gezündet. Er hatte weder etwas gesehen noch jemanden kommen hören! Als er sich wie erstarrt umdrehte, fand er sich Auge in Auge mit dem Vogt wieder, der mit einem Dolch in der Hand hinter ihm stand. Seltsamerweise sah er überhaupt nicht wütend, sondern im Gegenteil, sehr zufrieden aus.

»Ich habe mich gefragt, warum du wohl den großen Saal verlassen hattest. Oder vielmehr, nein, ich musste es mich gar nicht fragen ...«

Er zeigte auf eine Holztafel unter einem der Regale, die sich durch eine Drehung geöffnet hatte und offenbar in einen dunklen Gang führte.

»Der Prinsenhof hat seine kleinen Geheimnisse, genau wie du. Du weißt, wie man den Mechanismus der Sonne bedient, nicht wahr? Mit seiner Hilfe bist du an jenem Tag aufgetaucht, um Baltus zu verteidigen?«

Samuel war unfähig zu antworten. Er starrte ihn nur mit offenem Mund an, ohne eine Silbe herauszubringen.

»Du warst es auch, der gestern bei dem Bankier Grimaldi war? Ich weiß es, er hat mir deine hässliche Fratze beschrieben ... Du wolltest dir die drei Pfund unter den Nagel reißen, nicht wahr?«

Klugg zog ein Blatt Papier aus seinem Wams und schwenkte es vor Sams Nase.

»Na, erkennst du es wieder? Schade, dass Grimaldi, der alte Fuchs, dich nicht gleich erwischt hat, dann müsste ich jetzt nicht ...«

Den Rest ließ er offen, als wollte er sein Opfer noch ein wenig zappeln lassen. Dabei zitterten seine Nasenflügel auf eine seltsame Art, und der gelbliche Schimmer in seinen Augen gefiel Sam ganz und gar nicht.

»Weißt du, wie lange ich mich schon mit der Sonne beschäftige?«

Sam deutete ein Kopfschütteln an.

»Vor mehr als einem Jahr habe ich von dieser seltsamen Gravur auf dem Friedhof am Alten Wald erfahren. Auf einem uralten Grab, von dem man behauptet, es wäre schon vor dem Friedhof dort gewesen. Du weißt, wie das ist mit solchen Legenden ... An dem Tag jedenfalls, als ich dorthin kam, wurde gerade Baltus' Frau beerdigt. Da habe ich Yser zum ersten Mal gesehen. Zwei Sonnen an ein und demselben Ort, das konnte kein Zufall sein ...«

Er blätterte abwesend in den Seiten des Zauberbuches.

»Kennst du den Ursprung des Wortes ›Alchemie‹, mein Junge? Nein, natürlich nicht. Es kommt von dem hebräischen Wort für die Sonne, *cemesch*. Alles kommt von der Sonne. Alles! Die Wärme, das Licht, das Leben … Wenn er es schafft, die Reinheit ihres Feuers zu erlangen, gelingt es dem Alchemisten, Metall in Gold zu verwandeln. Das steht in allen Werken immer wieder geschrieben. Einige von ihnen erwähnen auch die besonderen Kräfte der ›Sonne auf dem Stein‹ … Zum Beispiel die *Abhandlung von den dreizehn Kräften der Magie*, die ich einem Araber abgekauft habe. Ein Buch, das nicht leicht zu lesen ist, aber voller Wissen steckt. Seit einigen Wochen schon versuche ich, seine Rätsel zu lösen, vor allem hinsichtlich der Vorgehensweise beim Schmelzen von Münzen. Ich hoffe doch, du wirst mir dabei helfen?«

Klugg führte die Klinge an Sams Kinn.

»Euch … Euch helfen? Wie könnte ich Euch helfen? Ich verstehe nichts von dieser Schrift und …«

»Na, na, na! Ich weiß, dass du den Mechanismus der Sonne benutzt hast, mein Junge. Sie war noch warm an dem Tag, als du aufgetaucht bist. Doch leider habe ich vergeblich versucht, meine Münze in die Öffnung des Steins zu legen, damit sie zu Gold wurde. Ich nehme an, es fehlte die nötige Wärme. Aber du … du weißt doch, wie man diese Hitze erzeugt, nicht wahr?«

Die Spitze des Messers streifte Sams Adamsapfel, und ein Tröpfchen Blut rann über seinen Hals.

»Überleg es dir gut, mein Junge. Du hast dir einen Orderwechsel ergaunert und versucht, dir das Geld zu erschleichen. Du bist in mein Laboratorium eingedrungen und wolltest irgendetwas stehlen. Niemand wird mir einen Vorwurf machen dafür, dass ich versucht habe, dich festzuhalten. Selbst wenn, oh weh!, die Aktion leider nicht gut ausging! Also solltest du mir lieber antworten: Hast du die Sonne auf dem Stein beim Friedhof am Alten Wald benutzt, ja oder nein?«

Samuel hatte keine Wahl.

»Ich ... ja.«

Der Vogt holte tief Luft, und das Messer in seiner Hand begann leicht zu zittern.

»Gut«, stieß er hervor. »Du bist ein braver Junge. Im Moment ...«

Ein lautes Klopfen an der Tür unterbrach ihn.

»Gnädiger Herr, gnädiger Herr!«

Sam erkannte Friedrichs Stimme.

»Wer ist da?«, knurrte der Vogt.

»Van Todds, gnädiger Herr! Ihr müsst sofort kommen!«

Van Todds?

»Was ist?«

»Man hat den Grafen angegriffen! Er verlangt nach Euch!«

Der Vogt zögerte für den Bruchteil einer Sekunde.

»Tretet ein!«

Friedrich öffnete die Tür und erbleichte beim Anblick der Waffe.

»Gnädiger Herr, was ist . . .«

»Hör zu, van Todds. Ich habe soeben diesen Nichtsnutz dabei erwischt, wie er in meinem Laboratorium herumschnüffeln wollte. Ich möchte, dass du ihn bis zu meiner Rückkehr nicht aus den Augen lässt. Und er darf mit niemandem sprechen! Verstanden?«

Friedrich nickte sichtlich verlegen.

»Und jetzt erklär mir genau, was passiert ist.«

»Einer der Gäste«, stotterte Friedrich. »Einer der Gäste hat einen Dolch gezogen, als der Graf sich gerade die Bilder ansah.«

»Ist der Graf verletzt?«

»Ja, am Arm. Er schickt mich, Euch zu holen.«

»Und der Angreifer?«

»Man ist hinter ihm her . . .«

»In Ordnung. Du nimmst das Messer, van Todds, und bewachst diesen Strolch, bis ich zurückkomme. Wenn du dich an meine Anweisung hältst, dann wartet eine schöne Belohnung auf dich.«

Friedrich nahm die Waffe und vermied es, Sam anzusehen. Der Vogt beobachtete die Szene einen Augenblick, bevor er mit besorgter Miene zur Tür schritt. Er hatte noch keine drei Schritte gemacht, als Friedrich die schwere Pfanne ergriff, die von der Decke hing, und sich auf seinen Herrn stürzte. Er versetzte ihm einen wohl platzierten Schlag auf den Schädel – wie im Tennis bei einem Schmetterball –, und Klugg sackte ohne einen Laut zu Boden. Spiel, Satz und Sieg!

»Das hat mich schon eine ganze Weile gejuckt«, war Friedrichs trockener Kommentar.

Er schob die Tür mit einem Fußtritt ins Schloss und drehte sich zu Sam um, der sich keinen Millimeter von der Stelle gerührt hatte.

»Alles klar? Ich fand, dass du ein wenig lange gebraucht hast, um wieder herunterzukommen, und wollte mal nachsehen, was los ist. Als ich Stimmen hörte . . .«

»Was ist mit dem Grafen? Wurde er wirklich angegriffen?«

»Nein, natürlich nicht, aber ich musste mir doch was ausdenken! Den Vogt können wir nach der Sache jetzt wohl keinesfalls mehr laufen lassen. Hast du den Beweis?«

Samuel antwortete nicht sofort.

»Du . . . du heißt van Todds, ist das richtig?«

Der andere grinste.

»Ja, und?«

»Ich werde dir den Beweis geben, und du, du musst mir im Gegenzug dafür versprechen, Yser zu heiraten.«

»Das verspreche ich gern! Ich wünsche mir nichts mehr als das! Allerdings wird uns Klugg, nach allem, was geschehen ist, wohl keine Blumen schicken!«

»Du wirst die Stadt vielleicht für eine Weile verlassen müssen. Am besten, du nimmst Yser gleich mit. Ihr findet schon einen Weg . . . Das Wichtigste ist, dass ihr heiratet. Hier, nimm dieses Papier, das dürfte Baltus überzeugen.«

Er deutete auf den Wechsel auf dem Schreibtisch und ließ ihn, während dieser ihn las, nicht aus den Augen.

Friedrich van Todds! Er war der Ur-Ur-Ur-und-so-weiter-Großvater von Alicia Todds! Allerdings nur unter der Voraussetzung, dass er Yser heiratete und sie Kinder bekamen. Daher diese Ähnlichkeit! Alicia war das Abbild ihrer Urahnin!

»Dieses Schwein«, schimpfte Friedrich.

»Wir sollten zusehen, dass wir hier verschwinden«, mahnte Sam. »Er kann jeden Moment wieder aufwachen. Wo ist der nächste Ausgang?«

»Unten, durch die Küchen. Aber zuerst muss ich Baltus dieses Papier geben und mich mit Yser besprechen. Sonst wird der Vogt sofort alle Schuld auf mich abwälzen. Und du, hast du gefunden, was du wolltest?«

»Fast . . .«

Samuel beugte sich über den reglosen Körper des Vogts. Er war sicher, dass sie dort war . . . Er tastete die Beinkleider unter dem Wams ab und zog am Gürtel einen kleinen, oben verknoteten Beutel hervor. Mit zwei Fingern fühlte er hinein, tatsächlich: eine runde Münze mit einem Loch in der Mitte.

»Ich muss gehen, Friedrich«, sagte er und schluckte ein paar Mal. »Ich bin sehr . . . sehr glücklich, euch kennengelernt zu haben, dich und Yser. Du weißt gar nicht, wie glücklich.«

»He, Waagen, mach nicht so ein Gesicht, wir werden uns wiedersehen! Warum nicht in Malines, das wäre doch eine gute Idee, oder?«

»Eine gute Idee, ja«, flüsterte Sam.

Sie drückten sich die Hand und liefen lautlos die Treppe hinunter. Friedrich bog in den Gang, der zum Empfangssaal führte, Sam lief weiter in Richtung der Küchen. Er war hin und her gerissen zwischen dem Wunsch, so schnell wie möglich nach Hause zu kommen, und dem Gefühl, einen Teil seiner Geschichte für immer hinter sich zu lassen. Und dabei Friedrich und Yser hintergangen zu haben …

Aber vielleicht war dies der Preis für seine Reise?

XVII.
Lateinübersetzung

Samuel kam schwankend auf die Beine. Um ihn herum war es stockfinster, doch der Geruch, der ihm in die Nase stieg, war vertraut: eine Mischung aus alten Büchern, feuchten Tapeten und Staub: unverkennbar das *Antiquariat Faulkner*! Er tastete die Nische des Steins ab und konnte sein Glück kaum fassen: Das Handy war noch da! Endlich war es ihm gelungen, Beweismaterial mitzubringen. Er schaltete es ein, und der bläuliche Lichtschein des Displays zeigte an: *Freitag, 11. Juni, 16:42*. Nur einen Tag war er insgesamt fort gewesen, aber es würde dennoch ordentlich Ärger geben. Allerdings kaum vergleichbar mit dem, der seinen Vater im Schloss von diesem Vlad Tepes erwartete ... oder war er vielleicht in der Zwischenzeit zurückgekehrt?

Sam kroch aus seinem Versteck. Er fühlte sich genauso seekrank wie beim letzten Mal, als ob das Haus auf seinen Grundmauern schwankte. Er ging nach oben in die Küche und trank ein großes Glas Wasser. Kekse gab es leider keine mehr, nur noch einen jämmerlichen aufgeweichten Rest. Er gab sich damit zufrieden und schaltete den Fernsehapparat neben der Mikrowelle an. Auch hier spürte er die Nachwirkungen seines »Transfers«: Der Sprecher, der die Bilder von Löwen in der Savanne kommentierte, klang, als hätte er einen Riss in der Schallplatte: »Tabatha ist die Fröhlichste des ganzen Wurfs/Tabatha ist die Fröhlichste des ganzen Wurfs, Paulus dagegen ist der Unternehmungslustigste/Paulus dagegen ist der Unternehmungslustigste. Sobald seine Mutter ihm den Rücken kehrt/Sobald seine Mutter ihm den Rücken kehrt, nimmt er seine Geschwister mit auf Entdeckungsreise/nimmt er seine Geschwister mit auf Entdeckungsreise.«

Und das Löwenbaby namens Paulus – Tabatha und Paulus, Löwinnen hatten wirklich einen merkwürdigen Geschmack, wenn es um Namen ging – machte alle Bewegungen doppelt. Zweimal verpasste er einem armen Skarabäus, der gerade vorbeikrabbelte, den gleichen Schlag mit der Tatze, und dieser überschlug sich daraufhin auch zweimal. Es verstörte Sam immer noch, dass dieser Dopplereffekt nur in der Gegenwart, der Jetztzeit, auftrat, nicht in umgekehrter Richtung. Glücklicherweise ließ der Effekt nach etwa zehn Minuten nach.

Als er wieder einen klareren Kopf hatte, fielen ihm zwei Dinge auf: Erstens roch er nicht gerade frisch gewaschen – der Zuber mit eiskaltem Wasser in Baltus' Badezimmer hatte ihn doch abgeschreckt; zweitens hatte er seltsame Flecken auf seinem Hemd. Ohne es aufzuknöpfen, zog er es über den Kopf und untersuchte die Stelle: Er hatte das Pergament des Vogts unter seinen Mantel geschoben und die rote Tinte hatte auf das weiße Hemd abgefärbt. Auf dem Friedhof hatte er dann schnell die Münze in der Mitte der Sonne platziert, ohne an seine Kleider zu denken. Der Mantel und die Jacke hatten sich auf der Reise verflüchtigt und mit ihnen das Blatt Papier, das dazwischen gesteckt hatte. Kam das von der Hitze oder der Energie, die der Stein ausstrahlte? Auf jeden Fall hatten die Buchstaben sich auf seinem Hemd abgedruckt. Wenn auch in Spiegelschrift ...

Samuel lief nach oben in sein Zimmer, nahm Papier und Bleistift und hielt das Hemd an die Fensterscheibe. Dann notierte er:

SI QUIS SEPTEM CALCULOS COLLEGERIT, SOLIS POTIETUR.
SI EFFECERIT UT SEX RADII FULGEANT, COR EIUS TEMPUS RESOLVET.
TUM PERPETUUM AESTUM COGNOSCET.

Um ehrlich zu sein, selbst auf kariertem Papier des 21. Jahrhunderts und mit schwarzem Kugelschreiber geschrieben, sagte ihm der Text nicht viel. Lili hätte da sicher mehr Ideen. Er suchte sich saubere Sachen aus dem Schrank und beschloss, erst einmal zu duschen. Der Temperaturunterschied hatte ihn ganz schön ins Schwitzen gebracht. Als er kurz einen Blick in den Badezimmerspiegel warf, stellte er fest, dass er irgendwie anders aussah als vorher. Waren seine Schultern breiter geworden? Auch seine Oberschenkel erschienen ihm kräftiger. War der Flaum in seinem Gesicht dichter geworden? Vielleicht war es aber auch nur die Müdigkeit, die ihn älter aussehen ließ ...

Nachdem er wieder trocken und aprilfrisch war, schnallte Sam seine Tasche zu, um zu Grandma zurückzufahren. Er überlegte gerade, was er ihr diesmal erzählen sollte, als er von unten aus der Küche ein Geräusch hörte. Es klang, als würde ein Stuhl zurückgeschoben. Waren Paulus und Tabatha auf der Jagd nach dem Skarabäus aus dem Fernseher gefallen? Sam schlich wie auf Samtpfoten die Treppe hinunter. Vor der geöffneten Kühlschranktür stand ein gänzlich anderes Raubtier, ganz cremefarbene Eleganz und sonnengebräuntes Gesicht: Rudolf, der edle Ritter seiner Tante Evelyn.

»Kann ich Ihnen ein Bier anbieten?«, fragte Sam so fröhlich wie möglich.

Rudolf drehte sich mit verbissenem Gesicht zu ihm um.

»Du kleines Miststück!«, donnerte er. »Hier hast du dich also verkrochen?«

Er knallte die Kühlschranktür zu und war in zwei Sätzen bei Sam. In seiner Rechten hielt er das Handy, das Sam auf dem Tisch liegen lassen hatte.

»Du willst dich wohl über uns lustig machen, was? Weißt du, in welchem Zustand deine Großeltern sind? Und deine Tante?«

Sam zuckte nicht mit der Wimper, als Rudolf die Hand

zum Schlag erhob, sich dann jedoch im letzten Moment besann und ihn lediglich am Arm packte.

»Wo hast du seit gestern gesteckt? Wir haben dich überall gesucht!«

»Ich war hier, zu Hause«, gab Sam zurück. »Ich wohne hier, schon vergessen?«

»Solange dein Vater nicht wieder auftaucht, ist deine Familie für dich verantwortlich. Du hast uns zu gehorchen!«

»Sie gehören nicht zu meiner Familie!«

Ein mörderischer Blitz durchzuckte Rudolfs Blick. Er konnte sich kaum beherrschen.

»Das werden wir ja sehen«, zischte er. »Und das Handy? Lili dachte, sie hätte es verloren. Du hast es ihr gestohlen, gib's zu! Warum? Um es zu Geld zu machen? Du siehst genau so aus wie einer von diesen kleinen Junkies, die auf der Straße herumlungern und zu allem bereit sind, um ihren nächsten Schuss bezahlen zu können!«

Samuel wollte ihm erst sagen, dass er nichts gestohlen hatte, dass Lili ihm ihr Handy sogar freiwillig geliehen hatte. Aber das hätte nur seine Cousine in Schwierigkeiten gebracht.

»Sie sehen doch, dass ich es nicht verkauft habe, sonst wäre es ja nicht da!«

»Ich sollte dich zur Polizei schleppen, dann würden dir deine Lügen schon vergehen. Kleine Schmeißfliegen wie dich sollte man sofort zertreten ... Du hast Glück, dass du deine Tante hast!«

Oh ja, welch ein Glück!

Ohne seinen Arm loszulassen, zerrte Rudolf ihn zu seinem Wagen. Sam widersetzte sich nur halbherzig, er hatte sowieso wenig Lust gehabt, den Bus zu nehmen. Dafür musste er ein regelrechtes Verhör über sich ergehen lassen, gespickt mit bissigen Bemerkungen über die Verantwortungslosigkeit seines Vaters, der ihn angeblich vollkommen sich selbst überließ. Sam biss sich auf die Lippen und übte sich in der hohen Kunst des Schweigens – auch wenn es ihm schwerfiel.

Kaum waren sie bei Grandma angekommen, erfuhr sein falscher Onkel eine wundersame Wandlung: Aus der geifernden Bulldogge wurde auf einmal der treue Bernhardiner, der das verlorene Schaf zu seiner Herde zurückbrachte.

»Ich habe ihn gefunden, Grandma, auch wenn es mich einige Mühe gekostet hat! Er sagt, er habe in der Barnboimstraße übernachtet, aber ich bin nicht sicher, ob man ihm das glauben sollte.«

»Mein Sammy! Mein Sammy! Ich habe solche Angst gehabt! Solche Angst! Sag mir, was passiert ist!«

»Ich wollte einfach nur mal wieder allein sein, Grandma. Ich habe doch auch das Recht, ein bisschen zu Hause zu sein, oder nicht?«

»Aber natürlich! Aber warum musstest du weglaufen, einfach so, ohne ein Wort?«

»Wenn ihr meine Meinung dazu hören wollt: Er wollte nur nicht da sein, wenn sein Zeugnis hier eintraf«, bemerkte Rudolf hämisch.

Das Zeugnis . . . aua . . . Daran hatte er überhaupt nicht mehr gedacht. Danke, Rudolf!

»Es war heute Morgen in der Post«, bestätigte Grandpa. »Es ist wirklich nicht besonders berauschend. Aber man muss den Jungen auch verstehen, er hat es in der letzten Zeit nicht leicht gehabt. Und kommt, so katastrophal ist es nun auch wieder nicht!«

»Ich bin weiterhin der Ansicht, ihr solltet ihn nächstes Jahr ins Internat stecken«, beharrte Rudolf. »Falls . . . falls Allan nicht wieder auftaucht, müsst ihr sowieso eine Entscheidung treffen.«

In das betretene Schweigen hinein sagte Sam mit fester Stimme: »Er wird zurückkommen. Er wird zurückkommen, das verspreche ich euch!«

Grandpa nickte.

»Selbstverständlich wird er zurückkommen. Allan kommt immer zurück! Ach, Sammy, da fällt mir ein, ein Freund von dir hat angerufen. Onk oder Monk, so genau habe ich es nicht verstanden.«

Monk? Monk hatte angerufen?

»Was . . . was wollte er?«

»Dich an den Judowettkampf morgen erinnern. Es schien ihm wichtig zu sein, dass du dabei bist.«

Na klar, Monk hatte sich vorgenommen, ihn vor aller Welt auseinanderzunehmen!

»Aber ich bin nicht besonders gut in Form«, wich Sam aus. »Ich habe diese Woche nicht richtig trainiert, bestimmt überstehe ich die erste Runde sowieso nicht . . .«

Grandma tätschelte seinen Arm und lächelte nachsichtig, aber Rudolf hatte für so etwas natürlich überhaupt kein Verständnis.

»Wenn Sie ihm jetzt nachgeben, erweisen Sie ihm keinen besonders guten Dienst! Vor allem nicht nach dem, was er getan hat! Samuel braucht Regeln, Disziplin, und so ein Wettkampf ist das beste Mittel, um seinen Charakter zu stärken! Wenn er schon beim ersten Hindernis scheut, wird nie was aus ihm werden!«

Wieso musste dieses Affengesicht im Anzug sich eigentlich dauernd einmischen? Leider schienen seine Argumente Grandma doch zu beeindrucken.

»Aber du warst doch immer so begeistert vom Judo, oder nicht?«

»Ja ... Ich bin einfach nur ein bisschen müde und ...«

»Ich glaube, Allan würde wollen, dass du hingehst«, schnitt Grandpa ihm das Wort ab.

Rudolf kostete seine Rache voll aus; er genoss es sichtlich, ihm den Gnadenstoß zu versetzen.

»Wir könnten ihn begleiten, das würde ihn anspornen. Und wenigstens wüssten wir, wo er ist!«

Für den Rest des Abends wurde Samuel in sein Zimmer verbannt, und es war ihm streng verboten, mit Lili zu sprechen – damit er keinen schlechten Einfluss auf die junge Dame ausübte. Der angebliche Diebstahl ihres Handys hatte dafür den Ausschlag gegeben, und seine Großeltern hatten sich gezwungen gesehen, ihn zu bestrafen. Seltsam, wie Rudolfs Anwesenheit sich mehr und mehr zu seinen

Ungunsten auswirkte. Während des Abendessens erwischte ihn auch noch eine volle Ladung aus Tante Evelyns Giftspritze: Schulversager, Halbkrimineller, zukünftiger Penner und andere Nettigkeiten. Allmählich wurde klar, wie seine Zukunft aussehen würde: Falls sein Vater nicht wieder auftauchen sollte, würde man ihn in das Internat-Gefängnis von Meriadek schicken. Wieder einmal beschloss Sam, dass es klüger war zu schweigen.

Sobald er in seinem Zimmer war, nahm er vier oder fünf Blatt Schmierpapier, kritzelte hastig ein paar Worte darauf und knüllte sie zu Kügelchen zusammen. Er ging auf den Balkon und warf eins nach dem anderen durch das offene Fenster in Lilis Zimmer. Er musste unbedingt mit ihr reden ... Sie war noch unten mit ihrer Mutter, aber sie würde sicher bald hochkommen und die Dinger auf ihrem Teppich finden. In der Zwischenzeit setzte Samuel sich an seinen Computer und suchte im Internet nach »Hans Baltus«, ohne Erfolg: Es gab zwar mehrere Hans Baltus, einen Musiker oder einen Radchampion, aber eine Verbindung zu einem Maler im Mittelalter gab es nicht. Er lernte, dass »Klugg« – oder Klug – eine Art Rumkuchen war und Yser ein Fluss bei Brügge. Brügge lag, wie er vermutet hatte, im Nordwesten Europas. Er durchforstete die virtuellen Kunstgalerien nach dem flämischen Gemälde: Es war dort viel von den Bildern Van Eycks die Rede, aber keine Spur von Ysers Porträt. Ihre blassen Hände auf dem schwarzen Kleid, mit denen er sich so viel Mühe gegeben hatte, waren der Nachwelt nicht erhalten geblieben!

Nach einer Weile zeigte ihm sein Computer an, dass Lili sich in das Forum eingeloggt hatte, das Sam auf seinen Papierkügelchen angegeben hatte.

LILI: Bravo! Mein Zimmer = Mülleimer! War'n Scherz, bin froh, dass wir in Ruhe reden können ;-). Weiß nicht, was mit meiner Mutter los ist, das muss an Rudolf liegen. Hier stehen alle kopf! Und du? Sahst müde aus beim Essen.

SAM: Hab meinen Vater verpasst = falsche Zeit :-(. Hast du die Münzen?

LILI: Habe ich im Buch der Zeit gesehen. Du warst in Brügge, 1430, stimmt's? Münzen in Sicherheit, in meinem Schulterriemen. Habe die ganze Zeit an dich gedacht!

SAM: 1000 Dank. Ohne dich hätten sie mich gevierteilt! Erzähl ich dir später. Hast du Fortschritte in Latein gemacht? Du musst mir was übersetzen. Ist vielleicht wichtig:
SI QUIS SEPTEM CALCULOS COLLEGERIT, SOLIS POTIETUR. SI EFFECERIT UT SEX RADII FULGEANT, COR EIUS TEMPUS RESOLVET. TUM PERPETUUM AESTUM COGNOSCET.
Verstehe davon 0! Danke!!!

Lili versprach, sich zu beeilen, und sogar, falls sie nicht mehr rausdurfte, die Lateinlehrerin anzurufen, die ihre Mutter für sie aufgetrieben hatte. Samuel streckte sich auf seinem Bett aus und wartete. Er war kurz davor, einzuschlafen, als es zaghaft an seiner Tür klopfte.

»Sammy? Darf ich reinkommen?«

»Klar, Grandma, komm rein.«

Grandma machte leise die Tür hinter sich zu, als wollte sie nicht, dass jemand sie überraschte.

»Glaub mir, ich hab dich nur ungern auf dein Zimmer geschickt!«, wisperte sie. »Aber da du uns nicht sagen willst, was passiert ist ... Das Handy, dein ständiges Verschwinden, da können dein Großvater und ich nicht einfach zusehen!«

»Ich mach dir auch keine Vorwürfe, Grandma.«

»Ich weiß«, sagte sie und setzte sich ans Fußende. »Das ist es ja gerade, was mich so beunruhigt ... Aber ich bin nicht gekommen, um dir eine Predigt zu halten. Das hat Evelyn schon erledigt! Nein, ich wollte dir etwas ... etwas anvertrauen. Ich weiß nicht, ob es dich etwas aufmuntern wird ... Grandpa hat dir doch von Allans Praktikum damals in Ägypten erzählt? Sicher hat er dir auch erzählt, wie sehr ich außer mir war?«

»Du hattest Angst, dass ihm etwas zugestoßen sein könnte. Aber ihr konntet euren Laden nicht einfach zumachen und nach Ägypten fliegen.«

»Das hätten wir sicher getan, wenn es notwendig gewesen wäre. Aber in gewisser Weise war es das eigentlich nicht. Wie soll ich sagen ... Ich war weit weg, Tausende von Kilometern entfernt, und habe gespürt, dass Allan in Gefahr schwebte. Aber, ich schwöre dir, Sammy, ich war *hundertprozentig sicher*, dass er noch am Leben war. Nachts im Schlaf sah ich so etwas wie kurze Filmszenen, ganz kurze. Ich könnte nicht behaupten, dass ich ihn gesehen hätte, aber ich habe *gespürt*: Er war da. Eine Mutter hat so etwas im Gefühl, weißt du, sogar im Traum. Er war da, mitten in einem Nebel, seltsame Gestalten ringsherum, wie bei einer Filmkulisse. Manchmal lächelte er, dann wieder war sein Gesicht verzerrt.«

Es ging ihr immer noch sehr nah. Sam nahm sie in den Arm.

»Ich glaube dir, Grandma.«

»Das ist lieb von dir, mein Sammylein. Leider ist das noch nicht alles«, schluchzte sie leise. »An dem Tag, als ... als deine Mutter auf dem Hügel von der Straße abkam ... Du warst gerade im Krankenhaus, erinnerst du dich?«

Und ob Sam sich erinnerte! An jede Einzelheit dieses furchtbaren Tages. Er war gerade am Blinddarm operiert worden und eine der Krankenschwestern hatte ihm die Nachricht überbracht. Sie hieß Belinda, hatte rote lockige Haare und kuhartige große schwarze Augen. Den Ausdruck in ihrem Gesicht würde er wohl nie vergessen.

»Als die Polizei bei uns anrief, wusste ich im selben Moment, dass es keine Hoffnung mehr gab. Der Polizist konnte uns noch so sehr versichern, dass man sie in die Notaufnahme bringen würde, für mich machte das keinen Unterschied. Auch da habe ich es *gespürt.«*

Samuel wollte sich nicht von diesen dunklen Erinnerungen überwältigen lassen. Nicht heute. Er musste sich um die Gegenwart kümmern. Da fiel ihm etwas ein ...

»Und jetzt, Grandma? Was spürst du jetzt, wenn du an Papa denkst?«

Sie sah ihm fest in die Augen; Tränen glänzten auf ihrer Wange.

»Er ist am Leben, mein Schatz, das weiß ich sicher. Vertraue deiner alten Großmutter: Er lebt!«

»Und . . . lächelt er, oder ist sein Gesicht verzerrt?«

»Das . . . In meinen Träumen ist der Nebel zur Zeit zu dicht, um überhaupt irgendetwas zu erkennen. Aber er ist da, ich bin ganz sicher. Bitte, Sammy, mach keine Dummheiten. Ich will nicht, dass er uns etwas vorzuwerfen hat, wenn er zurückkommt.«

Sie gab ihm einen Kuss auf die Stirn und ging auf Zehenspitzen hinaus, bevor sie endgültig in Tränen ausbrach. Samuel blieb einen Moment liegen und wälzte das, was er soeben erfahren hatte, in seinem Kopf hin und her. Sein Vater lebte . . . Sollte er Grandma glauben, einfach so? Einmal hatten sie mit Mr Maverick, dem Naturwissenschaftslehrer, über das Thema Vorahnungen und übersinnliche Wahrnehmungen gesprochen. Maverick war der Ansicht, dass die Menschen, die über derartige Erfahrungen berichteten, lediglich auf einen begrenzten Bereich ihrer Erinnerungen zurückgriffen: »Wenn ich mir zehnmal sage, dass ein blaues Auto um die Ecke biegen wird«, so hatte er erklärt, »und wenn beim zehnten Mal dann tatsächlich ein blaues Auto auftaucht, werde ich dazu neigen, die ersten falschen Voraussagungen zu vergessen, um mich nur an meinen Erfolg zu erinnern. Habe ich also die Macht des zweiten Gesichts? Kann ich Dinge voraussehen? Nein, natürlich nicht. Aber es ist beruhigend für uns zu glauben, wir könnten kontrollieren, was wir nicht im Griff haben ...«

Noch vor einer Woche hätte Sam seiner Großmutter sicher eine ähnliche Antwort gegeben: dass sie im Nachhinein und zu ihrem Vorteil Ereignisse interpretierte, die in Wahrheit purer Zufall waren. Aber siehe da, innerhalb einer Woche hatte sich seine Sicht der Dinge erheblich erweitert! Die Zeit gesicherter Erkenntnisse war zu Ende!

Während er noch seinen Gedanken nachhing, hörte er im Hintergrund von nebenan gedämpfte Gesprächsfetzen: Lili hatte sich an die Übersetzung des Textes gemacht. Das Warten machte ihn schläfrig, und kurz darauf war er eingenickt ...

Der Signalton seines Computers riss ihn gegen ein Uhr morgens aus dem Schlaf. Er hastete zum Bildschirm: *jungevomstrand* versuchte Kontakt aufzunehmen. Er klickte auf das Pseudonym seiner Cousine.

LILI: Vielen Dank für die Hausaufgaben – es sind Ferien! Habe es nicht allein geschafft. Meine Lateinlehrerin hat per Mail nachgeholfen. Wie gut, dass ich bei ihr einen Stein im Brett habe! Hier ist ihre Übersetzung:
Derjenige, der die sieben Jetons vereinigt, wird Meister der Sonne sein. Wenn er die sechs Strahlen zum Leuchten bringt, wird sein Herz zum Schlüssel der Zeit. Dann wird er die unsterbliche Wärme kennen.

Samuel las die Nachricht wieder und wieder, mindestens

zehn Mal, und versuchte den Sinn zu begreifen. Die sieben Jetons, der Meister der Sonne; die sechs Strahlen zum Leuchten bringen; die unsterbliche Wärme ... Natürlich hatte alles einen direkten Bezug zu dem Stein. Trotzdem waren einige Begriffe nicht leicht zu verstehen, und er konnte sich vorstellen, dass Klugg sich eingebildet hatte, er könne eine Münze in Gold verwandeln, wenn er sie in die Nische legte. Aber hier ging es nicht um Alchemie, sondern um »Reisen«: *Sein Herz wird der Schlüssel zur Zeit sein*!

SAM: Du bist die unglaublichste Cousine der Galaxie!!! Gut, also, ich verstehe den Text so: Jetons = Münzen. Man muss also sieben Münzen haben, damit der Stein wirklich funktioniert (= man kann bestimmen, in welche Zeit man reist?). Die sechs Strahlen sind die Strahlen der Sonne. Wie man sie zum Leuchten bringt? Keine Ahnung. Die unsterbliche Hitze, das ist dieses Brennen, von dem ich dir erzählt habe: Man verbrennt, aber man stirbt nicht = Hitze + unsterblich ... Das nehme ich an! Sag mir, ob ich richtig liege!

Er wartete einen Moment in der Hoffnung, dass *jungevomstrand* seine Vermutungen bestätigte, aber nach einer Viertelstunde musste er sich der Erkenntnis beugen: *jungevomstrand* schlief offensichtlich tief und fest ...

XVIII.
Überraschung

Auf dem Parkplatz vor der Sporthalle herrschte Hochbetrieb, und Rudolf schäumte vor Wut, als er keinen Parkplatz bekam und erst über hundert Meter entfernt hinter einem heruntergekommenen Mietshaus endlich einen freien Platz für seinen nagelneuen Porsche finden konnte. Geschieht ihm recht, dachte Sam, hoffentlich bereut er es, dass er unbedingt mitkommen wollte. Grandma hatte ihr hübsches Blümchenkleid angezogen, in dem sie beinahe fröhlich aussah, auch wenn sie dafür nicht in der richtigen Stimmung war. Grandpa hatte sich ausgiebig über so spannende Themen wie rote Bohnen in Dosen und die meistverkauften Konservenmarken in amerikanischen Lebensmittelgeschäften ausgelassen. Sam hatte die ganze Zeit die Zähne nicht auseinandergebracht, um allen klarzumachen, dass sie ihn gegen seinen Willen zur Schlachtbank brachten – was er sicher bald schmerzhaft erfahren würde. Tante Evelyn hatte es vorgezogen, nicht mitzukommen – sie fand Hockey für die Erziehung wesentlich förderlicher, wie sie Allan gegenüber mindestens tausendmal betont hatte. Und dass Lili mitkam, stand ohnehin außer Diskussion, schließlich musste man sie von ihrem verdorbenen Cousin fernhalten. Sam hatte morgens noch eine Mail von ihr bekommen, in der sie andeutete, sie habe eine ganze Wagenladung Bücher in der städtischen Bibliothek zurücklegen lassen. In gewissem Sinn war Sam dies recht ...

Sein erster Reflex beim Betreten der Sporthalle war, nach Monk Ausschau zu halten. Die Zuschauerränge waren bereits halb voll, und lautes Stimmengewirr hallte von der gewölbten Hallendecke wider. Die Scheinwerfer unter der Decke waren auf das halbe Dutzend Tatamis ausgerichtet. Schiedsrichter kontrollierten, ob die Matten alle ordnungsgemäß platziert waren. Die Mannschaftskapitäne standen in Gruppen zusammen, und einige Judokas waren dabei, sich in ihren Trainingsanzügen warmzumachen. Am Stand des Organisationskomitees wurden die Aufstellungslisten für die Wettkämpfe auf den Computerbildschirmen überprüft. Weit und breit kein Monk ... War er über Nacht an Bronchitis erkrankt? Hatte er sich beim Frühstück das Handgelenk verstaucht, als er sich ein Erdnussbutterbrot schmieren wollte? Oder hatte ihn die plötzliche Erkenntnis getroffen, dass es gegen den Sportsgeist verstieß, wenn er seinem kleinen Vereinskameraden die Zähne ausschlug? Träumen war ja erlaubt ...

Samuel ließ seine Familie auf der Nicolas-Gill-Tribüne zurück – nach dem großen kanadischen Meister benannt –

und machte sich ohne große Begeisterung auf den Weg zu den Umkleideräumen. Kurz darauf traf er Meister Yaku, der ihn mit einem unmerklichen Lächeln begrüßte. Meister Yaku war keiner von der mitteilsamen Sorte, trotzdem kümmerte er sich sehr intensiv um seine Schüler und wusste manchmal mehr über sie als die eigenen Eltern. Seine herausragenden menschlichen Qualitäten waren sicher auch der Schlüssel seines Erfolges als Lehrer und als Judoka. In der Zeit, als er selber noch an Wettkämpfen teilnahm und die unvergleichliche Fähigkeit unter Beweis gestellt hatte, in seinen Gegnern zu »lesen« und dadurch gezielte Konter anzubringen.

»Freut mich, dass du da bist, Samuel. Ich weiß, du warst nicht besonders scharf auf diesen Wettkampf, aber es ist eine gute Erfahrung für dich. Denk immer daran: Du darfst keine Angst haben, dir selbst zu vertrauen. Jetzt geh, dich umziehen, und vergiss deine Lockerungsübungen nicht.«

Sam bedankte sich abwesend und dachte insgeheim, dass er doch lieber ein Flugzeug ans andere Ende der Welt hätte nehmen sollen. Er suchte sich einen Spind etwas abseits in der Ecke und begann ohne große Eile mit dem Umkleiden, ohne auf die Scherze und das Geplänkel seiner Wettkampfkameraden zu achten.

Er war einer der Jüngsten – schließlich war er erst vor einer Woche vierzehn geworden –, und seine Chancen, in dem Wettkampf zu bestehen, waren gleich null. Er zog seinen Anzug – seinen *judogi* – an, knotete seinen frisch erworbenen braunen Gürtel, und nach einigen Liegestützen und Lockerungsübungen ging er als einer der Letzten in den *dojo*, die Wettkampfhalle.

Fast alle der sechzig Wettkampfteilnehmer hatten sich bereits gegenüber den Punktrichtern aufgereiht, und das Stimmengewirr der Zuschauer schwoll in gleichem Maße an, wie sich nach und nach die Ränge auf den Tribünen füllten. Monk war natürlich doch da, ein einziges unübersehbares Muskelpaket, strotzend vor Angriffslust. Zum Glück bemerkte er Sam nicht, als dieser mit den anderen hereinkam, viel zu sehr damit beschäftigt, sich über einen seiner potenziellen Rivalen, einen großen blonden Schlaks, lustig zu machen. Samuel stellte sich wohlweislich am anderen Ende der Reihe auf und hielt den Blick gesenkt. Aus den Lautsprechern dröhnte knisternd Musik, und der Sprecher erklärte die 27. Judowettkämpfe zwischen Saint-Mary und Fontana für eröffnet. Man erzählte sich, zwischen den beiden Städten hätte seit ihrer Gründung erbitterte Rivalität geherrscht, und die Jugend sei über 150 Jahre lang immer wieder in spektakuläre Schlägereien miteinander geraten, bis sich dann nach dem Zweiten Weltkrieg die Stadtvertreter beider Seiten darauf geeinigt hätten, diese barbarischen Hahnenkämpfe durch friedlichere Veranstaltungen und Nachbarschaftspflege zu ersetzen. Dieser Tradition entsprechend, waren die Judovereine auf die Idee gekommen, allgemeine Wettkämpfe für die 11- bis 13-Jährigen und die 14- bis 16-Jährigen zu veranstalten. Die jeweiligen Sieger wurden als eine Art Bezirksmeister in ihrer Klasse gewürdigt. Im vergangenen Jahr hatte Sam –

im wahrsten Sinne des Wortes – eine Bauchlandung erlebt, gegen einen schier unbesiegbaren Monk im Sechzehntelfinale, der ihn in der 43. Sekunde wie einen Pfannkuchen auf die Matte geschleudert hatte. Monk, der nur wenige Monate älter war als Sam, hatte in der Kategorie der 11- bis 13-Jährigen den Sieg davongetragen, und er rechnete fest damit, dass ihm dies auch in diesem Jahr bei den 14- bis 16-Jährigen wieder gelingen würde. Wer hätte sich ihm schon in den Weg stellen wollen? Er war zwar wie Sam einer der Jüngsten seiner Altersklasse, aber mit Sicherheit von allen der Kräftigste und auf jeden Fall der Hinterhältigste. Jeder betete nur, nicht gegen ihn antreten zu müssen!

Samuel ging zu der Matte, auf der sein Eröffnungskampf stattfinden sollte. Er warf einen Blick hinüber zur Nicolas-Gill-Tribüne: Grandma machte ihm ein aufmunterndes Zeichen. Er nahm den roten Gürtel, den der Schiedsrichter ihm reichte, band ihn über seinen eigenen und trat Pete Moret gegenüber, einem seiner Vereinskameraden. Im Laufe der Jahre hatte sich herausgestellt, dass die Mannschaft aus Saint-Mary die weit überlegenere war, woraufhin man schon vor längerer Zeit beschlossen hatte, die Teilnehmer unabhängig von ihrer Herkunft gegeneinander antreten zu lassen. Demnach bestand immer das Risiko, sich früher oder später mit Monk messen zu müssen …

»Hajime!«, befahl der Schiedsrichter. – Kämpft!

Samuel machte zwei Schritte nach vorn und versuchte dabei, den Ärmel oder das Revers von Pete Morets *judogi* zu fassen. Natürlich bestand die Möglichkeit, sofort einzuknicken, um sich schnell aus dem Turnier zu verabschieden, aber diesen Gefallen wollte er Rudolf nicht tun. Was er dann wohl zu hören bekäme! Außerdem war Pete Moret alles andere als ein Ass, und Meister Yaku wäre eine solche Niederlage wahrscheinlich verdächtig vorgekommen. Also ließ Sam Pete sich abstrampeln, während er versuchte, sein Lieblings-*Koshi guruma* anzubringen, ein sogenanntes Hüftrad. Bei der ersten Gelegenheit warf er ihn um, indem er ihm das Standbein wegsichelte. Pete taumelte auf die Matte, und der Schiedsrichter verkündete:

»Waza-ari!«

Waza-ari, die zweitbeste Wertung, damit hatte er bereits 7 Punkte in der Tasche, gar kein schlechter Einstieg.

Sam machte am Boden sofort mit einem seiner besten Haltegriffe weiter: Er drückte seinen rechten Arm fest auf Petes Nacken, während er ihn mit seinem linken Arm und dem Gewicht seines Körpers am Boden hielt. Er drehte sich einen Moment um die eigene Achse, während sein Opfer unter ihm nach Luft schnappte, und zählte im Geist mit: »22, 23, 24 ...«

»Ippon!«, rief der Schiedsrichter.

Ippon – 10 Punkte –, das war die höchste Wertung, die ihm den Sieg sicherte!

Samuel und Pete standen auf, zogen ihre Anzüge zurecht und verabschiedeten sich. Der Schiedsrichter deutete mit dem Arm auf Sam, den Sieger dieser Runde. Begeisterter Beifall von Grandma und Grandpa auf den Rängen!

Als er seine Schuhe anzog, um zurück in den Umkleideraum zu gehen, hörte er Monks süßes Stimmchen direkt hinter sich: »Nicht schlecht, Faulkner. Pete Moret, das ist genau dein Niveau . . . Es hätte mir gar nicht gefallen, wenn du verloren hättest – wenn du verstehst, was ich meine.«

Er ballte kampflustig die Fäuste.

»Freut mich, dass ich dich nicht enttäuscht habe, Monk.«

Ohne sich auf ein weiteres Geplänkel einzulassen, ließ er den Muskelprotz einfach stehen und ging. Er hatte es nicht nötig, sich weitere Beleidigungen anzuhören. Über die Frage, ob sie sich am Ende doch gegenüberstehen würden, wollte er besser gar nicht erst nachdenken. Er flüchtete lieber auf die Toilette, um seine Ruhe zu haben, und ging erst zur zweiten Runde wieder nach oben.

Der Vormittag verlief wie im Traum. Sam hatte bei den Auslosungen immer Glück, sodass er bis zum Achtelfinale nur auf gleichwertige Gegner traf, die er auch in der Vergangenheit schon mindestens einmal besiegt hatte. Zudem war er geradezu in olympischer Form, führte die Griffe mit größerer Leichtigkeit und mehr Kraft aus, als er es eigentlich von sich gewohnt war. Sam war immer ein ganz guter Judoka gewesen, zumindest was Reaktionsvermögen und Technik anging, aber bei den Würfen und der Bodenarbeit hatte es ihm stets an Kraft gefehlt. Heute ging ihm plötzlich alles viel leichter von der Hand als sonst. Als er im Waschraum in den Spiegel sah, kamen ihm seine Oberschenkel und seine Arme irgendwie muskulöser vor. Kam das durch seine Arbeit in dem Kran in Brügge? Oder von der Rennerei zum Alten Wald? Vielleicht waren Zeitreisen eine besondere Art von Muskeltraining!

Seine Stimmung hellte sich allmählich etwas auf, und er ging seine vierte Vormittagsrunde mit großer innerer Ruhe an. Dieses Mal hatte er einen Jungen aus Fontana zum Gegner, einen nervösen, schnellen Träger des braunen Gürtels, den er nicht kannte. Dieser überrumpelte ihn gleich zu Beginn mit einem *yuko* – 5 Punkte –, bei dem er ihm den rechten Fuß festklemmte, während Sam versuchte, seine Deckung anzugreifen. Glücklicherweise fiel Sam auf die Seite und konnte sich zu einer Kugel zusammenrollen und vermied so einen Haltegriff seines Gegners. Keiner der beiden erreichte auf dem Boden einen Vorteil, der Schiedsrichter trennte sie – *Mate!* Stopp! –, und der Kampf begann von Neuem im Stehen. Erst fand Sam mit einem etwas unorthodoxen *Uki otoshi* eine Lösung: Sein Gegner hatte sich unvorsichtigerweise vorgewagt, woraufhin Sam ihn zu sich heranzog und dabei leicht in die Hocke ging. Dann richtete er sich überraschend auf, hob seinen Gegner einen Moment in die Luft und ließ dann los. In zweifacher Weise aus dem Gleichgewicht gebracht, fiel der Junge aus Fontana auf den Rücken, was Sam ein schönes *Waza-ari* brachte. 7 zu 5 Punkte, der Sieg ging an ihn ...

Als sie sich zur Mittagspause in der Cafeteria trafen, war Grandma außer sich vor Begeisterung.

»Das Viertelfinale, Sammy! Und du wolltest zu Hause bleiben!«

»Ich hatte Glück«, murmelte er, ohne von seinem Teller Spagetti bolognese aufzusehen.

»Das kannst du laut sagen«, tönte Rudolf. »Auf den Matten links war das ein ganz anderes Paar Schuhe! Die sahen alle viel größer und stärker aus. Besonders der, mit dem du dich am Anfang unterhalten hast . . .«

»Monk?«

»Kann sein. Ein wahrer Schlächter, dieser Kerl! Er hat sie alle in weniger als einer Minute ausradiert!«

»Kann es passieren, dass du auch auf den triffst?«, fragte Grandma beunruhigt.

»Ich habe nicht auf die Tafel geschaut«, wich Sam aus. »Heute Nachmittag komme ich bestimmt sowieso nicht mehr weit. Kann ich noch mehr Nudeln haben?«

Beim Dessert zog Rudolf Lilis Handy aus seiner Tasche und legte es mit geheimnisvoller Miene auf den Tisch.

»Ich hätte da eine Frage, Samuel . . . Du hast das Handy zwar nicht verkauft, aber du hast es benutzt, nicht wahr? Du hast damit fotografiert, oder?«

Mist! Jetzt hatte dieser Idiot auch noch im Fotoarchiv herumgeschnüffelt! Wie gut, dass er wenigstens die misslungenen Aufnahmen von den Rittern gelöscht hatte!

»Sie haben geschnüffelt, Rudolf? Das wird Lili aber gar nicht gefallen . . .«

Rudolf schlug mit der flachen Hand auf den Tisch.

»Ausgerechnet du willst mir doch wohl jetzt keine Moralpredigt halten, oder? Was sind das für Aufnahmen?«

»Worum geht es eigentlich?«, schaltete Grandpa sich ein.

»Um eine alte Stadt im Schnee. Im Schnee, um diese Jahreszeit, ist das zu fassen? Ich würde doch gern erfahren, wo er diese Fotos gemacht hat . . .«

»Ach, wenn's nur das ist.« Grandpa atmete hörbar auf.

»Aber verstehen Sie denn nicht?«, ereiferte Rudolf sich. »Er hat uns von vornherein an der Nase herumgeführt! Er war gestern gar nicht in der Barnboimstraße! Oder das Wochenende davor am Bahnhof. Was weiß ich, wo er sich herumtreibt!«

Für den Bruchteil einer Sekunde glaubte Sam, Rudolf hätte tatsächlich etwas herausgefunden. Und warum führte er sich die ganze Zeit auf, als würde er die Sache persönlich nehmen? Oder hatte Lili sich verplappert? Nein, das war nicht möglich. Rudolf konnte es nur einfach nicht ertragen, wenn jemand nicht nach seine Pfeife tanzte, das war alles.

»Donnerstagabend lief eine tolle Sendung über Städte in Europa«, sagte Sam. »Haben Sie die nicht gesehen? Ich habe nur den Bildschirm fotografiert . . .«

»Du lügst! Die Fotos wären niemals so gestochen scharf geworden!«

»Täuschen Sie sich nicht, Rudolf, dieser Apparat hat eine sehr gute Auflösung. Zwei Millionen Pixel, wenn ich richtig gelesen habe . . . Sie kaufen immer nur beste Qualität, nicht wahr? Und jetzt entschuldigt mich, ich muss mich aufwärmen gehen.«

Als er wieder im *dojo* ankam, hatten die Wettkämpfe natürlich noch längst nicht wieder angefangen. Auf den Tribünen aßen viele noch ihr Sandwich, und die Judokas standen in vereinzelten Grüppchen bei den *tatamis*.

»Du hast ja heute deinen großen Tag!«, stichelte Pete Moret freundschaftlich. »Ich glaube, ich habe dich noch nie so in Form erlebt!«

»Danke!«

»Weißt du, gegen wen du im Viertelfinale antrittst?«

»Ich ... ich schau mal nach.«

Sam ging jedoch erst einmal zu den Umkleideräumen. Er hatte nämlich gerade noch rechtzeitig Monk bei den Bildschirmen erspäht, und Sam hatte keine Lust auf weitere sarkastische Sticheleien. Monk an den Computern ... ging es ihm beim Händewaschen durch den Kopf. Monk an den Computern! Aber natürlich, wie konnte er nur so blöd sein!

Schnell zog er seinen *judogi* an und eilte zum Stand des Organisationskomitees. Hatte nicht Cathie gesagt, Monk sei ein Ass in Informatik? Er war sogar für die Betreuung der Vereins-Computer zuständig! Sicher konnte er mit Leichtigkeit das Auslosungsverfahren so manipulieren, dass Sam einige Runden überstand, bevor er auf ihn treffen würde! Ganz einfach, indem er Sam schwächere Gegner zuschob ... Das würde auch seine Erfolgsserie am Vormittag erklären!

»Entschuldigen Sie, haben Sie schon die Aufstellung für das Viertelfinale?«

Jonathan Robin, der Schriftführer des Vereins, ließ den Drucker schnarren und reichte ihm das Blatt.

»Viel Glück, Faulkner!«

Hastig überflog Sam die Tabelle: *Viertelfinale A: Jerry Paxton/Samuel Faulkner.* Uff! Also nicht Monk! Sam kannte Jerry Paxton, er gehörte zur Mannschaft von Saint-Mary ... Er war nicht gerade ein Monster, aber ziemlich gut gebaut und äußerst zäh; gegen ihn zu verlieren wäre also überhaupt keine Schande ... Da konnte Monk so viel manipulieren, wie er wollte! Samuel lächelte zufrieden: Er würde sich gegenüber Paxton nur ein bisschen verteidigen, gerade so viel, dass er das Turnier unbeschadet beenden konnte, ohne sein Gesicht zu verlieren! Rudolf konnte sich seine Bemerkungen über Disziplin und Charakter sonstwohin stecken! Schlimmstenfalls, wenn Paxton ein wirklicher Patzer passieren sollte ... Sam sah sich noch einmal die Liste an: *Viertelfinale B: Milton Farley/Ronald Joly.* Mit einem von diesen beiden musste er im Halbfinale rechnen. Ach, konnte das Leben schön sein!

Sam ließ den Blick über die Tribüne schweifen und suchte nach seinem nächsten Gegner. Das Publikum strömte wieder in die Halle zurück, die Ränge füllten sich, einige wechselten ihre Plätze oder standen noch, um auf Freunde zu warten. Jerry musste irgendwo bei den Älteren aus dem Verein herumhängen, dort auf der Nordtribüne. Plötzlich traf es Sam wie ein Blitz aus heiterem Himmel. Dort saß Paxton, etwas abseits von den anderen, in der untersten Reihe der Tribüne, einen Arm liebevoll um den Hals von ... Alicia Todds geschlungen. Seiner Alicia Todds! DENN ALICIA TODDS WAR DA! Sie ging mit Jerry Paxton!

Samuel musste sich an der Anzeigetafel abstützen, um nicht umzukippen. Plötzlich sah er Yser wieder vor sich, und ihr Bild verschmolz mit dem von Alicia in ihrer engen Jeans und dem schwarzen Top, das über ihrem Bauchnabel endete. Selbst aus dieser Entfernung überstrahlte ihre Schönheit die ganze Halle. Paxton küsste sie heiß – wahrscheinlich war sie gerade erst eingetroffen –, und ihre Hände verschlangen sich ineinander. Sam wurde übel ... Seine gute Laune war mit einem Schlag verflogen. Sein Herz schlug so hart, als wollte es im nächsten Augenblick seine Brust sprengen. Er schnappte nach Luft und fühlte einen bitteren Geschmack im Mund. Alicia ... Einen schlechteren Moment hätte er sicher nicht wählen können, aber er musste unbedingt mit ihr reden. Da war dieses unsichtbare Band zwischen ihnen, von dem sie wahrscheinlich nicht einmal etwas ahnte, aber es war stärker als alles andere. Stärker als seine Wut, stärker als seine Angst ... Ja, er musste mit ihr reden.

Er ging wie eine ferngesteuerter Roboter auf den Nordflügel der Tribüne zu und pflanzte sich verlegen vor dem Liebespaar auf.

»Hallo!«

Die beiden hoben den Blick, erstaunt, dass es jemand wagte, sie zu stören.

»Faulkner?«, brummte Jerry. »Was willst du, geht es schon weiter?«

»Nein, das heißt ...«

»Samuel und ich kennen uns schon lange«, unterbrach

ihn Alicia mit ihrer singenden Stimme. »Wir waren mal Nachbarn.«

Sie starrte ihn mit einem undefinierbaren Ausdruck in den Augen an: eine Mischung aus Interesse, Neugier, vielleicht Groll, und Erinnerungen, so vielen Erinnerungen! Samuel kniff sich heimlich in die Hand, um nicht loszuheulen.

»Du kennst Faulkner?«, fragte Paxton. »Davon hast du mir nie etwas erzählt.«

»Wir haben uns mindestens drei Jahre nicht mehr gesprochen ... Ich konnte doch nicht ahnen, dass er uns Hallo sagen würde! Oder kommst du nur wegen des Wettkampfs?«

»Es tut mir so leid, Alicia«, stotterte Sam. »Ich ... ich habe mich benommen wie ein Idiot. Ich hätte zu dir gehen sollen, dir alles erklären. In meinem Kopf ging alles drunter und drüber! Ich weiß auch nicht, was mit mir los war ... Du ... du hast dich verändert!«

»Du bist unvorstellbar schön«, fügte er in Gedanken hinzu, »und bestimmt steht es mir ins Gesicht geschrieben, dass ich immer noch in dich verknallt bin!«

»Ich nehme an, das soll ein Kompliment sein«, erwiderte Alicia mit amüsiertem Lächeln. »Du bist auch größer geworden.«

Paxton wurde ungeduldig: »Gut, das reicht jetzt, Faulkner, wir regeln das gleich, okay? Geh lieber und wärm dich mit dem kleinen Moret ein bisschen auf. Du wirst es brauchen können.«

»Ja, natürlich, ich störe wohl . . .«

Widerstrebend trat er den Rückzug an. Ihm war klar, dass er sich wieder einmal wie ein Idiot aufgeführt hatte! Alicia starrte ihm immer noch hinterher, und Paxton grinste hämisch, nach dem Motto »Verschwinde, du armseliges Würstchen, du hast einfach nicht das richtige Format! Alicia gehört mir!«.

Natürlich konnte jetzt keine Rede mehr davon sein, dass Sam sich von dem da besiegen lassen würde . . .

XIX.
Hansoku-Make

Die letzten Begegnungen vor dem Finale fanden auf der Matte in der Mitte der Halle statt. Die Jüngeren hatten ihre Viertelfinalkämpfe beendet, jetzt waren die 14- bis 16-Jährigen an der Reihe. Sam hatte, von stummer Wut getrieben, einige Aufwärmübungen mit Pete gemacht. Von Zeit zu Zeit warf er einen Blick hinüber zu Alicia, aber die drehte ihm den Rücken zu. Dabei sollte sie doch herschauen ...

»Samueeeel Faulkneeer!«

Das Publikum applaudierte, er trat an die Matte und verbeugte sich vor seinem Gegner.

»Hajime!«

Der Kampf begann mit aller Härte. Samuel und Jerry lieferten sich ein wahres Handgemenge, um den *judogi* des anderen zu fassen. Sam war wild entschlossen, keinen Zentimeter preiszugeben: Er hatte nicht vor sechs Jahrhunderten der Urahnin von Alicia Todds geholfen, den Vogt loszuwerden, um sich jetzt vor den Augen ihrer Nachfahrin lächerlich zu machen! Paxton versuchte mehrmals, sein Gewicht einzusetzen, um ihm die Beine wegzufegen, doch Sam hielt seinen Attacken stand. Er zählte auf die Arroganz und die Selbstüberschätzung seines Gegners: Jerry schien sich unglaublich sicher zu fühlen! Das Problem war nur, dass dieser gut fünf bis sechs Zentimeter größer war und Sam daher versuchen musste, ihn so lange wie möglich auf Abstand zu halten. Er führte also zwei oder drei halbherzige Attacken, nicht um Punkte zu machen, sondern um nicht wegen mangelnden Kampfeinsatzes disqualifiziert zu werden. In der dritten Minute, als Sam gerade eine allmähliche Ermüdung verspürte, vernachlässigte Jerry seine Deckung: Er verließ sich auf seine körperliche Überlegenheit, ließ Sams Revers los und packte ihn am Kragen, um ihn nach hinten zu ziehen und ihn aus dem Gleichgewicht zu bringen. Doch schaffte er weder das eine noch das andere: Blitzschnell bog Sam seine Schulter unter Paxtons Arm, ging gleichzeitig in die Knie und ließ sich nach vorne schnellen. Jerrys Körper beschrieb einen wunderbaren Bogen in der Luft und krachte auf die Matte.

»*Ippon!*«, schrie der Schiedsrichter.

Donnernder Applaus brach los. Sam hatte gewonnen! Er rappelte sich ungläubig auf. Grandma warf ihm begeistert Kusshände zu, und Rudolf schien sprachlos. Doppelter Sieg für Sam: Drüben auf der Nordtribüne war Alicia Todds aufgesprungen. Ja, jetzt blickte sie ihn endlich an.

Meister Yaku beglückwünschte ihn als Erster: »Was habe ich dir gesagt, Sam? Du musst dich nur ganz auf dich selbst verlassen! Du hast das Zeug, es bis ins Finale zu schaffen!«

Sam nahm das Kompliment an, wobei er sich die Bemerkung verkniff, dass er sicher im Halbfinale aussteigen würde. Er hatte sein Soll bereits mehr als erfüllt!

Die nächsten drei Viertelfinalkämpfe verfolgte er nur mit halbem Auge. Für ihn war die Sache gelaufen ... Ronald Joly siegte nach einem erbitterten Kampf am Boden in der Gruppe B, und Monk qualifizierte sich, wie vorauszusehen war, gegen einen schwarzen Gürtel aus Fontana. Aber das alles schien für Sam überhaupt nicht mehr wichtig ... Die Kämpfe der 11- bis 13-Jährigen interessierten ihn noch weniger, und er bereitete sich vollkommen entspannt darauf vor, zum Halbfinale anzutreten – und zu verlieren. Doch zwei Minuten vor Beginn kam auf einmal Jonathan Robin, der Schriftführer des Vereins, zu ihm und klopfte ihm auf die Schulter.

»Faulkner! Ich habe eine gute Nachricht für dich: Du kommst direkt ins Finale!«

Samuel zuckte zusammen.

»Was?«

»Ronald Joly hat sich eben am Boden verletzt – er muss sich die Schulter ausgekugelt haben. Jedenfalls hat er aufgegeben.«

»Was?«

»Bist du taub, Faulkner? Du bist im Finale!«

Die Lautsprecheransage gab die Annullierung des Kampfes bekannt und kündigte die übrigen Halbfinalisten an – in diesem Fall Monk und den langen Blonden, die sich bereits im Eröffnungskampf miteinander herumgeärgert hatten. Sam saß wie betäubt da. Von seiner Bank aus sah er, wie die beiden aufeinander losgingen: zwei wilde Tiere, die wütend aufeinanderprallten und dabei heisere Laute ausstießen. Sam war nicht bereit, sich das anzutun! Irgendwann versuchte der lange Blonde, Monk hochzuheben; er stöhnte unter dem Gewicht laut auf, und man hörte deutlich irgendetwas krachen, wahrscheinlich die Rippen, ob Knochen oder nur Knorpel war kaum zu unterscheiden ... Der Angriff ging daneben, und die beiden kämpften unter wüsten gegenseitigen Beschimpfungen am Boden weiter. Der Schiedsrichter musste immer wieder einschreiten, damit sie sich nicht gegenseitig die Augen auskratzten!

Samuel schloss die Augen. »Ich werde im Finale gegen Monk kämpfen müssen«, wiederholte er im Stillen immer wieder, »und da drüben sitzt Alicia . . . Monk wird mich fertigmachen, und Alicia wird es mit ansehen . . .« Als er die Augen wieder öffnete, lag Monk gerade auf dem Rücken, den Gegner zwischen die Beine geklemmt, und drückte so fest zu, dass der Arm des anderen fast schon blau anlief. Der große Blonde schlug ein paar Mal auf den Boden. Ich gebe auf, hieß das. Tosender Applaus brach los, und Bravorufe erschollen von allen Seiten. Samuel hatte nur noch wenige Minuten zu leben!

Die letzte Viertelstunde vor dem Finale war besonders schlimm. Alle kamen und wollten ihm Mut machen oder ihm irgendwelche Ratschläge geben, während er gegen die

Übelkeit kämpfte. Genauso ging es ihm nach seinen Reisen durch die Zeit . . . Überhaupt, der Sonnenstein, jetzt hätte er ihn gut gebrauchen können! Eine kleine Reise nach Japan, warum nicht, egal in welche Epoche. Doch er konnte noch so fest an den Stein und an die Sonne denken, es tat sich nichts! Er würde hier verenden, hier in der Sporthalle von Saint-Mary, vor der tosenden Menge!

Er zog seine Schuhe aus und stieg auf die Matte, bereit zu sterben. In seinem weißen *judogi* und aus nur einem Meter Entfernung sah Monk noch beeindruckender aus als sonst. Wie eine Art Yeti . . . noch dazu ein Yeti, der sich die Lefzen leckte. Ja, Monk leckte sich tatsächlich die Lefzen. Gleich würde er Sam mit Haut und Haaren verschlingen!

Samuel zwang sich, daran zu denken, was er sich vorgenommen hatte: unterliegen, vielleicht, aber hoch erhobenen Hauptes. Nicht vergessen, Alicia sah zu . . . Doch je mehr er sich konzentrierte, desto stärker hatte er den Eindruck, dass ein leichter Nebel seinen Blick verschleierte. Sicher sein Unterbewusstsein, dass nicht sehen wollte, wie . . .

»Hajime!«, bellte der Schiedsrichter.

Also dann: wenigstens dreiundvierzig Sekunden durchhalten, das war zu überbieten!

Monk sprang auf Sam los, der mit größter Mühe gerade mal seine Deckung bewahrte. Der andere erwischte ihn dennoch am Ärmel und versuchte, ihn umzudrehen. Sam stemmte sich nach besten Kräften dagegen. Natürlich war Monk wesentlich schwerer, wesentlich kräftiger. Er verströmte beißenden Schweißgeruch, aus allen Poren ... Waren schon zehn Sekunden um? Der Yeti schob das Bein vor, ganz ruhig, um seine rechte Seite zu testen. Wie beim Training ... Er schien es überhaupt nicht eilig zu haben. Als wollte er Sam zunächst nur müde machen, ein bisschen mit ihm herumspielen ... Das alte Katz-und-Maus-Spiel! Dann machte Monk eine Drehbewegung mit der Hüfte, und Sam hatte gerade noch Zeit, sein Gewicht zu verlagern, um ihm auszuweichen. Dabei verdrehte er sein Handgelenk und musste sich einen Schmerzensschrei verkneifen. Diese riesige, groteske Gestalt, die sich an seinen *judogi* krallte, kam ihm so unwirklich vor. Das einzig Reale war dieser heiße, hasserfüllte Atem.

Dann bemerkte Sam auf einmal, dass sich Monks Bewegungen immer häufiger zu wiederholen schienen. Wie die seiner Cousine Lili, nachdem er in den Keller zurückgekehrt war ... Oder die der kleinen Löwen im Fernsehen ... Monk streckte den Arm aus, um nach seinem Revers zu greifen, deutete eine kurze Rückwärtsbewegung an, um ihn zu sich heranzuziehen, und streckte neuerlich wieder den Arm aus, machte wieder dieses Finte ... Sam war so verwirrt, dass er den Wahnsinns-Feger nicht kommen sah, der ihn auf die Matte schickte. Er schlug hart auf dem Boden auf und entging nur knapp einem *Ippon*, weil er statt auf dem Rücken auf dem Hintern landete.

»*Waza-ari!*«, verkündete der Schiedsrichter.

Samuel rollte sich zusammen, um Monks großen Händen zu entkommen, die ihn umdrehen wollten. Wenn

Monk es darauf angelegt hätte, hätte er Sam mit Leichtigkeit auf dem Boden fertigmachen können. Aber er hatte offensichtlich andere Pläne.

»*Mate!*« – Stopp!

Der Schiedsrichter befahl den beiden Kontrahenten, auseinanderzutreten und ihre Kleidung zu ordnen. Auf den Rängen herrschte Totenstille; das Publikum hielt den Atem an, als ahnte es, dass der Yeti gleich kurzen Prozess machen würde.

Monk tänzelte betont lässig auf Sam zu, ein leises Lächeln in den Mundwinkeln. Dann zog er sich abrupt zurück und begann erneut, nach vorne zu hüpfen, wieder das gleiche gemeine Lächeln in den Mundwinkeln. Samuel klimperte mit den Augen: Er sah tatsächlich jede von Monks Bewegungen zweimal hintereinander: wieder dieser Déjà-vu-Effekt, bei dem er immer eine oder zwei Sekunden früher mitbekam, was gleich passieren würde. Im selben Moment, als Monk dazu ansetzte, ihm die Füße nach außen zu drücken, hatte Sam bereits schnell den Knöchel nach außen gebogen. Er sah die Aktionen seines Gegners, noch bevor der sie überhaupt ausgeführt hatte! Diese Art, sich zu ducken, zum Beispiel: Monk wollte ihm gerade seinen Arm durch die Beine schieben, ihn hochheben und über seine Schulter kippen, um ein spektakuläres *Ippon* zu erreichen! Samuel brauchte nur einige Zentimeter zurückweichen, um seinen Gegner ins Leere laufen zu lassen und ihn seinerseits kurz ins Schwanken zu bringen. Der Yeti guckte erstaunt, und ein Raunen ging durch die Zuschauer. Was war da los?

tete sofortige Disqualifizierung wegen Verstoßes gegen den Geist des Judo. Man durfte seinem Gegner nicht drohen ... Monk war ausgeschieden! Sam hatte das Finale gewonnen!

Ein tropischer Wolkenbruch schien in der Halle loszubrechen: Ohrenbetäubender Applaus – das Publikum tobte, die Tribüne erzitterte unter dem Getrampel. Grandma schüttelte fassungslos den Kopf, Grandpa riss beide Daumen nach oben: Sieg! Die beiden Finalisten grüßten ab – Monk stand mit gesenktem Kopf da wie ein begossener Pudel –, und Sam wurde einen kurzen Moment später von Pete Moret und seinen Kameraden im Triumph hochgehoben. Auf einem Wald aus Armen und Schultern und unter lauten »Sa-muel! Sa-muel!«-Rufen machte er zwei Runden durch die Halle. Er suchte in der Menge nach Alicia. Da war sie, an einer Seite der Nordtribüne, und ihm war, als lächelte sie ...

Nachdem sie ihn ausgiebig gefeiert hatten und die Medaillen vergeben waren, gelang es ihm endlich, zu den Duschen zu entwischen. Er genoss die plötzliche Ruhe und stand eine Ewigkeit unter dem warmen Wasserstrahl, bis der »Echoeffekt« sich endgültig gelegt hatte. Danke, Sonnenstein! Danke, Zeitreise! Anders hätte er Monk niemals überlebt! Niemals hätte er die Goldmedaille gewonnen!

Als er endlich in den Umkleideraum kam, triefnass, das Handtuch um die Hüften geschlungen, hatte er eine kurze Schrecksekunde lang die Vorstellung, dass Monk ihn vielleicht bei seinem Spind erwartete. Aber der Raum war leer; der Yeti hatte sich davongeschlichen!

Stattdessen klopfte jemand an eins der kleinen Oberlichter in der Außenwand. Sam versuchte, die Gestalt hinter der beschlagenen Scheibe zu erkennen. Sollte vielleicht Alicia ...

Er drehte den Fensterknauf, sein Pulsschlag beschleunigte von null auf hundert in einer Sekunde.

»Lili?«

»Sammy, entschuldige, dass ich dich ...«

Sie warf einen Blick in den Raum, als wollte sie sichergehen, dass niemand mithörte.

»Rudolf wartet mit Grandma und Grandpa auf dem Parkplatz auf dich; ich wollte nicht, dass sie mich sehen.«

Warum war sie auf einmal so blass? Er hätte sie gern in den Umkleideraum gelassen, aber der Fensterspalt war zu schmal.

»Weißt du, was ich gewonnen habe? Die Goldmedaille! Ich habe Monk besiegt, kannst du dir das vorstellen?«

»Ja, Pete Moret hat es mir erzählt, das ist großartig!«

»Was ist mit dir, geht es dir nicht gut?«, fragte Sam besorgt.

»Weißt du noch, ich wollte heute Morgen doch in die Bibliothek. Ich hatte ein paar Bücher zurücklegen lassen.«

»Ja, und?«

Sie zog ihre Tasche auf und holte ein Buch hervor.

»Ich ... ich habe versucht, mehr über Vlad Tepes herauszufinden. Alles, was ich kriegen konnte.«

Guillaume Prévost

Auch als Hörbuch

Das Buch der Zeit
Die sieben Münzen

Sieben Münzen, verstreut über Länder und Zeiten, müssen Sam und seine Cousine Lili zusammentragen, um Sams Vater aus der Vergangenheit zu befreien. Auf ihren abenteuerlichen Zeitreisen werden die beiden von einem mächtigen Gegner verfolgt. Doch welche Rolle spielt Sams Vater in diesem tödlichen Spiel? Sam kann dieser Frage am Ende nicht länger ausweichen.

Arena

320 Seiten
Arena-Taschenbuch
ISBN 978-3-401-50335-6
www.arena-verlag.de

Hörbuch
Specher: Claus Brockmeyer
3 CDs im Schuber
ISBN 978-3-401-26071-6

Guillaume Prévost

Das Buch der Zeit
Der magische Reif

Mithilfe des magischen Armreifs reist Sam ins alte Rom, nach Ägypten und ins chinesische Kaiserreich. Denn sein Vater hat ihm anvertraut, es gebe einen Weg, die verstorbene Mutter wiederzusehen. Doch Sam hat es mit einem mächtigen Gegner zu tun, der ihm schon lange auf der Spur ist. Nun setzt Sam alles aufs Spiel, um die Vergangenheit zu verändern, ohne zu wissen, welchen Preis er dafür zahlen muss …

Arena

Auch als Hörbuch bei
Arena audio

432 Seiten
Arena-Taschenbuch
ISBN 978-3-401-50336-3
www.arena-verlag.de

Amina Paul

Die Welt steht kopf – in der Elternschule

Irgendetwas stimmt an diesem Morgen nicht: Florians Eltern sitzen im Wohnzimmerschrank und weigern sich, zur Arbeit zu gehen, Lenchens Vater flutet die Wohnung, weil er Papierschiffe versenken will, und die Rentner aus dem Altenheim eröffnen einen Discobus. Und als ob das alles nicht schon genug wäre, beginnt plötzlich auch noch ein fremder Reporter, in der Stadt herumzuschnüffeln.

Arena
272 Seiten
Arena-Taschenbuch
ISBN 978-3-401-50528-2
www.arena-verlag.de

Neil Gaiman

Der lächelnde Odd und die Reise nach Asgard

Tief in den Wäldern des Nordens begegnet der Wikingerjunge Odd den Göttern Odin, Thor und Loki. Die drei nehmen den Jungen mit auf eine abenteuerliche Reise nach Asgard, der Götterstadt. Denn nur einer wie Odd kann die Eisriesen von dort vertreiben und die Welt vom ewigen Winter befreien: Einer, der so fröhlich ist, einer, der so glücklich ist – wie Odd.

Als Hörbuch bei Silberfisch

Arena

120 Seiten
Arena Taschenbuch
ISBN 978-3-401-50692-0
www.arena-verlag.de

Pseudonymous Bosch

Als Hörbuch bei Arena audio

978-3-401-50627-2

Der Name dieses Buches ist ein Geheimnis

Wir würden an dieser Stelle gern von den zwei tapferen Helden dieses Buches erzählen, Kassandra und Max-Ernest, und von ihren haarsträubenden Abenteuern. Aber leider können wir nichts verraten! Denn sonst würdest du das Buch vielleicht lesen wollen. Doch das wäre einfach zu gefährlich!

Als Hörbuch bei Arena audio

978-3-401-50628-9

Wenn du dieses Buch liest, ist alles zu spät

Mensch oder Monster? Lerne das Wesen kennen, das vor über 500 Jahren in einer Flasche geboren wurde! Welche Geheimnisse hütet dieses seltsame, fürchterliche Wesen? Lies nach und finde es heraus, zusammen mit den zwei tapferen Helden Kassandra und Max-Ernest. Aber Vorsicht: Dies ist ein sehr gefährliches Buch!

978-3-401-50629-6

Dieses Buch ist gar nicht gut für dich

In diesem zahnschmelzzerstörenden Abenteuer wird die Mutter unserer Heldin Kassandra entführt: von einem unheimlichen Gourmet-Koch und Chocolatier, dem blinden Senor Hugo. Nur gegen die legendäre magische Stimmgabel will er sein Opfer wieder freigeben. Werden Kass und Max-Ernest das sagenumwobene Instrument finden, bevor es zu spät ist?

Jamie Thomson

Dark Lord

Auch als E-Book erhältlich

978-3-401-50641-8

...Da gibt's nichts zu lachen!

Geht's noch schlimmer? Dark Lord, der größte Weltenzerstörer des Universums – von seinem Widersacher verbannt auf den kleinen blauen Planeten namens Erde. Und das im erbärmlichen Körper eines Elfjährigen, den alle Dirk Lloyd nennen! Keine Frage: Der dunkle Lord muss schleunigst zurück in sein fernes Reich.

Auch als E-Book erhältlich

978-3-401-50780-4

...Immer auf die Kleinen!!

Bei den neun Höllen der Verdammnis! Nicht Dark Lord ist zurück in sein heimisches Reich der Finsternis transportiert worden – sondern seine irdische Freundin Suus! Doch das Schlimmste kommt noch: Kaum gelandet, übernimmt Suus auf dem Heimatplaneten des Dunklen Lords als »Königin der Nacht« die Herrschaft ...

978-3-401-06773-5

...Ich kann auch anders!

Nie hat man seine Ruhe! Nicht nur Dark Lord, Suus und Christopher sind wieder auf der Erde gelandet, auch den Dämon Gargon und den Edlen Ritter Rufino hat es hierher verschlagen. Und das Schlimmste: Dark Lords größter Widersacher, der Weiße Zauberer Hasdruban, ist ebenfalls aufgetaucht – ausgerechnet in Person des Schulleiters!

Arena

Auch als Hörbücher bei
DER HÖRVERLAG

www.arena-verlag.de

C. Alexander London

978-3-401-50540-4

978-3-401-50541-1

978-3-401-50542-8

978-3-401-50543-5

Arena

Jeder Band:
Arena-Taschenbuch
www.arena-verlag.de